重生婆婆鬥穿越兒媳

上

風文創 213

蕭九離 著

目錄

序文

蕭九離

這本書最初的靈感，來源於穿越和重生在腦海裡的碰撞，然後突發奇想，設想了一下當一個故事中同時出現一個穿越者和一個重生者，她們之間交鋒碰撞，會發生什麼？如果她們是仇人呢？

我讓書裡的穿越者擁有得天獨厚的優勢——前世是醫學院高材生，精通醫理，穿越後擁有驚人的美貌，出身高貴，還在機緣巧合下得到了一隻靈獸和隨身空間。

這麼逆天的條件集合在這樣一個穿越者身上，她回到了古代，應該可以憑著頭腦、美貌、空間和靈獸，呼風喚雨，順風順水。

可是如果擁有這麼完美頭腦和條件的穿越者，是個善於偽裝、冷血無情，害死親人上位的壞人呢？

當這個想法在腦海中剛出現一點影子的時候，我對此異常興奮，因為我覺得這將會是個非常精彩的故事，但是這還不夠，我還需要更精彩的設定。

然後我將這個設定放在了古代豪門的後宅裡。後宅之中種種鬥爭，女人之間的勾心鬥角，權力與生存之戰，其中的婆媳之戰更是從古至今從未熄滅過的戰火。

如果被她害死的親人，臨死之前知道了穿越者的真面目，然後借屍還魂重生成另一個人，成為了穿越女的婆婆，之後會發生什麼？

一個是作為穿越者的兒媳婦，一個是重生獲得新身分的婆婆，穿越鬥重生，兒媳鬥婆婆，一場宅鬥復仇大戲就此拉開帷幕。

最初的大綱和設定讓我熱血沸騰，幾乎是一路衝刺著不斷地寫啊寫。寫作的過程還算順利，但細細數來其中仍有諸多艱辛。寫作是件寂寞的事，經常會感覺孤立無援，非常感謝一直鼓勵我的編輯、好友和讀者們，很慶幸有這些可愛的親們陪伴著我。寫作期間無數次靈感突然湧現，不斷產生更好的思路，邊寫邊微調大綱；也會時不時卡文，糾結得茶飯不思，抓得頭髮一把一把地掉；也經常熬夜打字，熬得黑眼圈都消不掉。總之就這麼痛苦並快樂著，煎熬並欣喜著，完成了整本書。

不過現在完結擱筆，回頭看去，那些寂寞與糾結，都成了甜蜜的小回憶。看著幾十萬字的小說，甚至有些不可思議，這些故事居然都是自己一個字一個字敲出來的！當克服惰性和困難，完成一件艱鉅工作之後，隨之而來的是滿滿的成就感。

最後感謝晉江文學城的編輯們，還有在我寫作過程中一直陪伴著我的好友顧蘇，以及狗屋的各位編輯大大們。當然還有在讀這本書的你，我親愛的讀者，在茫茫書海中，你拿起這本書，看到這段話，我想是冥冥之中的天意吧，希望你喜歡九離，喜歡九離的書。

第一章

春回人間，晨光斜照在馨瀾苑斑駁的門牆上，替灰白的瓦片鍍上金色。

劉嬤嬤扯了扯微微發綹的青白襖衫，將懷裡那熱騰騰的藥罐子護得更緊了。

牆角蹲著三、兩個剛進府的小丫頭，有兩個機靈的小丫頭是在府裡做得久的，看見劉嬤嬤來了，連忙笑嘻嘻道：「劉嬤嬤今日來得早。」腳下卻像扎根似的，偏偏不上去接劉嬤嬤懷裡的藥罐子。

劉嬤嬤瞅著地上的枯枝落葉，呵斥道：「大清早的就躲懶，看著地上髒成什麼樣了，就只知道閒聊，小心我回了管事嬤嬤，仔細妳們的皮！」

穿青襖的小丫頭翻了個白眼，吐了口瓜子皮，指著門前那棵桑榆樹道：「劉嬤嬤您這話說的，我們可不敢偷懶，這屋裡屋外，都是我們幾個人拾掇的！我們一個人就兩條腿、兩隻手，哪顧得上那麼仔細？」

青襖丫頭噘著嘴，掃了一眼那扇緊閉的紅木大門，高聲道：「要怪啊，就只怪這枯樹！要是這樹枯死也就罷了，偏生半死不活，每日落下幾片枯葉，我們就是十雙手，也掃不過來。」

「妳！」青襖丫頭指桑罵槐，劉嬤嬤聽得清清楚楚，她一張老臉氣得通紅，正要走上前教訓，就聽見幽幽一聲嘆息，自那紅木大門後傳來。「煩勞嬤嬤送藥來，且將藥放在門口，稍後我自行取用。」

劉嬤嬤的眼眶一下子就紅了，顧不上跟不懂事的小丫頭計較，抹了把眼淚，顫巍巍地推開大門，走了進去。

屋內的景致和外頭這融融的春意，竟是兩番光景。

屋內光線極暗，瞧這擺設分明是官家小姐的香閨，紫檀木的繡金屏風、象牙製的鏤空繡床、上等的檀香金爐……只是這精緻裡卻透著無處不在的灰敗，帶著絲絲霉味，唯有床頭的景泰藍花瓶裡，插著新鮮的桃花枝，襯得屋裡有了些生氣。

劉嬤嬤眼圈又紅了，她將藥罐子放在桌上，偷偷抹了把淚。

想當年，京城所有的稀罕玩意都像流水似的往小姐屋裡送。

小姐乃大將軍安國侯爺侯長亭的嫡長女，閨名婉心，又是最得聖寵的昭和公主的玩伴，當年小姐的風頭可是一時無二；可如今……劉嬤嬤看了眼床上那面無血色的女子，眼淚一下子又湧了出來。

若是太太還活著，小姐必不是這般光景；若有太太照顧，小姐必不會生這怪病；就算是病了，有親娘在旁照顧，小姐的日子也不會這般難過。

正在劉嬤嬤抹眼淚的工夫，床上女子劇烈地咳嗽起來。劉嬤嬤連忙趕去扶著侯婉心的肩膀，替她拍背，好容易才止住咳嗽。

侯婉心一臉病容，也難掩清麗，劉嬤嬤要扶她，她不肯領情，用力將劉嬤嬤推開，卻坐不穩倒撞在床頭上。

「劉嬤嬤，我這一身的病氣，妳且離我遠些，莫要將病氣過給妳了。大夫囑咐了，我這病會染給旁人，妳每日照顧我，可要小心。若是嬤嬤因我而病，婉心定自責不已。」侯婉心輕撫著胸口，壓抑著喉頭翻湧的甜腥。

劉嬤嬤淚眼汪汪，知道自家小姐這脾氣，也不與她爭，只將藥倒在碗裡端來給她。

侯婉心接過藥碗一口氣喝下，嘴角逸出一絲苦笑，氣若游絲道：「劉嬤嬤，我知道我日子不多了，能熬過這個冬天，看見開春的桃花苞兒，我已然心滿意足，再無奢求。只是我放心不下爹，放心不下哥哥，放心不下婉雲，放心不下這府裡的一花、一草、一木。」

提到三小姐侯婉雲，侯婉心的眼神柔和了些，她歪頭瞅著床頭那束桃花。

侯婉心自小愛花，尤喜桃花，婉雲便每日尋些桃花插在她床頭，幾年來竟是一日不曾間斷。甚至連她病了，侯婉雲也不怕病氣，每日帶了親手採摘的桃花枝插在姊姊床頭，哄姊姊高興。兩姊妹雖不是同母所生，可是感情甚篤，比同胞姊妹還親。

「小姐，莫要這麼說。小姐還年輕，下個月才滿十六歲，怎能說那喪氣話？」劉嬤嬤嘴裡安慰，心裡卻知道，小姐怕是撐不住了。

侯婉心嘆了口氣，不與她爭辯。「劉嬤嬤，如今父親鎮守南疆，哥哥去西北平匈奴，父兄兩人已有兩年不曾歸家。我們侯家雖然表面風光，可是這行軍打仗，最是危險。我那兩位叔叔均是少年英雄，可都為國捐軀。如今只求菩薩保佑我侯家男兒，不求加官進爵，只求一生安泰。」

「老爺和大少爺都是命極好的貴人，定會平安歸來的。」

侯婉心點點頭。「父親我倒是不擔心，就是哥哥性子太魯莽，還有婉雲，她五歲時，生母胡氏就去了，被母親接來養在膝下，我與雲兒最是親厚。雲兒善良單純，小小年紀才情頗高，只是樹大招風，院子裡姨娘又多，我怕雲兒受委屈。還有劉嬤嬤您，您是母親的乳母，跟了母親幾十年，母親去世後又照顧我。父兄都是男子，行軍打仗的男兒心粗，想不到那些細小，我怕我去了之後，無人照拂嬤嬤……」

侯婉心頓了頓，又自嘲似的笑了笑。「我倒是說了些大話，這些年都是嬤嬤照拂我。唉，我下不了床，勞煩嬤嬤取紙筆來。」

劉嬤嬤看她的意思，竟是在交代後事，不由大哭起來。「小姐，您是個頂好的人兒，莫要說這些話，奴婢聽了心裡堵得慌。小姐您好好養身子，奴婢還等著小姐為奴婢送終。」

侯婉心嘆氣道：「嬤嬤，人命由天，拿紙筆來吧。」

劉嬤嬤拗不過，取了筆墨紙硯擺在小几上，端放在床上，拉著侯婉心的手扶她起來。

侯婉心乃將門之女，從小跟著父兄學過武藝，故而雙手不似一般閨閣女子細嫩，反而有些老繭。她吃力地執筆，一雙秀眉微蹙，一筆一畫在紙上書寫。劉嬤嬤在旁伺候筆墨，瞅見侯婉心脖頸上的點點紅斑，便不住嘆氣。

小姐身上的紅斑越來越嚴重了，那些大夫卻都瞧不出小姐得的是什麼病，只道是惡疾，會傳染。去年開春的時候那紅斑還甚小，如今竟有巴掌一般大了。

侯婉心專心寫字，不知劉嬤嬤心裡的百轉千迴。待到寫完了，風乾了墨汁，將信裝好，親自印上她專用的蠟印，鄭重地將信交予劉嬤嬤。

「嬤嬤，待我去了之後，您將這信交予我父親。從小嬤嬤便待我親厚，我視您如同親人，雖然我是個沒用的，但也為嬤嬤打算好了。母親當年留給我二十間紅繡織造坊做我的嫁妝，如今我將東門那三間給嬤嬤養老用，剩下的十七間都留給婉雲當嫁妝。雖說雲兒被母親收進院子，認作嫡親小姐養大，可她畢竟是從姨娘肚子裡爬出來的，不是正經的嫡出小姐。我不在意雲兒的身分，但是將來出嫁了，她這身分怕是要讓婆家給她難堪。我這做姊姊的不能護著她，唯有為她準備周全些，將來她出嫁了日子也會好過點。」

「小姐！」劉嬤嬤大哭起來。

主僕兩人哭作一團，渾然不知門外不知何時出現了一個俏麗嬌小的身影，在聽見「紅繡織造坊」幾個字時，身子狂喜地顫了顫。

「紅繡織造坊」是太太的陪嫁，太太去世前將繡坊留給自己的女兒侯婉心。太太是江南織造總督唯一的女兒，彼時老爺還不是安國侯，只不過是個六品校尉，太太的嫁妝豐厚得讓整個軍營的武將都羨慕得眼紅。加上太太極為聰明，靠著從娘家學來的經營手段和娘家的路子，將這織造坊開遍了天朝，鼎盛時期可謂日進斗金，堪比聚寶盆。而侯老爺更是憑藉夫人的財力支持，一路青雲直上，坐到如今安國侯的位置。

彼時坊間皆知，得一間「紅繡織造坊」，可保三代衣食無憂。此時太太雖然去了多年，但是「紅繡織造坊」經營卻未因為主母的故去而受影響。如今婉心大手筆地將十七間「紅繡織造坊」都留給一個庶出的妹妹，可見這妹妹在她心中有多重的分量。

主僕二人哭了一陣，劉嬤嬤聽見紅木大門吱嘎作響，回頭一看，一個身著粉色錦衣，綰著雙髻的少女懷抱一束桃花，一隻腳剛進門，依著門站著，眼角漾著水花兒。

劉嬤嬤擦了擦眼淚，整了衣衫站起來朝少女規規矩矩行禮，喚了聲：「三小姐。」

安國侯家三小姐侯婉雲，舉國皆知的第一才女。

四歲能作詩，一首〈詠鵝〉轟動京城。

「鵝、鵝、鵝，曲項向天歌。白毛浮綠水，紅掌撥清波。」

聖上聽聞後龍心大悅，稱讚其才情。後這首〈詠鵝〉被聖上欽點編入幼兒教化開蒙的讀物。如今這朗朗天朝，就連三歲稚子也能背出。

侯婉雲七歲時，太后大壽，適逢臘月時節，侯婉雲又作一首〈詠梅〉，震驚世人。

「牆角數枝梅，凌寒獨自開。遙知不是雪，為有暗香來。」

太后最喜梅花，愛其高潔品質，生平又以梅花自比。這首〈詠梅〉甚得太后歡心，聖上親自謄寫〈詠梅〉裝裱，懸掛在太后寢宮。

那年太后、聖上賞賜了三小姐許多金銀珠寶，可三小姐卻不貪財，將銀錢盡數拿出，請了工匠，在安國侯府闢出一個園子，蓋了座「玲瓏琉璃屋」。只因其嫡母酷愛江南蔬果，三小姐就在這琉璃屋裡種了江南水果，冬日裡用炭火盆溫著，精心照料，好讓嫡母能吃上時令蔬果。

聖上、太后聽聞後，更感其孝順，聖上甚至還在早朝上，誇讚安國侯教女有方。一時間這位庶出三小姐的才情德性，傳遍了天朝的每一寸土地。

如今那位才女、孝女，正捧著一束桃花枝兒，立在紅木大門邊，對床上那病得快沒了生氣的嫡姊恭恭敬敬地請了萬福。

劉嬤嬤看向侯婉雲的眼神更慈愛了。這位三小姐可是當今炙手可熱的人物，雖然大小姐得了惡疾失寵，可她依舊對長姊恭敬孝順，真不枉太太、大小姐從小疼她。

「雲兒怎麼來了？不是叫妳別來了嗎？姊姊這病要是染給妳，可怎生是好？」侯婉心嘴裡嗔怪，眼裡卻是真真的期盼欣喜。

自她得了這怪病，就自請住在偏院，初時管事的姨娘張氏還會殷勤探望，可日子久了總不見她好，加之老爺、大少爺常年在外打仗，大小姐家書總是報喜不報憂，他們到現在恐怕都不知她病得如此沈重呢。

長此以往的，張氏就漸漸怠慢起來。去年臘月，三小姐硬是拿出私房錢請名醫給大小姐診治，在名醫宣判大小姐的病治不好後，張氏就更懶得理了，連大小姐的分例月錢也要剋扣，貼給她自己生的一雙兒女。

「長姊，我方才去了琉璃屋，摘了桃花來。」侯婉雲捧著桃花盈盈走來，侯婉心看著妹妹體態婀娜，步步生蓮，雖只有十歲，卻已出落得水靈靈。

長姊如母，侯婉心瞧著她好，自己心裡也舒坦許多。

侯婉雲插好桃花，捧著花瓶，將嬌豔的花苞兒湊到侯婉心臉旁，聲音軟得像蜜糖。「長姊，妳看今天的桃花多好，放在這瓶子裡，少說也能養上七、八天，待到這花苞開了，就更好看了。」

劉嬤嬤看她們姊妹倆說體己話，便將大小姐交給她的書信小心翼翼揣進懷裡，帶了藥罐子出去，留姊妹二人在房中。

閒話家常一番，侯婉雲將花瓶放回小桌上。侯婉心順著她的手看去，見她粉色的錦衣裡頭，貼身穿的小襖袖子竟然短了一截。

「定是那管家的張氏，居然這般刻薄待妳！簡直太過分了！」侯婉心怒不可遏。張氏怠慢自己，平日裡剋扣銀錢，侯婉心性情豁達隨和，不願與之計較。可如今竟然連三小姐的冬衣襖子都剋扣，侯婉心一下子生氣起來，怒氣頂著胸口，只覺五臟六腑一陣翻騰，止不住的咳嗽。

侯婉雲嘴角飄過一絲幾不可察的笑，攏了攏袖子，將手腕上那對鑲著海南珠的金鑲玉鐲子往裡頭藏了藏。

自從侯婉心病後，侯婉雲便接了長姊的差事，成了昭和公主的伴讀，經常出入皇宮內院，憑藉著出眾的才情，成了太后面前的紅人。張氏雖然刻薄，可是腦子卻不傻，巴結這位得寵的三小姐還來不及，這對鐲子便是昨兒個張氏送來討好她的。她看著鐲子樣子還算巧，就戴在手上，只是今早來看侯婉心的時候只顧著換衣裳，卻忘記將鐲子摘下來了，臨到門口時才發現戴錯了首飾。如今鐲子被她箍在小臂上，藏在內衫的袖子裡。

當然這些事兒，侯婉心是被瞞得滴水不漏的，她唯一的心腹劉嬤嬤也借著張氏之手調到偏院，對內院的情況知之甚少。

侯婉雲眼波裡透著委屈，口氣卻是軟軟的，扶著侯婉心的手輕輕為她拍背。「長姊莫要動氣，當心氣壞了身子，大夫囑咐過不可動氣的。張姨娘不曾虧待我，是最近雲兒身量見長，還未來得及做新衣。」

侯婉心嘆了口氣，眼神軟了軟。她這妹妹，就是性子太好，也太軟，從不曾說誰的壞話。

「雲兒，妳扶我去書案那坐下。」

書案在窗邊，方才劉嬤嬤磨的墨還未乾，侯婉雲輕輕捏著小勺兒加了一勺水，細細地磨墨。

太太去世後，侯婉心以嫡長女的身分管家，她病了之後，就交給姨娘張氏。原本看著張氏是個老實本分的，可這兩年卻益發囂張刻薄。

侯婉心嘆了口氣，父兄曾說她最不善看人心，她那時還頗為不服，如今看著張氏的所作所為，倒是被父兄說中了。侯婉心提筆，在心中將府中的諸多雜事理了一遍——姨娘張氏刻薄，不可管家；姜氏心機深；孫氏不穩重；劉氏性子孤高又失寵，雖然聰明卻未必有管家的心思……

將父親的幾位姨娘細細在腦海中過了個遍，都沒有合適的人選。哥哥尚未娶妻，更無嫂子管家……

「長姊在想什麼？」侯婉雲瞧著長姊的臉色，取了件披風為她披上，轉身推開窗子，道：「這會兒外頭空氣好，屋裡太悶，通通氣兒。」

侯婉心的窗戶，正對著琉璃屋的方向，她一抬頭就看見那琉璃晶瑩的瓦片，在晨光中閃閃發亮，裡頭種著母親最愛的水晶蜜桃，結了一樹的粉嘟嘟小團子。

看見這蜜桃，侯婉心想起母親嘴饞的模樣。南方運來的蜜桃，到京城早就失了水分，母親這江南水鄉長大的人兒，天天饞著吃家鄉的水果。那時年僅七歲的婉雲，便想了奇妙的法子，蓋了琉璃屋，讓母親能吃上新鮮的蜜桃。且母親愛吃江南的大閘蟹，婉雲便在琉璃屋裡挖了個大池塘，請人養了肥美的蟹子。

看著侯婉雲的側臉，侯婉心感嘆——這孩子，就是孝順。即便太太不是她的生母，也孝順得那樣貼心。

其實，這安國侯府，交給雲兒管家，也未嘗不可吧？

雲兒才情出眾，連皇上和太后都稱讚不已，大不了自己從織造坊裡撥幾個有經驗的管事女先生來幫襯著她，定能幫雲兒把家中大小事務打理穩妥，也好過交給張氏，讓雲兒受委屈。過上幾年待雲兒出嫁了，哥哥也該娶了嫂子回來，那時讓嫂子接過家中的事務，豈不正好！

侯婉心這樣想的，也就提筆這樣寫。侯婉雲在旁裝作不經意地把玩小印章，眼角餘光卻一直黏在長姊的筆尖上。

侯婉心寫得很慢，那細細的筆尖彷彿在侯婉雲的心尖上撓癢癢。「紅袖織造坊」和管家大權，一直是侯婉雲期盼多年的東西，此刻就要如願以償，她緊緊攥著拳頭壓抑住心頭的狂喜，努力使自己看起來並無異樣。

侯婉心寫下最後一個字，又印上自己的私印，才抬頭瞧了瞧看起來心不在焉的三小姐。

「雲兒，妳去將我床頭的錦盒取來。」

侯婉雲小跑著抱來錦盒，看著侯婉心從懷中摸出一把銀鑰匙，鄭重打開錦盒。錦盒裡是一把金燦燦的鑰匙，有了這把鑰匙，就能調動每年「紅袖織造坊」給安國侯府的分紅，這才是安國侯府的經濟命脈，姨娘張氏管的那些，不過是瑣碎的銀錢往來。

侯婉心將鑰匙取出，同信一起封在信封裡，鄭重其事地把信封交給她的寶貝妹妹。

侯婉雲呆呆地看著侯婉心手中的信封，她謀算了那麼多年，步步為營，侍候嫡母、討好嫡姊，如今嫡母死了，嫡姊也快死了，她們苦心經營的一切，都是她的了。

侯婉雲接過信封，抬起頭來，定定地瞅著長姊，忽然笑了。

這一笑不似平日裡的溫柔婉約，竟透著瘋狂，看著有些猙獰。侯婉心愣愣地看著突然變了個人似的妹妹，喚了聲：「雲兒？妹妹？」

「哈哈哈！」侯婉雲看著滿臉擔心的長姊，笑得更厲害了，她忽然抓住侯婉心的手臂。侯婉心覺得手臂被針扎了一下，接著渾身的力氣便像抽乾似的，站都站不穩地倒在侯婉雲身上。

侯婉雲輕蔑地哼了一聲，如同拽死豬般將她的長姊拖拽到床上。

「雲兒，妳這是怎麼了？」侯婉心只覺得身體越來越沈，連眼皮都抬不起來。

「哼，都這時候了妳還這般愚蠢。」侯婉雲將信封放在掌心摩挲，笑嘻嘻地盯著一臉驚恐的長姊。「像妳們這般愚笨的人，就該統統都死了，省得活著浪費糧食。不過妳們倒也不是沒有利用價值，起碼死之前給我留下這金山銀山。」

侯婉心的眼神迷茫起來，她何曾見過這樣的雲兒？記憶中的雲兒，是那般溫柔，知書達禮，說話連句大聲氣兒都沒有。如今這面目猙獰的女人，真是她從小看著長大的妹妹侯婉雲？

「雲兒，妳在說笑吧？」侯婉心吃力地拉住妹妹的袖子，卻被無情地甩開了。哐噹一聲脆響，一對金燦燦的金鑲玉鐲子落在侯婉雲的手腕上。侯婉心吃驚地看著那對價值連城的手鐲。

「唉，張氏還算懂事，每日孝敬我的好東西不少，只可惜她是個蠢的，與她周旋令人心煩。」侯婉雲笑咪咪地摸著那對手鐲。「待我得了織造坊，才不稀罕這些俗氣的東西，我的吃穿用度，定要是全天下最好的。」

壓抑了這麼多年的本性一朝顯露，就如同開閘的江水般關不住。

侯婉雲瞥了一眼只剩半口氣的長姊，方才給她用了毒，她將會身體麻痺，一炷香後便口不能言、手不能動，最多六個時辰後就會去見閻王。對著這將死之人，侯婉雲沒了顧忌，反正死人是不會洩密的。

「只可惜，生我這身體的蠢笨女人，卻是個不開竅的。那年我讓她毒死妳，再將我送進太太房裡當嫡親小姐養著，她偏不肯。不是都說母女連心嗎？我由那下賤的妾室養大，她能為我謀什麼好前程？那賤人非但不為我的前程著想，竟然還想要告發自己的親生女兒！既然母不慈，那我也就子不孝，索性一不做，二不休，將那賤人推下湖，正好她死了，一了百了。」

接著侯婉雲開始講述自己當年是怎麼害死親生母親的，侯婉心這才知道，原來當年胡氏並非自己失足掉下湖的，而是被親生女兒推下水的！可想像侯婉雲甚至還拿著桂花糕，笑嘻嘻地坐在湖邊，親眼看見生母力竭沈入湖底，才跑去叫人呼救，那時她才剛滿五歲！

若非聽她親口說出，侯婉心怎麼都不相信天底下竟有這般狠心的人！

侯婉雲得意洋洋地看著侯婉心，自己苦心謀劃的計謀，雖然精彩，但是再精彩的戲，若是沒了看客，豈不乏味寂寞？

現在的侯婉心不光是她的棋子，還是她的看客，侯婉心越痛苦，就證明她越成功，這戲越精彩。

「唉，我的傻姊姊……」侯婉雲折下那朵嬌豔的桃花。

「既然妳也要死了，那妹妹我就讓姊姊死得明白。妳不是喜歡桃花嗎？妳可知正是這桃花，催了妳的命？有些人，天生就對某些花粉過敏。我五歲時就發現，姊姊妳對桃花的花粉過敏，卻偏偏喜歡桃花。於是我就每日折了桃花插在妳床頭，把桃花瓣兒做的香包掛在妳身上，日積月累的，妳可不就過敏得厲害，直到如今要了妳的命嗎？唉，說了妳也聽不懂，你們這種知識落後的古人，活該！」

侯婉雲幽幽嘆了口氣。「我說了吧，有些人，就是太蠢，死都是蠢死的。妳們母女二人怪不得別人，只怪妳們太傻。」

侯婉心看著侯婉雲的眼神，如同刀子般，恨不得從她身上剜掉幾塊肉！

侯婉雲笑咪咪地戳了戳侯婉心的臉頰。「長姊，妳莫要這般看我。與我相比，妳也好不到哪兒去，咱們半斤八兩，嘻嘻！」

侯婉雲從懷中掏出一枚粉嫩的蜜桃來，湊到長姊眼前，得意道：「長姊妳瞧，這毒死太太的穿腸毒藥，可都是由長姊每日親手捧到妳親娘跟前的！」

侯婉心聽了這話，眼中的憤怒漸漸化成驚恐，她已經知道眼前這看似單純無害的少女，其實是個披著人皮的惡毒蛇蠍。

侯婉雲看著侯婉心的表情，很滿意她的反應。侯婉雲咬了一口蜜桃，道：「長姊莫怕，這蜜桃是無毒的，不信雲兒吃給妳看。」又接著說：「方才雲兒去摘桃花的時候，看見池塘裡的大閘蟹又肥了些。對了，長姊有所不知吧？這世上有些東西雖好，可不是誰都有命吃的，若是沒那個福氣卻偏好那一口，再好的東西吃進了嘴裡，可就成了穿腸毒藥。」

侯婉雲定定看著侯婉心，櫻唇中輕輕吐出一句。妳自個兒對桃花的花粉過敏，而妳娘對花粉過敏得不嚴重，卻對蜜桃過敏。本來光吃桃子，還要不了她的命，可她偏偏喜歡吃大閘蟹。蟹子性寒，加劇了她的過敏症狀，再加上妳總是自個兒掛著桃花花瓣做的香囊，隔三差五地縫個桃花荷包掛在妳娘床頭。花粉、桃子、大閘蟹，三管齊下，我再從中下點毒藥，長姊，是妳親手送妳娘去見閻王的啊。」

侯婉心驚了一下，腦中一片空白，半晌才反應過來。此時她已口不能言，滿腦子都是那句「長姊，是妳親手送妳娘去見閻王的啊」。

侯婉心只覺得通體生寒，眼淚止不住地流。竟是她親手將那穿腸毒藥，送進自己親娘的口中！

悲憤交加，五內鬱結，只覺五臟六腑一陣翻滾，一大口甜腥湧上喉頭，侯婉心連噴了三大口鮮血，倒在床上，斷了氣。

第二章

裊裊的水氣從屋外的小藥罐子上騰起，熏得整個迴廊都是藥味，那藥罐子從床上之人醒來後就在燒著，連日來從沒停過。

一碗一碗的湯藥，流水似的送進屋裡，盡數灌進了床上那小姐的肚子裡。

「哎呀我的四小姐，妳不要這般想不開！老爺是為了小姐好啊！」

一個穿金戴銀的婦人撲在床頭乾嚎了半天，抬眼看了看雙眼無神的女子，收起了那哭喪的嘴臉，癟著嘴道：「晚晴，這婚事妳答應也好，不答應也好。本來這婚姻大事，就是父母之命、媒妁之言，老爺好吃好喝地養了妳這麼多年，妳這樣要死要活的，就是不孝！」

這尋死覓活的小姐，乃是翰林學士顧長亭的庶出四小姐。本這四小姐生性最是軟弱，極為畏懼顧老爺，平日裡戰戰兢兢地侍奉父親、嫡母，生怕別人說她一聲「不孝」。可哪知道前些日子老爺打算巴結一位貴人，盤算著將這正當妙齡的四小姐嫁給那位年過半百的貴人做續弦。四小姐一聽這消息，當場昏了過去，醒來後二話不說便跳進後院的湖裡，待到被撈上來，這身子裡的靈魂已經換了主。此時這殼子裡的魂兒，正是才斷了氣的安國侯家的嫡長女，侯婉心。

如今這侯婉心，哦不，應該是顧晚晴，正雙目無神盯著繡床的帷帳，婦人那句「不孝」，讓她猛然警醒。

本以為自己已死，可誰知竟然柳暗花明又重生。剛醒來的那幾日，每每想起前世之事，心痛如刀割，恨不得再死一百遍！

她一恨自己有眼無珠，引狼入室；二恨自己識人不明，害死親母；三恨自己輕信小人，為他人作嫁衣裳。

本來萬念俱灰，生念俱滅，可那婦人一句「不孝」，竟如醍醐灌頂，讓她清醒過來。既然上天讓她有機會再為人，何不好好珍惜這機會？這樣一心求死，反讓那賤人逍遙自在，豈對得起母親在天之靈？

心下有了主意，顧晚晴的眼神裡有了些許活氣。她轉頭看向那一臉不耐的婦人，整理了一下這身體原先主人的記憶。

顧老爺家後院，除了太太，還有七個妾室，除去病死的，如今還有四位姨娘。眼前這位就是最受寵的王姨娘。

本來這小姐的親事，做姨娘的是說不上話的，可如今這王氏卻每日往四小姐屋裡跑，不斷勸她。

顧晚晴心下冷笑，還不是因為太太生了三個嫡親女兒，大小姐和二小姐已經出嫁，三小姐也許了人家，如今府裡該出閣的閨女，除了四小姐顧晚晴，就是王氏生的五小姐顧晚玉。若是四小姐死了，那就該輪到王氏的心肝寶貝女兒，去給那能給五小姐當爹的貴人做填房了。

所以王氏當然希望四小姐好好的。

看見顧晚晴眼裡有了生氣，王氏又換上笑臉，用帕子掩著嘴角，這四小姐果然是個好拿捏的泥人，一頂不孝的大帽子扣下來，她就心虛了。

「王姨娘的好意，晚晴心領了。」顧晚晴淡淡地看向王氏。「我身子不舒服，有些乏了，等晚些時候再說吧。」

王氏看她下了逐客令，訕訕地出了屋子，想了想又趕緊叫小丫頭翠兒去喊了五小姐顧晚玉過來照顧四小姐。

「四姊可好些了？」五小姐候在院子外頭的迴廊裡，見到翠兒出來，知道王氏尋她，趕緊進了院子。現在府裡最擔心四小姐身子的人，除了王氏，就是五小姐。

「四小姐看著好些了。」王氏笑咪咪地道，又湊近女兒耳畔，輕輕道：「看樣子是死不了，不過得看得緊些，若是再讓她尋死可就壞了。」

五小姐咬著嘴唇點點頭，連忙領著自己的丫鬟進屋。

顧晚晴抬眼看了看進來的姑娘。十四、五歲的年紀，模樣倒是清秀可人。她認出她是這身子的妹妹。王氏和顧晚玉想的事，顧晚晴何嘗猜不出來，反正她已經下定決心好好活下去，就由著她們好吃好喝地供著自己。

休養了兩日，顧晚晴將未來的事想了通透。

顧老爺並無多少才華，靠著祖上庇蔭才官拜翰林學士。偏偏顧老爺總想往上爬，於是就琢磨了些歪門左道的路子，想要利用女兒的婚事來為自己鋪路。但三個疼愛的嫡親女兒都有了人家，就把主意打在這個從小乖巧聽話，生母又懦弱的四女兒身上。

顧晚晴甚至想過，委屈自己回去安國侯府，哪怕做丫鬟也好，只要能接近那賤人，找機會報仇就行。可是後來又想，依自己現在的身分，這個想法太不切實際，她怎麼說也是官家小姐，這丫鬟不能說當就當，而且若是真的弄死了那賤人，查出來必定會牽連這身體主人的家人。

那賤人快十一歲了，再過幾年就要出嫁。顧晚晴想著，自己遲早也得嫁人，不過不能輕易出嫁。她要嫁，也最好跟那賤人嫁到一家。這樣她才有足夠的時間，用後半輩子謀劃，讓那個蛇蠍心腸的毒婦，血債血償！

這兩日，她試著打聽侯婉雲的情況。

太后面前的紅人、昭和公主的伴讀、安國侯唯一的嫡親小姐、安國侯府的新管事……

不用她旁敲側擊，侯婉雲的故事可以說是街知巷聞，乃是深閨婦人的談資。就連整日照顧她的五小姐，提起侯婉雲也是一臉羨慕敬仰。

「四姊，那位侯小姐的命可真好啊。」五小姐嘆了口氣，同為庶女，她怎麼就沒那麼好命呢？

顧晚晴冷笑。若妳有那賤人的狠心腸，妳也能同她一般。

不過既然那賤人現在的地位如此之高，她將來要嫁的，必定是一等一的王孫貴族。想起自己曾經還為那賤人擔心，怕她嫁出去受委屈，顧晚晴就覺得諷刺不已，自己還真是多慮了。她看了看五小姐，又想起自己這不爭氣的爹，也不知能不能有本事給她攀上那樣的人家。

不過眼下最緊要的，便是打消顧老爺的主意。

顧晚晴叫了丫鬟進來，梳洗打扮一番，對五小姐道：「妹妹，我身子見好了，該去給父親請安了。」

一聽四小姐要出門，五小姐慌了，她怕四姊又趁人不注意跑去投湖。

顧晚晴看著顧晚玉的臉色，捂著胸口幽幽嘆氣。「妹妹，姊姊這是心病，須得心藥醫。父親要我嫁給誰，我絕無怨言。先前是姊姊我魯莽了，欠了思量，如今姊姊已經知錯，想去跟父親認罪。若見不到父親，我定會寢食難安，連藥也不想喝了。」

五小姐一聽她不吃藥，嚇得臉都白了，連忙叫了五個丫鬟過來，兩個攙扶著顧晚晴，一個打頭陣，兩個跟在後頭，幾乎是將顧晚晴架著來到顧老爺的書房。

顧老爺是個風雅的文人，書房裝飾非常講究。侍童通報了一番，就請了顧晚晴進去。

顧晚晴走進書房，顧老爺正站在書案旁處理公文，見到這個不聽話的女兒，氣不打一處來，隨手抓了硯臺砸向顧晚晴，呵斥道：「妳這不孝女，還有臉見為父！妳有膽子投湖，怎麼不乾脆死了乾淨？也省得我見了心煩！」

青玉做的硯臺，擦著顧晚晴的裙角飛了出去，濺了她一裙子墨汁。

顧晚晴也不惱，垂著頭，恭恭順順地對顧老爺做了萬福。「父親，前幾日是女兒魯莽了，被豬油蒙了心，才做出那等糊塗事。女兒如今想通了，特地來向父親請罪，請父親責罰。」

看著女兒乖巧溫順，顧老爺的火氣消了不少。畢竟他也怕逼得太狠了，將女兒逼死，傳出去對他的名聲有損，怕會影響仕途。既然女兒想通了，他也就順水推舟，借驢下坡。

「晚晴，為父也是為了妳好啊。」顧老爺走過來，扶起女兒，一副慈父做派。

顧晚晴心裡只想作嘔，面上卻越發恭敬。「是，父親深謀遠慮，愛護子女。父親替女兒選的親事，定是極好的。只是不知父親要女兒嫁的是哪家的貴人？」

顧老爺輕咳兩聲，掩飾面上的尷尬，他讓顧晚晴坐下，自己坐在書案後，緩緩道：「晚晴，妳從小就是個聽話懂事的孩子，這些姊妹裡，父親最是疼愛妳。」

顧老爺頓了頓，看了看女兒的臉色，見女兒依舊一臉恭順，繼續道：「可惜妳是個庶出的，畢竟不如嫡出，只能嫁給門當戶對的庶子，或者門第更低的人家，爹怕委屈了妳。如今為妳選的這戶人家，雖然嫁過去是續弦，但好歹是正經的嫡母。那家上無婆母，亦無妯娌，還有幾個兒子、女兒伺候妳，妳嫁過去，是享福的。」

嫁給一個半百的老頭子做後娘，這種事虧得顧老爺巧舌如簧，竟說得像天下第一美事似的。

「是，還是父親疼女兒。這樣的好人家，怕是打著燈籠也難找呢。」顧晚晴一臉發自內心地稱讚。「只是，到底是哪戶人家？」

顧老爺咳了兩聲。「正是當今的輔國大將軍、安國侯爺。」

霎時，顧晚晴面無人色。她方才重生幾日，她現在的父親，竟然盤算著將自己嫁給重生前的親爹做填房！

顧晚晴扶著椅子，身子才沒滑到地上去。

雖說她這身子是顧老爺的女兒，可是她的魂兒可是侯婉心啊！安國侯，那是她親爹！

幸虧她這幾日病得憔悴，臉色一直是蒼白的，此時也只是更慘白了些。顧老爺頓了頓，捕捉著女兒的臉色，他見女兒只是臉色全白，並沒有跳起來要死要活的，也就以為顧晚晴是默認自己的安排了。

「安國侯家的小姐前幾日去了，安國侯和小侯爺都已經回了京。等過些日子喪事辦完了，爹就請個有頭有臉的媒人去說妳這婚事，定要將這婚事說成了。這幾日太太會為妳備嫁妝。妳放心，爹爹不會虧待妳的，定會將妳風風光光地嫁出去，不會叫婆家瞧不起我顧長亭的女兒。」

這會兒工夫，顧晚晴也顧不上聽顧老爺的話，垂著頭已經將千百個主意在心裡過了一遍。

她的父親安國侯，年少不得志時娶了她母親，夫妻兩人伉儷情深，雖然父親也如同尋常豪門人家般納了幾房小妾，但是母親在父親心中的地位是無人可比的。當年母親病得快不行的時候，父親曾經在母親床前發誓——若失吾妻，終身不娶！

母親去世後幾年，父親一直遵守承諾，對再娶之事隻字不提。其間也有想討好安國侯的人，想將自家的女兒嫁進來，都被安國侯一口回絕了。就連身為女兒的侯婉心，也曾試探過父親是否有意再娶，父親也都明確表示，愛妻已去，此生不娶妻子。所以後來母親不在了，也不會再有繼母嫁進來，侯婉心才順理成章地接下管家的大權。

真正的顧晚晴是個眼皮子淺的閨閣女子，每日只看得見那巴掌大的天地，以為父親就是天，父親說讓她嫁給貴人，她就一定會嫁給貴人，腦子一熱只會投湖尋死。殊不知人外有人，天外有人。自己父親在家裡威風，可是出了家門，在外頭還是得伏低做小地巴結貴人。顧老爺想嫁女兒，貴人未必想娶呢。

想通透了這些，篤定安國侯不會娶妻，顧晚晴不似方才亂了陣腳，她平復心神，抬起頭，眼波平靜地看著顧老爺。

「爹爹為女兒尋的，確實是門好親事。女兒聽過這位輔國大將軍的威名。他不僅是個沙場上的鐵血漢子，更是個情深意重的好丈夫。女兒還聽說，昔年安國侯和其夫人，伉儷情深，安國侯夫人去世多年，侯爺都不曾娶續弦，就連家裡管事的，都是安國侯的嫡親大小姐。若是女兒能嫁給這般英武不凡、又癡情的好丈夫，那是女兒的福氣。」誇自己老爹，顧晚晴可不含糊。

顧老爺瞅著女兒，見她說得情真意切，提及安國侯時，那恭敬的神態，絕非作假。

此時女兒鬆口答應嫁了，可是顧老爺卻犯難了。因為方才顧晚晴的一番話，讓他想起，自安國侯夫人去世之後，確實是嫡長女管家。

一般的豪門人家，女兒未出嫁時是不管家的，只會跟著主母學些管家才能，將來嫁到婆家才好管理內宅後院。其餘只在沒有嫡母，也無兄嫂，其他人也不合適的情況下，才會由未出嫁的女兒管家。安國侯將管家權交給了嫡長女，難不成是真的打算不再娶妻了？

又想起曾經有傳聞，一年前御史去南疆奉旨巡視，順便探望安國侯，為了巴結，曾提出將自己嫡親的女兒嫁給安國侯，後來不知怎麼的，竟被安國侯身邊的侍衛拿棒子打了出來。

顧老爺摸了摸鬍鬚，陷入沈思。這麼一想，這安國侯大抵是不會再娶了吧。若是揣摩錯了侯爺的心思，貿然說親，結果被打了出來，那他今後還有何臉面在朝為官？

原本他只是想巴結當朝正紅的貴人，哪會想得多仔細，如今細細一想，確實不妥當。

顧晚晴看著顧老爺猶豫的臉色，心知他內心在動搖。

顧晚晴嘴角勾起一絲笑，這下怕是斷了顧老爺嫁她做安國侯填房的念想，可就怕顧老爺腦子再一熱，將她塞進安國侯府裡做個妾，所以她決定先發制人。

顧晚晴抬起頭，滿含期盼的眼神看著顧老爺，一臉討好道：「父親，若是安國侯嫌女兒愚笨，不配娶做嫡妻，女兒也可做妾室……只要是父親的意思，就算讓女兒做妾，女兒也願意。女兒不怕人閒話，不怕人笑話，只要是為了父親，為了顧家，女兒做什麼都願意。」

顧老爺看著女兒的神態，忽然心就有點軟了。這個女兒他是知道的，從小就怯懦又膽小，聽話孝順，除了前幾天的跳湖，從未忤逆過自己。如今她竟為了討他歡心，連甘願做妾的話都說了出來。她雖是庶出，可好歹也是正經的官家千金，將來嫁出去也是做嫡妻的。做妾，那是多大的委屈啊！

不過身為一個賣女求榮的爹，顧老爺才不會因為對女兒的一絲絲愧疚和憐惜就放棄利益。但是顧晚晴的話再一次戳中了顧老爺的死穴——顧晚晴一個無足輕重的庶女，她可以不怕人笑話，可是顧老爺堂堂的翰林學士，他可真怕被人戳著脊梁骨罵！

尋常百姓被人戳著脊梁骨罵，最重不過是幾句閒言碎語難聽話。可是顧老爺是當朝翰林學士，罵他的人，可是那幫子罵人不帶髒字都能把你十八代祖宗翻出來，正罵一遍反罵一遍翻著花樣再罵一遍的人精！若他真的把女兒嫁出去當妾，那「賣女求榮」的帽子就真真扣上了。說不定還會被那些整日沒事幹只知道寫摺子彈劾這個彈劾那個的言官，一狀告到聖上面前，那他的仕途可就全毀了！

這麼想來，顧老爺連日的打算全都泡湯了。他嘆了口氣，做出慈父模樣。「女兒，妳這是說的什麼話？爹怎麼忍心委屈妳做妾呢。妳從來都是聽話的孩子，爹自然要為妳做好打算。今兒個妳也累了，先回去吧，改日爹再找妳說話。」

顧晚晴乖巧地起身。「一切全憑父親作主。」而後便退出書房。

接下來幾日，風平浪靜，顧老爺再也沒有提起將顧晚晴嫁給貴人做填房的事。府裡負責採買的僕役如往常一般，無人置辦嫁妝，曾經因四小姐投湖而鬧騰的婚事，現下彷彿沒這事一般。顧晚晴心裡知道是怎麼回事，但她不說，整日除了好吃好喝，就是懶懶地躺在院子裡的貴妃榻上，拿著本佛經邊看邊曬太陽。

王氏依舊每日派人送來好吃好喝的，生怕顧晚晴一個不小心病死了。顧晚晴每每看到王氏殷勤的嘴臉，心裡淡淡地想，她雖是顧老爺最得寵的姨娘，可是顧老爺卻連婚事取消的事，都沒有透露給這位王氏隻言片語。便由著王氏每日殷勤地送些好吃好喝，算是拉攏這個一直不得寵的庶出女兒。顧老爺所謂的寵愛，也不過如此，就連枕邊人的心都隔著算計和猜度。

王氏走得勤，五小姐走得就更勤。

府裡與五小姐年齡相仿的，只有四小姐顧晚晴。更年幼的兩個妹妹和一個弟弟都太小，玩不到一塊兒。五小姐每日來便嘰嘰喳喳說些京城裡的新鮮事，顧晚晴聽著當是解悶。

兩天後，熱愛八卦的五小姐一大清早就跑來爆出驚天八卦——

皇上御筆親書「嫻德孝女」四字，賜給第一才女侯婉雲，這「嫻德孝女」牌匾被掛在安國侯府的正廳上！不僅如此，這位孝女還被太后親自指婚給了平親王世子姜炎洲！

平親王姜恒，官拜太傅，是內閣重臣，手握重權。其嫡長子姜炎洲，年方十四，為平親王世子。姜家乃真正的名門望族，綿延百年，出過兩位王公、四位丞相，官員不計其數。這真是豪門中的豪門，貴胄中的貴胄，真真是貴不可言！

那賤人的心機手段，顧晚晴是知道的，她定是又使了什麼手段，故而對她嫁入高門並不吃驚。可是接下來當五小姐繪聲繪色地將侯婉雲的所作所為講出來時，顧晚晴禁不住氣得一口鮮血噴了出來。

在顧晚玉的描述中，一段驚天地、泣鬼神的故事呈現出來——

話說那日安國侯嫡長女侯婉心眼見著不行了，嚥了氣。就連三小姐侯婉雲請來的京城名醫都搖了頭，說人已經去了，救不回來了。

三小姐聽後，抱著她長姊的屍身不鬆手，哭得撕心裂肺，對大夫說：「我長姊這般好的人，不可能就這麼去了！你看我長姊的身子還是暖的，定是診錯了！求神醫一定想辦法救救我姊姊！雲兒自小沒了娘，長姊對我照顧有加，只要能救回我姊姊，就是用雲兒這賤命來換，雲兒也願意！」

說罷，竟然尋了匕首，一刀子割在自己那玉一般的胳膊上，要效仿古代的孝子「割肉救母」，來個「割肉救姊」。

幸虧侯婉雲身旁的大丫頭巧杏眼明手快，奪了匕首，但那胳膊已被三小姐生生剜掉一塊肉來！三小姐疼得幾乎要昏了過去，卻咬牙捧著肉，跪下哭求神醫一定要救救她姊姊。

那神醫早些年在宮裡做到了太醫院院首，年紀大了就辭了官，平時裡偶爾接一些診金高的病人。當時三小姐一隻胳膊血肉模糊，捧著肉跪地哭求的模樣十分可憐，就連神醫這個見慣了生死的人，也被感動得掉了淚。

而後三小姐割肉救姊的事，伴著安國侯嫡長女的死訊傳開了，安國侯爺和小侯爺在七日後抵京，到家之後，一進靈堂，就看見三小姐一身孝服，跪在她長姊靈前，形容憔悴，一雙眼睛腫得似核桃般，一隻胳膊上還纏著綳帶。

據說此時三小姐已經在長姊靈前跪了七天七夜，見到侯爺和小侯爺回來，哭著跪在侯爺面前，一個勁兒地磕頭，哭喊著。「父親！女兒對不起父親，女兒沒有照顧好長姊！都是女兒的錯！女兒不孝啊！女兒就是死了，也不足以贖罪啊！」據說那頭磕的，連地上的青石板都給砸出裂縫來。

侯爺和小侯爺回京的時候，一路上已經聽說了家裡情況，自然也知道這個乖巧善良的三女兒割肉救姊一事。如今見她胳膊上纏著帶血的綳帶，又在靈前跪了七天七夜，自然是感動不已。

與此同時，昭和公主也來弔喪，目睹了這一幕，感動得差點哭暈了過去。昭和公主長在皇家，自小見慣了齷齪事，什麼妃嬪爭寵、骨肉相殘，如今看到一個如此愛護姊姊，善良單純如水晶一般的人兒，更覺得難得。昭和公主回去之後就將所知所見稟告了太后，並且哭著說：「一個臣女尚且如此，我身為公主，更要謹遵孝道，好好侍奉母后。」

太后聽後亦覺侯婉雲這般的心腸實屬難得，又能感化自己的女兒，於是便將這事稟告聖上。當今聖上以孝道治國，聽後感慨不已，大筆一書，寫下「嫻德孝女」四字，叫人製成牌匾，賜給安國侯府三小姐侯婉雲，連帶賜了很多珍貴的藥材，讓侯婉雲好生養傷。

這般的好女子，太后自然是肥水不落外人田，將她指婚給了與自己沾親帶故的平親王世子姜炎洲。

平親王世子今年十四歲，安國侯三小姐快十一歲，世子和三小姐都年紀尚輕，故而兩家訂了親，下了聘，將婚禮定在三年後，待侯婉雲滿十四歲時舉辦。

平親王世子姜炎洲，可是京城裡炙手可熱的人物，家世極好，又生得俊俏，令名媛貴女趨之若鶩。不過若是論起名氣，姜家最傳奇的是他父親，平親王姜恒。

姜恒年少喪母，自小聰穎，被譽為神童，十六歲被聖上欽點為金科狀元。而後仕途順風順水，而立之年就位列三公之一，實屬年少有為，如今而立之年，已手握重權，就算在姜家這樣的百年望族裡，姜太傅也是極為出類拔萃的人物。

不過姜恒最最傳奇之處，並不在才華，亦不是仕途，而是堪稱傳奇的婚姻生活。

姜恒膝下共有三兒兩女，三個兒子皆為嫡子，兩個女兒則為妾室所生，可奇就奇在，這三位嫡子的母親，各不相同。

天朝並無平妻制度，姜恒自然不會一次娶三個嫡妻回家，可他那三個兒子，確實都是三個不同的嫡妻所生。

嫡長子之母，乃是淮南王嫡女，明烈郡主。明烈郡主剛嫁入姜家，不出兩個月就懷上孩子，一舉得男，生下嫡長子姜炎洲，在姜炎洲剛滿兩歲時，明烈郡主就病故了。半年後，姜太傅迎娶第二位妻子，成郡王嫡次女周瑞芯，周氏剛過門便有了身子，十月懷胎，生下平親王嫡次子，而後因染了病，還沒出月子，人就去了。一年後，姜恒娶了左相的嫡親小女兒孫傾憐，孫氏過門半年，懷了身子，可難產而亡，留下姜恒的嫡三子。

在此之後，姜恒又娶過兩個妻子，分別是吏部尚書家的女兒，和御史中丞家的閨女。前者在婚後一個月內暴斃而亡；後者剛訂了親，下了聘，還未等嫁到姜家去，就病逝了。

姜恒前前後後娶過五個妻子，一個比一個短命，京城裡便流傳起姜太傅剋妻的傳言，還傳得神乎其神，連姜恒是妖怪，是會吃人精魄的鬼怪故事都傳出來了。按理來說本是炙手可熱的大人物，可如今卻無人敢給姜恒說親。每每有媒人上門提到姜恒，那些老爺、太太都是眾口一詞。「我家閨女年紀還小，還想在家多留幾年」，而後轉眼就將閨女許了別的人家。

由於無人肯嫁，於是姜恒對妻子的要求，也從最初的眼高於頂，變成如今的只要門第別太差，模樣過得去，最重要的是健壯就行。姜家可是再也受不住娶一個沒一個的事了，但就是這樣，也沒有人家敢將自己的女兒嫁過去。對此，風流瀟灑的姜太傅很是苦悶。

不過姜恒雖然苦惱自己的親事，可去給姜恒三個兒子說親的媒人卻絡繹不絕。

姜恒並無正妻，這表示侯婉雲嫁過去，無須侍奉婆母，所以這婚事，真真是頂好的。

「唉，那侯小姐命也太好了吧，不但能得到皇上御筆親書的牌匾，還能得太后垂青，指婚給那麼好的人家。她不也是庶女嗎？」顧晚玉講完侯小姐的事，癟著嘴，又是羨慕又是妒忌，有些忿忿不平。

顧晚晴則躺在椅子上，一隻手臂覆在眼上，遮住眼裡那憤恨的光——這賤人，竟然算計到這般田地，就連嫡姊的喪事，都能被她利用得徹徹底底！自己生前被她蒙蔽利用，就是死，還讓她作了場好戲！

越想越氣結，顧晚晴捂著胸口，悶哼一聲，吐出一口血。

這一口血，將連日來的鬱悶都吐了出來，顧晚晴覺得身子輕鬆許多，但將五小姐嚇得跳了起來，緊張大喊。「哎呀，四姊妳怎麼吐血了？快叫大夫！」

顧晚晴不攔她，這陣子五小姐倒成了顧家最關心自己身子的人。她既然打定主意要復仇，自然要善加保養，活得長長久久、健健康康。

大夫來了，診了脈，開了些滋補調養的藥材，顧晚晴毫不客氣地將方子交給王氏，又說自己身子虛，需要好好補補，於是王氏便急急火火地張羅了最好的藥材，每日往四小姐院子裡送。

五小姐也每日跑得勤，又帶來好些八卦，她幾乎成了顧晚晴瞭解外界的最重要管道。那日五小姐又提起安國侯的事，說有一日吏部尚書去安國侯府拜謁，竟然被安國侯親自拿著大棒子打出來，還攆著吏部尚書追了半條街，據說連腿都給打斷了，邊打邊罵道：「你這不安好心的東西，我女兒屍骨未寒，你就提什麼娶妻納妾！我若是娶了，我還是人嗎？給老子滾，誰再給老子提這事，老子打斷他的狗腿！」安國侯平日裡和和氣氣，可他畢竟是個長期待在軍營裡的武將，罵起人來，罵得吏部尚書老臉都沒處擱了。

顧晚玉說得眉飛色舞，還做起鬼臉學著吏部尚書的樣子，笑得前仰後合。顧晚晴也跟著笑了，吏部尚書是顧老爺的好友，在吏部尚書去安國侯府拜謁之前，曾經來過顧府一趟。顧晚晴琢磨著，是顧老爺不死心，就攛掇著吏部尚書去探探安國侯的意思，可竟被安國侯親自打了出來。如此這般，這顧老爺可徹底死心了。

父親終究是個重情重義的好丈夫，顧晚晴抱著肩膀想著，唇邊笑意暖了幾分。

身子告病，免了晨昏定省，顧晚晴倒也自由逍遙，這些日子吃得好、喝得好，身體漸漸好了，連臉色都紅潤許多。顧晚晴這身體原本是個弱柳扶風的美人，生得柔弱，看上去怯生生的，自從侯婉心的魂兒鳩占鵲巢，她每日早起都將自己曾經學得的軍體拳打上一套，一個月下來壯實不少，連個子也長高了些。原本她和五小姐一般高，如今竟一下子竄出小半個頭來。

「哎呀四姊，妳可少吃點！」五小姐看著四姊在吃光了兩碗飯後，又叫人添了第三碗飯，不禁瞪圓了眼睛。「妳瞧妳那腰身，以前的衣服都穿不下了！妳再吃啊，可就胖成廚房王大嫂那樣了，看以後誰還敢娶妳！」

看著曾經嬌滴滴的病美人姊姊，如今長得高䠷健壯，五小姐不禁覺得可惜。在她眼裡，女子就是要柔弱，才討人喜歡。

顧晚晴笑咪咪地看著五小姐，挾起一隻雞腿，開始吃第三碗飯。

「妳四姊我這叫心寬體胖、能吃是福！妳個小妮子哪懂得這些？咱們顧府又不缺那兩件衣裳，叫人置辦新的就是了。」

連日來的相處，顧晚晴也漸漸對這個妹妹產生了好感。這五小姐是個爽利的，嘴裡、心裡都藏不住事，一眼就能看到底，沒什麼壞心眼。顧晚晴很能理解初時她因為不想做填房，所以希望四姊姊好好活著的心情，畢竟誰沒點小心思，倒是侯婉雲那般看著完美的人，才真是可怕得令人遍體生寒呢。

這般有喜有怒，有小心思、有小算盤的，才是活生生的人！

吃完了飯，又吃了甜品，顧晚晴摸著圓滾滾的肚皮起了身，拉著顧晚玉去後院散步消食，她晚上還要吃頓宵夜。

就這樣連日地吃、鍛鍊身體，半年後顧晚晴已從一個嬌美人蛻變得健壯高䠷，原本嬌俏的瓜子臉也圓成了鵝蛋臉，看著紅潤潤的滿是青春生氣。瞧著自家四姊跟吹氣似的長得又高又壯，五小姐的嘴巴嘟得能掛上油瓶。

「四姊，妳原先的樣子多好，現在這樣，不好看的。」五小姐仰頭看著已經比自己高出大半頭的顧晚晴。

顧晚晴依舊笑咪咪的，她站在鏡子前，看著鏡子中高䠷健美的少女，對自己的新形象很滿意。如今她換上一身淡粉色的對襟錦緞裙子，襯得身材凹凸有致。

蟄伏了半年，她收拾打扮妥當，施施然走出院子。

侯婉雲給自己謀了門頂好的親事，她顧晚晴也不能落下。今兒個，她要利用那顧老爺，為自己謀門好親事。

第三章

顧老爺房裡最貌美的女人，非姨娘尤氏莫屬。

尤氏年輕的時候，可是十里八鄉的大美人，可惜家境貧寒，父親是個佃農。後來被顧老爺看中，納了回來。

尤氏雖然美，卻生性怯懦，人又老實愚笨，太太看著尤氏得寵，就暗地裡使些手段，離間了顧老爺和尤氏的感情，外加尤氏生的是個女兒，顧老爺漸漸就對尤氏疏遠起來。如今尤氏已是明日黃花，看著像個普通的婦人，唯有眼角眉梢依稀可見當年的美貌。

尤氏之女，便是顧家的庶出四小姐顧晚晴。顧晚晴完全繼承了尤氏的美貌，性子也像極了尤氏，太太看著顧晚晴可憐又膽小，侍奉自己又溫順，所以對她倒也算厚道。但是尤氏則不同，失了寵愛，住在偏遠院落裡，十天、半個月不出來走動，漸漸的，府裡的人都快忘了還有這麼個尤姨娘。

顧晚晴走進偏院的時候，看見尤氏捧著個繡花框，孤零零地坐在院子長廊下的藤條椅子上，繡著花。因為年紀大了的緣故，尤氏的眼睛有些花，繡框捧得很近，幾乎快貼到眼睛上。

顧晚晴靜靜立在院子門口，看著專心繡花的尤氏，眼睛突然泛起酸。

在外人眼裡，尤氏並不怎麼喜歡她這個唯一的女兒，平日裡很少走動往來，就算提起四小姐，尤氏也是一臉冷淡。可是顧晚晴知道，尤氏其實非常疼愛這唯一的女兒，她知道太太和顧老爺都不待見自己，若是自己跟女兒走得太近，連帶著也會讓老爺、太太討厭顧晚晴。所以她一直疏遠女兒，很少在顧老爺面前出現，免得讓顧老爺看見顧晚晴，就想起她這失寵無用的生母，連累著女兒受委屈。

尤氏這般愛女之心，讓顧晚晴想起自己的母親，兩個女人雖然地位不同、性格不同，但是她們對女兒的愛都是無私真摯的。

顧晚晴看著尤氏的眼神，突然就軟了，軟得化成了水，從那雙水泱泱的眸子裡滴了出來。

尤氏低著頭，專心繡花，絲毫不知院子門口多了個人。她用完了一根線，又從腳下的小竹筐裡取出另一根，用手指蘸了口口水，搓了搓線頭，瞇著眼睛穿針，穿了好幾下，不是左偏就是右斜。尤氏將腿上的繡花框放在小竹筐裡繼續穿針，顧晚晴看到她繡的是一個小肚兜，肚兜上是個胖小子。

尤氏長年失寵，她不會再懷孩子的，她手裡所繡，是為女兒準備的，給她將來的外孫。

顧晚晴吸吸鼻子，拭去眼角的水氣，瞇著眼睛笑了起來，叫了聲。「姨娘。」

尤氏拿著針的手顫了顫，她抬起頭，一雙杏眼看著院子門口站著的少女，眼裡欣喜的光芒一閃而過，而後她的臉就冷了下來，淡淡地說：「妳來做什麼？」

顧晚晴走過去，靠在她膝邊，從尤氏手上拿過針線，利索地穿好，又遞給她。「我來看看姨娘。」

「妳這孩子，不是跟妳說不要來嗎？妳怎麼不聽話？」尤氏嘴裡呵斥著，可是眼角加深的皺紋卻出賣了她眼中的狂喜。

「娘……」顧晚晴吸吸鼻子，身子在尤氏腿邊蹭了蹭，像隻貓兒。

尤氏捂住顧晚晴的嘴，四下張望，小聲道：「晴兒，娘不能亂叫，若是讓太太知道，可不得了！記住，妳娘是太太，我只是姨娘！」

顧晚晴垂下眼睛點了點頭，乖巧地答道：「是，姨娘。」

尤氏看了一眼長得亭亭玉立的女兒，嘆了口氣，粗糙的手掌理了理顧晚晴腮邊的碎髮。「姨娘早跟妳說過，沒事不要過來見姨娘，免得太太看了不高興，妳又要受委屈。妳一向是個聽話的，無事不會跑來，說吧，今天來是有什麼事？」

顧晚晴一邊伸手握住尤氏的手掌，貼在自己臉頰上摩挲，一邊緩緩說：「晚晴今天來，是想求姨娘一件事。」

「什麼事？」

「姨娘，有件事我想請姨娘去跟父親說。」顧晚晴斟酌一番，抬起頭看著尤氏的眼睛。

「什麼事需要我去說？妳父親更聽得進妳的話啊。」尤氏驚訝道，她一向失寵，又年老色衰，顧老爺連看都不看她一眼。比起尤氏，顧晚晴更能在顧老爺面前說上話。

「這事，晚晴自己去說，不合適。」顧晚晴道。「姨娘，是晚晴的婚事。」親事這事，她一個女兒家自然是不好開口的。

「好，這是晚晴的終身大事，姨娘去求求太太，讓她給妳找一門好親事。」尤氏點點頭，這些年她雖然失寵，但也攢下了點銀錢，如今拿去打點打點太太身旁的丫鬟、婆子，讓她們替顧晚晴在太太面前吹吹耳邊風，顧晚晴再好好表現，說不定太太一高興，就給她找門好婆家。

「不，姨娘。」顧晚晴拉著尤氏的手。「晚晴不是想讓姨娘去求太太，而是想讓姨娘去跟父親說，把晚晴嫁給平親王姜太傅。」

顧晚晴這話若是被顧老爺聽見了，必定會兩眼放光，巴不得將女兒嫁過去，反正一個無足輕重的庶女，剋死了也就剋死了，重要的是能跟平親王攀上關係，姜恒娶了他女兒，還不得恭恭敬敬叫他一聲「岳丈」。

可尤氏聽後臉色一變，一口拒絕。「不行！絕對不行！那平親王已經剋死了五個妻子，姨娘就妳一個女兒，姨娘不想妳嫁過去有個三長兩短！這些年，姨娘唯一的盼頭就是妳，若是妳沒了，姨娘乾脆死了算！」

「姨娘……」顧晚晴抱著尤氏的胳膊撒起嬌來。「女兒命硬，沒那麼容易死。再說了，若是女兒嫁給姜太傅，成了平親王妃，那姨娘就是平親王妃的生母，以後在顧家，誰也不敢給姨娘臉色看了。」

「那也不行！」尤氏搖頭，神色嚴肅。「姨娘這些年來習慣了，不就是這麼些事，看開也就過去了，談不上什麼委屈不委屈。可妳還年輕，大好的年華，怎麼能去給那剋妻的糟老頭當填房！」

此時姜恒正在書桌前提筆寫字，忽然打了個噴嚏，身子抖了三抖。

「姨娘，妳先別生氣，聽晚晴說。」顧晚晴伏在尤氏膝上，慢慢說道：「晚晴聽說過姜太傅剋妻的事，可是姨娘還記得小時候，有個算命先生說了，女兒的命硬著呢，嫁給夫家不剋夫便是好的了，才沒那麼容易被剋死。」

尤氏皺著眉頭想了想，確實有這麼回事。那時候顧晚晴才三歲，生得粉妝玉琢，那年元宵節顧老爺帶著一家人出遊看花燈，路上遇見了算命的半仙，那半仙看著顧晚晴老半天，說她命格奇特，命數偏硬，以後要找個能鎮得住她命格的夫家，否則會連累夫家。

顧晚晴看著尤氏的神色鬆動，道：「姨娘，女兒這命格，將來說親拿出去合八字的時候，肯定都將那些人家給嚇跑了，誰敢娶女兒啊。女兒這麼硬的命，恐怕只有姜太傅的命格才能鎮得住。所以姨娘莫要擔心女兒，女兒嫁過去不會有事的。」

軟磨硬泡了一晌午，顧晚晴說得口乾舌燥，終於將尤氏說動，答應親自去顧老爺面前提這事。

顧晚晴陪著尤氏說了會兒話，便被尤氏趕了回去。

尤氏不放心，取了些私房錢，拉攏了消息靈通的婆子。那婆子有些關係，很快就把姜太傅的生辰八字拿到手。尤氏又悄悄託了可靠的貼身丫鬟，將顧晚晴和姜太傅的八字拿去廟裡，讓算命的瞧了瞧。算命先生一看那八字，說這兩人的命格，一個極硬，會將枕邊人剋死；一個極奇，有死處逢生之相。兩人的命格單看都不適合婚配，可若是將兩人婚配在一起，倒是可以逢凶化吉。

尤氏這才放心，張羅了一下，就去見顧老爺。

顧老爺正在書房辦公，聽說尤氏來了，先是愣了一下，想了半天才想起來，自己還有個妾室姓尤，似乎還是小四的生母，便請了進來。

尤氏許久不見顧老爺，心中很是忐忑，不過為了女兒，她鼓起勇氣，小心翼翼地將事情提了出來。

說之前她還怕顧老爺不答應，誰知道話剛說出口，顧老爺就兩眼放光，親親熱熱地捧著尤氏粗糙的手，深情道：「真不枉費我疼妳們母女一場！」

轉頭立刻派人去請顧晚晴過來，又對尤氏說：「一會兒晚晴來了，妳也勸著點。這是門好婚事，若是能成，將來咱們家晚晴，可就是正經的王妃，是天大的榮耀哇！」他顧老爺自己當然就是姜太傅的岳丈大人了。八字還沒一撇呢，顧老爺腦子裡就已搭起小戲臺——姜太傅當著文武百官的面，恭恭敬敬地朝自個兒拱拱手，叫了聲「岳丈大人」，平日裡那些眼高於頂的什麼公什麼侯的，一個一個都圍過來跟自己攀交情。

想得正美呢，顧老爺繃不住笑出聲來，尤氏在一旁戰戰兢兢地立著，看著顧老爺詭異的神色，不禁打了個哆嗦。

顧晚晴很快就被請來了。

顧老爺緩過神，抬頭看她，這一看，顧老爺眼睛都瞪圓了。

他嬌滴滴的女兒呢？眼前這壯碩的大高個兒是怎麼回事？

「晚晴？」顧老爺揉了揉眼睛，沒錯啊，雖然身材壯了，臉圓了，可這絕對是他的女兒顧晚晴，如假包換啊！

「父親，女兒在呢。」顧晚晴恭順地低下頭做了萬福。如今她的身量見長，幾乎和顧老爺一般高了。

「妳、妳怎麼……長得這般健壯……？」

顧晚晴眨巴著眼睛，無辜道：「父親，是大夫說要女兒多吃多睡，好好養身體，女兒每日遵照醫囑，就長成這樣了。」

顧老爺的臉色又黑了幾分，自己這女兒，忒實誠了。

尤氏在一旁，有些奇怪地看著顧老爺。她常年幽居偏院，一年跟顧晚晴見不上幾回面，自然瞧不出她這幾個月裡的變化如此驚人。在尤氏看來，顧晚晴這樣最好，看著健健康康的，比病殃殃的模樣強上百倍。

不過顧老爺現在可顧不上顧晚晴變成什麼樣了，反正她底子好，隨了年輕時的尤氏的美貌，雖沒了弱柳扶風之姿，卻多了豐腴健碩之美。顧老爺回想起年輕時尤氏的美貌，又瞥了尤氏一眼，見如今她嘴角、眼角都布滿了皺紋，哪裡還有當年的模樣，不禁失望地移開了眼。

顧老爺咳嗽一聲，先是拉著顧晚晴母女二人閒話家常一番，從顧晚晴小時候說起，絮絮叨叨回憶了半個時辰，而後嘆了口氣，總結道：「晚晴，妳看父親多疼妳啊，從小就將妳當成掌上明珠，捧在手裡怕摔了，含在口裡怕化了，唉，真是可憐天下父母心啊！」

顧晚晴滿臉感動，順著說道：「父親對女兒自然是極好的。女兒這身，是父母所給，女兒這麼多年衣食無憂，也是父親所賜，女兒定會好好孝順父母，報答生養之恩。」

「唉，這才是我的乖女兒！爹知道妳是個孝順的。」顧老爺拉著顧晚晴的手。「如今妳年歲也大了，父親給妳尋了門親事……」

顧老爺將他打算把顧晚晴嫁給姜太傅做續弦的事說了出來。

「好，女兒答應，一切全憑爹爹作主。」顧晚晴眼睛眨都不眨地答應了。

顧老爺不敢置信地看著顧晚晴，這可是有名的剋妻親王，女兒竟然一口答應了！

顧晚晴又道：「女兒說過，只要父親讓女兒做的事，女兒沒有不願意的。女兒不是為自己嫁的，而是為了父親，為了顧家的榮耀。」

「好！好！好！這才是我的乖女兒！」顧老爺感動得老淚縱橫。

顧老爺破天荒地留顧晚晴和尤氏下來用晚膳，而後又分別賞了好些東西，打發她們各自回去。

顧老爺對此事極為上心，立刻打點了可靠的小廝，去請了官媒王嬤嬤來。王嬤嬤是京城裡名聲極大的媒婆，只因她那一張嘴，舌粲蓮花，能把黑的說成白，白的說成黑。劉家的小姐小時候天花落下滿臉的麻子，王嬤嬤說劉小姐姿容不凡，猶抱琵琶半遮面；張家的少爺個子矮壯，人醜最笨，到了王嬤嬤嘴裡，就是一臉福相，可靠敦厚。總之這王嬤嬤沒有說不成的親，再歪瓜劣棗的，也能說成仙女。

王嬤嬤得了顧老爺豐厚的聘金，樂呵呵地來到顧家，顧老爺親自接待。王嬤嬤一聽顧老爺想把自家的四小姐說給那有名的剋妻親王，嘴就癟了起來。

說到姜太傅的親事，那些老爺、太太都捨不得自己的寶貝閨女嫁過去一命嗚呼。可這顧老爺……王嬤嬤暗暗翻了個白眼，心裡啐了一下。

不看僧面看佛面，看在酬金的分上，王嬤嬤答應去幫顧老爺說上一說，不過醜話放在前頭，姜家對媳婦的要求可高著呢，若是不成，這酬金可別想給老娘退回去。

顧老爺連忙答應。

王嬤嬤拿著銀子走了，幾天後，來了消息。

王嬤嬤本就不怎麼待見這顧老爺，也就不跟他繞彎子，直接把姜家的意思說出來——姜家好歹是百年望族，娶媳婦寧缺毋濫。如今已經去了五個當家主母，這第六個，可要好好選的，顧老爺身為三品翰林學士，顧老爺家的女兒，人品才貌自然是沒得說的，可是姜家怕極了那些嬌生慣養的小姐了，不想再娶回個嬌滴滴、病歪歪的，若有個三長兩短，姜家可擔不起這壞名聲。

顧老爺不屑地心想，你姜太傅娶媳婦，可曾有過好名聲？

三日後，顧晚晴正在午睡，就被顧老爺的丫鬟急急火火地叫了起來，梳妝打扮一番，帶著她去太太的院子。

「母親。」顧晚晴乖巧地對太太福身。太太閻氏長得滿臉福相，笑咪咪地拉著顧晚晴坐到自己身旁，指著對面坐著的兩個婆子，對顧晚晴道：「這是妳王嬤嬤、劉嬤嬤。」

顧晚晴又起身，對兩個婆子行禮。「王嬤嬤好，劉嬤嬤好。」

「唉，小姐快別，我們可受不起小姐的禮。這四小姐一看就是個知書達禮的。」劉嬤嬤捏著帕子捂著嘴，一見顧晚晴眼睛就放出光來，一邊笑一邊打量顧晚晴，一雙眼睛黏在她身上似的，那眼神恨不得把她灼出個洞來，瞧瞧裡頭的芯兒是什麼。

顧晚晴則眼觀鼻、鼻觀心，一副大家閨秀的溫柔樣，說話細聲細氣的。

劉嬤嬤問：「四小姐今年多大啊？」

顧晚晴道：「快滿十六了。」

劉嬤嬤點點頭，又道：「平日裡讀什麼書啊？可會寫些詩詞？」

顧晚晴乖巧地答道：「不會作詩，勉強能識字，不做個睜眼瞎子罷了，平日裡讀《女戒》、《列女傳》，空閒時喜歡繡繡花、種種草打發時日。」

女子無才便是德，這般回答最是妥帖。劉嬤嬤是姜家的人，她很滿意，王嬤嬤收了顧老爺的銀錢，則在一旁替顧家說好話。

說了會兒閒話，到了晚膳時間。太太留兩個婆子下來用晚膳，也留了顧晚晴作陪。一頓飯下來，淨是太太在說話，顧晚晴則優雅地進食，一共用了三碗米飯，吃了許多菜，又喝了一小碗粟米羹，才放下筷子。

用完晚膳，太太就將顧晚晴放了回去，與兩個婆子東拉西扯一陣，兩個婆子得了許多銀錢，千恩萬謝遞出了顧家，一轉頭，兩人齊齊奔著姜家去了。

劉嬤嬤與姜家的帳房管事沾親帶故，加之又是出名的媒婆，給姜家一族好些少爺、小姐說過親，在姜家很是有些臉面。

王嬤嬤就更不用說了，那可是京城裡有名的官媒，臉面可是大大地有。姜家的下人們還指望討好了這兩位，以後能給自家的兒女說些好親事，故而一見二人來了，門口的小廝笑得跟含了蜜糖似的，忙迎上去。

「喲，劉嬤嬤、王嬤嬤來啦，看二位滿面紅光，今日又是得財神關照，發財了吧？小的領兩位去見王爺，也讓小的沾沾二位的喜氣，改日好討房漂亮媳婦！」

劉嬤嬤啐了他一口，笑道：「就你小子，每月方拿了錢，就全扔賭坊裡了，有哪家的姑娘敢嫁給你？我老婆子可不說這媒，省得虧了良心折我老婆子的壽。」

小廝也不惱，嘿嘿一笑，一溜煙小跑引著兩個婆子。姜府極大，卻不似尋常豪門人家四處貴氣，反而處處透著雅致。

走過若干迴廊，穿了幾個院子，拐了幾道角門，小廝帶兩人進了一處清幽別致的院落。院子是按照蘇州園林的格局設計的，小廝指著那一汪碧水之上的閣樓道：「兩位且在這門口稍待片刻，待我去通告一聲。」

說罷，小廝推了門進去，不消片刻工夫，又出來，對兩位婆子說：「我家王爺在裡頭等兩位呢，兩位請進，慢著點，小心門檻。」

方進了閣樓，就有兩個唇紅齒白的伶俐丫頭笑盈盈迎了出來。兩人均穿著碧色羅裙，頭上雙鬟髻綴著金簪子，簪頭點著綠翡翠。兩個婆子都是見慣京城裡名媛小姐的人，見了這兩個丫鬟，心裡不由將她們的樣貌與那些貴女比了比，這兩個丫鬟的容貌，比著那些貴女們，竟也不落下。兩個婆子都是眼力伶俐的角色，見這兩個丫鬟的容貌衣著，猜她們必是當紅的丫鬟。

圓臉的丫鬟看著年長一些，笑咪咪地對兩位婆子道：「可把二位給盼來了，兩位嬤嬤請隨我來，先在偏廳吃些茶，咱家王爺過一會兒才得空。」

圓臉的丫鬟端了茶上來，瓜子臉的丫鬟捧來瓜果點心，放在兩位嬤嬤面前，笑嘻嘻道：「兩位嬤嬤，這壺碧螺春可是貢茶，可稀罕著呢，本是給王爺的，可王爺一聽兩位嬤嬤來了，就說嬤嬤一路辛苦了，把這茶賞給嬤嬤們喝。這茶除了皇宮裡的貴人們有，也就咱們姜家有了，一般人連見都沒見過呢！」

「竟是這般珍貴的茶水，讓我們兩個老婆子喝，豈不是糟蹋了？」兩位嬤嬤受寵若驚，連忙起身，惶恐道：「這讓我們老婆子怎麼受得起呢？」

「受得起，受得起！」瓜子臉丫鬟拉著兩位嬤嬤坐下。「兩位嬤嬤是京城裡的紅人，上到王孫貴族，下到平民百姓，誰人不知啊？況且兩位嬤嬤為王爺的事奔走，勞苦功高，怎會受不起呢？」瓜子臉丫鬟掩口一笑，看了一眼圓臉的丫鬟碧媛，笑得更甜。「這般好茶，也只有咱們家碧媛姊姊能泡得好，碧媛姊姊這茶藝，那可是京城一絕，就連太后還特地派人請了碧媛姊姊進宮為太后奉茶，太后喝後讚不絕口呢。」

兩位婆子一聽，這小小一杯茶竟是這般隆重的恩寵，頓時得意起來，大大地長了臉面，心底暗道，一定要把姜家這差事辦好了。

碧媛輕輕在瓜子臉丫鬟肩膀上捶了一下，笑道：「碧羅妳這妮子，平日裡沒大沒小慣了，怎地這般沒規矩，被二太太知道了，可仔細妳的皮！」

一聽見「二太太」，碧羅吐了吐舌頭，拉著碧媛的手道：「好姊姊，妹妹知道錯了。」

碧媛、碧羅兩個丫鬟陪著兩位婆子吃了會兒茶，從內室裡出來一個娉婷女子，身著一襲煙水百花裙，頭上綰著凌雲髻，只綴了一支白玉簪子，用銀絲串著兩串玉珠子，斜斜垂下，走起路來玉珠子叮咚作響，甚是悅耳。

碧媛、碧羅見那女子過來，連忙起身，規規矩矩地行禮道：「錦煙姑娘。」

兩個婆子見這兩個有臉面的丫鬟都起來見禮了，也跟著站起來。

錦煙撩了珠簾進來，衝她們淡淡一笑，這一笑，差點將兩個婆子的魂都勾走了。這姑娘，美得不食人間煙火，明明看著繁花似錦的容貌，卻又像一陣煙似的縹緲如仙，真真是極品的美人，比起宮裡的娘娘們也毫不遜色。

兩位婆子看這女子的容貌，許是姜太傅的妾室。可若是妾室，就不該稱呼她為「錦煙姑娘」啊，再看她的打扮，分明是未出閣女子的裝扮，渾身氣度，也不像個丫鬟。

錦煙臉色始終是帶著笑的，笑容溫暖和煦，為她增了幾分煙火色，顯得穩重親切了些。

「讓兩位嬤嬤久等了，王爺在裡頭呢，請兩位嬤嬤隨我來。」

進了閣樓內室，兩個婆子對著坐在紫檀木雕花椅子上的男人下跪行禮。「奴婢見過王爺。」

「兩位嬤嬤起來吧。」清冽的男聲從頭頂飄過，聽進耳朵裡，猶如初春融雪的溪水，沁人心脾。

碧媛、碧羅扶著兩個婆子起來，看座上茶，兩個婆子低著頭，規規矩矩地坐著，大氣都不敢喘一聲，有些人明明什麼都沒說，就能讓人感到懾人的壓迫力。

「劉嬤嬤、王嬤嬤，那顧家的姑娘如何？」錦煙坐下，捧起一杯茶呷了一口，劉嬤嬤抬頭看了眼錦煙，她的臉在裊裊水霧裡朦朦朧朧的。

「那、那顧家的四小姐，閨名晚晴，我看著是個極好的。」劉嬤嬤平日裡巧舌如簧，如今對上這二人，竟連句伶俐的話都說不出。

「哦，」姜恒本是低頭把玩著手裡的一對玉墜子，現在抬起頭來，嘴角帶著探究的笑，看向王嬤嬤。「是怎麼個極好法？」

「這……」王嬤嬤想了想，自己好歹是個有名的媒婆，怎地今兒個就怯場了？於是鼓起勇氣，抬頭，正好對上姜恒的目光。

這是王嬤嬤第一次見到傳說中剋妻親王姜恒的真顏。只一眼，王嬤嬤不禁看傻了眼。只見那人面如冠玉，劍眉入鬢，一雙丹鳳眼斂著瀲灩眼波，身著淺色青錦長袍，頭上束冠，插著一根古樸的白玉髮簪，腰間還掛著一個上好的羊脂玉墜。此人眉眼間神色淡淡的，帶著幾分出塵的味道，看著竟似高人隱士。若非早知此人身分，兩個婆子怎能想到此人居然就是平親王！

王嬤嬤暗自撇了撇嘴，心道自己若是個貴人小姐，若能嫁給姜恒這般風流人物，自是死了也值！不過轉念又想，姜恒娶回去的五位妻子，一個較一個短命，第五個妻子才剛下了聘，據說那紅鸞鴛鴦被才繡了一半，就香消玉殞了。

這第六個……說不定今天訂了親事，明天人就不在了，連平親王的面都見不著。想著想著，王嬤嬤縮縮腦袋，她老婆子貪吃怕死瞌睡多，饒是再風流瀟灑的男子，也比不上這滾滾紅塵來的有意思。

這才輕輕咳嗽一聲，想起來要回姜恒的話。「回王爺的話，據奴婢觀察，這顧家四小姐，人生得美，性格又穩重踏實，人是極和善的，對我們這些老婆子也沒半點架子。而且自小就身強體健，極少生病，如今更是豐腴健壯，一瞧就是個能生養的。奴婢將大人和顧小姐的八字拿去合了合，正好是對良配呢。」

說畢，王嬤嬤從懷中掏出一張紅色的燙金帖子，碧媛接了帖子，先是呈給錦煙過目，錦煙細細瞧了瞧，點了點頭，碧媛這才將帖子遞給姜恒。

姜恒接了帖子看著，上頭是他的生辰八字，還有顧家四小姐的，旁邊都寫著批註。姜恒自己的命格自是不必說，生生剋死了五個妻子，可當他目光落在這顧家小姐的批註上時，眼神閃了閃——他倒是頭一次見到這般驚奇的命格。

帖子將兩人的八字合而算之，總結是說，這二人八字般配。

姜恒放下帖子，轉眼看向劉嬤嬤。王嬤嬤是顧家的媒婆，收了顧家的銀子，自然要替顧家小姐說話，她講的話，姜恒聽一半，信一半。劉嬤嬤是姜家請的媒婆，說話自然是不同。

劉嬤嬤心知姜恒是在問自己，便道：「回王爺的話，王嬤嬤說得極是，顧家四小姐確實是個頂好的人兒，更難得的是沒有嬌弱勁兒，整個人看著可精神了。況且王爺和顧小姐的八字又合，真真是沒有再合適的了。」

聞言，姜恒心裡有了主意，方要開口，就聽見門口傳來一陣銀鈴似的笑聲，一個微胖的女人掀了簾子就進來，一臉堆的都是笑。那女子穿金戴銀，衣著華貴，一雙精明的眸子掃了掃坐著的兩個婆子，而後笑得更大聲了。

「我聽小廝說，說媒的兩個嬤嬤來了，我就趕著來呢。這親事可不能馬虎，咱們姜家可要精挑細選，可別再……」她聲音頓了頓，眼神飄向姜恒，見他一臉古井無波，看不出在想什麼，就笑著接著道：「快給我說說，那顧家的小姐到底是個多適合的人？」

錦煙站起身來，並著碧媛、碧羅兩個丫鬟，對那女子福身道：「二太太好。」

第四章

這位二太太，是姜恒親弟弟的嫡妻。姜恒的父親姜老太爺這一脈共有兩個兒子，均是嫡妻所出。姜恒的親弟弟姜淩已經病逝多年，留下二房太太錢氏帶著個年幼的女兒。姜老太爺仙逝之後，姜氏兄弟並不曾分家，弟弟去世後，姜恒更是不能放著孤兒寡母不管，故而這二房也同住在這平親王府。這些年大房嫡妻之位一直懸空，管家的大權就落到了二房錢氏的手上，錢氏是個精明的，將府上的內務打理得井井有條。

二太太衝錦煙三人笑了笑，轉頭對姜恒福身道：「見過大伯。」而後在次位坐下，朝劉嬤嬤笑道：「劉嬤嬤，這親事妳可是要瞧好的，咱們姜府的事那可沒一件是小事，若是日後出了什麼岔子，可怎生是好呦。」

二太太話說得輕飄飄的，可劉嬤嬤已是汗如雨下，若是這位小姐再被姜太傅剋死了，那自己可是吃不了兜著走了！劉嬤嬤又使勁用帕子擦了擦汗，話不復方才那般說得滿了。「回二太太的話，奴婢、奴婢是瞧著那顧家小姐是個好性情的，身子骨也壯實，所以想著……」

「什麼叫身子骨壯實？」二太太捏著帕子捂著嘴，吃吃地笑，瞅著劉嬤嬤半是打趣半是認真道：「那些個粗使的丫鬟，哪個身子骨不壯實？那樣的丫頭咱們姜府能給妳挑出幾百個來。妳瞧廚房那張大嬸，看那腰身粗得能賽水缸，一手能扛一袋米。光身子骨壯實有什麼用？也得上得了檯面，拿得出手。」

王嬤嬤聽這話可不樂意了，敢情是瞧不上顧家小姐，嫌人家上不了檯面，配不起她姜家？王嬤嬤心裡啐了一口，也不想想平親王那剋妻的名聲，好不容易有個清清白白的官家小姐願意嫁，還是個正三品的千金，模樣端正性子好，打著燈籠也難找，不趕緊娶回去好生供著，跩個什麼勁兒呀！

更何況，方才她才誇過顧小姐的好，如今二太太這麼說，不是打她的臉嘛！

她收的是顧家的銀子，可不看二太太的臉色，當下陰陽怪氣道：「二太太家的丫頭自然都是頂好的，不但身強體健，若是還能識字繡花，再都有個正三品的爹，那個個都能上得了檯面，拿得出手。」

二太太哪裡嚥得下這口氣，頓時就急了，指著王嬤嬤道：「妳是什麼東西？這裡哪有妳說話的分！」

碧媛見這劍拔弩張的，又見是自家二太太先惹了媒人，連忙打圓場。「二太太息怒。」而後轉頭對王嬤嬤小聲說：「還請嬤嬤少說兩句，以和為貴。」

王嬤嬤見那丫鬟給自己臉面，也就低著頭絞著手裡的帕子，任二太太再說什麼，也一聲不吭。

「那顧家小姐有什麼好的？不過是個三品官家妾生的庶女，拿什麼跟咱們姜家比，還妄想高攀大伯，哼！」二太太哼了一聲，眼裡都是不屑。

一直默不作聲的姜恒抬頭，看了眼錢氏，眸子晦暗不明，開口道：「我聽說惠茹病了，妳這當娘的早些回去看看那丫頭。惠茹身子骨不好，要小心照料，她是二弟留下的唯一骨血，不可有閃失，莫讓我百年之後無顏面對二弟。」

二房的女兒姜惠茹年僅十二，在姜老太爺這一脈的孫小姐裡頭排行老大，又是唯一的嫡親小姐，可惜她平日裡體弱多病，並不太出去走動，京城裡很少有人注意到這個病歪歪的姜家小姐。姜恒憐她自幼喪父，便格外疼愛她，甚至比自己的兩個庶出女兒還要疼惜。

王爺都發話了，二太太就是有一肚子的話都得嚥下去，她訕訕起身，對姜恒福身道：「大伯，那我就先回去照顧惠茹了。」又看了眼王嬤嬤，陰陽怪氣道：「大伯英明，自是不會被那些妄想攀附權貴的小人蒙蔽了。」

二太太走後，屋裡的氣氛顯得有些尷尬，王嬤嬤、劉嬤嬤低著頭，大氣都不敢出。姜恒面上看不出喜怒，只是拿著帖子細細又看了一遍。

倒是錦煙面上一直帶著笑，詢問了兩個婆子關於顧家小姐的瑣碎事情，兩個婆子細細道來，錦煙聽得很認真，道：「我聽這顧家小姐是個極好的姑娘，可這婚姻大事，並非兒戲，兩位嬤嬤先回去，等這邊定了消息，我再派人去告知二位。」

碧媛走上前來，從懷裡取出兩個紅綢緞做的小布袋，笑咪咪地給王嬤嬤、劉嬤嬤一人一個。「辛苦二位嬤嬤了，這是咱們王爺賞給嬤嬤吃茶的。」

兩個婆子接過來，忙道：「奴婢多謝王爺。」入手一掂量掂量，兩人臉上都樂開了花，這賞銀分量頗為實在，不愧是平親王府，出手和尋常門第就是不一樣。

錦煙遣碧媛、碧羅親自送了兩位婆子出去，內室裡只餘姜恒和錦煙二人。

「瞧什麼瞧，再瞧，這帖子也開不出花來。」錦煙劈手拿下那帖子，丟在一旁小桌上。「王爺是怎麼想的？」

姜恒嘆了口氣。「聽著是個合適的人選，可就怕……」

「咱們王爺什麼時候也會怕了？」錦煙笑道。「可是怕這顧家小姐嫁進來了，再跟前面幾位太太一樣？」

姜恒頗為無奈地看了眼錦煙，他怕的就是這個。

「好好一位姑娘，大好的錦繡年華，我怕她嫁給了我，會連累她的性命。從前我是不信那些命數的，可是連著去了五位妻子，如今我不得不信，不得不懼。我明知道自己命中注定無妻，就不該再動娶妻的念頭，也省得害了無辜的姑娘丟了性命。」姜恒對著錦煙一向直言不諱，他嘆氣道：「這些年，也不是沒有大小官員想將女兒嫁給我，我都一笑置之……」

「那這次怎麼就請了媒人去看人了？」錦煙翻開那帖子，青蔥的指尖描著這紙上的字。「王爺，恕錦煙直言。這顧家小姐的命格，將來說親無人敢娶。王爺既然信命格，這命格上說了，顧家小姐與王爺是良配。王爺八字極硬，剋妻屬實，這顧家小姐命格奇特，除了王爺的八字，恐怕放眼整個京城，無人能鎮得住她。王爺若是娶了這顧家小姐，豈不是正好順應天命？這才叫天作之合。」

見姜恒沈思不語，錦煙嘆氣道：「唉，可憐幾位公子沒了生母，也沒嫡母撫育教養。世子他昨日又和中書舍人家的公子去談詩論政，一夜未歸……」

錦煙抿了抿唇，點到為止，頓了頓，看著姜恒。

提到長子姜炎洲，姜恒的臉色忽然變得難看起來，抬頭看著錦煙，錦煙絲毫不畏，繼續道：「若是世子自小有娘在身旁看著教著，也不至於被那些不安好心的小廝給……如今二少爺、三少爺年幼，正是需要嫡母教養的時候。顧老爺是翰林學士，書香門第，顧家小姐想必也是個知書達禮的大家閨秀，由這樣的嫡母親自撫育，總好過讓那些不三不四的東西教壞了幾位公子……」

提到幾個兒子，確實讓姜恒頭疼不已。他大部分的精力都放在朝中，很少管家裡的事，對幾個兒子，只是平日裡抽空問些課業、考考學問，再無更多交流。二房錢氏管家多年，府裡雖然看著井井有條，可也只是面子上過得去，裡頭的齷齪事太多，姜恒不是不知，只是再無精力過問，只要錢氏不做得太過火，他也就睜一隻眼閉一隻眼。

可是前些日子，姜恒偶然發現，自己的大兒子和中書舍人家的公子走得很近。本來兩個貴公子，走得近些也屬正常，可他和中書舍人家的那位公子，走得忒近了！

得知自己兒子做下的齷齪事，不由讓姜恒冒出一身冷汗。這時姜恒才發現，自己大兒子都滿十四歲了，房中竟連個通房丫鬟都沒有，只有幾個粗笨的粗使丫鬟。近身伺候的，清一色都是小廝書童，而且個個眉清目秀，能說會道，這又是何居心？

當時姜恒在書房發了好大一通脾氣，二太太知道了，連忙趕來問是怎麼回事。這斷袖之事為本朝忌諱，姜恒總不能朝錢氏發難——妳怎麼安排了一屋子清秀小廝，害得我兒子染了斷袖之癖，妳這個家是怎麼管的？

所以這個苦果，姜恒只得自己吞，他強壓怒氣，責問為何錢氏不按照慣例給世子房裡安排丫鬟。二房錢氏一聽，不以為然道：「大伯，我這也是為了炎洲好啊！我是他二嬸，我會害親侄子不成？我是怕給他安排了漂亮丫鬟，分了他讀書的心，我聽說江陵劉家的少爺就是因為沈迷美色，誤了讀書，都二十多歲了，連個秀才都考不上，整日流連煙花之地，人都廢了。我就想啊，咱們炎洲將來是要有大出息的，要是被狐媚子丫鬟分了心神，豈不是大大的罪過？所以我換了些醜笨的丫鬟，入不了炎洲的眼，才好專心唸書。大伯明鑑，我這可都是為了炎洲好啊！」

姜恒氣得不輕，勾了自己兒子染了斷袖之癖，竟還振振有詞說是為了他好。

最後姜恒和二太太不歡而散，後來姜恒借了其他由頭去了二房太太的管家權，交給自己信任的管事。可是二房畢竟管家多年，府裡裡裡外外都是她的親信，哪能那麼輕易被奪權。這管家權才易主不到兩個月，府裡就一團糟。而後二房又攛掇著女兒姜惠茹向她大伯求情想要回管家權，姜恒看著府裡一團糟，又看著自己最疼愛的親姪女求自己，只能又讓二房重新掌權，自己對幾個兒子多留個心思關照。朝中本就事忙，又加上府裡兒子們的事，雖有錦煙在旁幫襯著，姜恒還是忙得焦頭爛額。

錦煙瞧著姜恒的神色，知道這事八九不離十。這次顧老爺的親，說得正是時候，對上了天時地利人和，不成也難。

過了幾日，王嬤嬤和劉嬤嬤那邊就得了姜府的准信，這親事，就算是應下了。王嬤嬤喜孜孜地上顧府道喜，顧老爺樂得眉開眼笑。顧老爺一高興，恨不得全天下都知道。於是顧家四小姐要嫁給平親王為妻之事，在半日內就傳便了整個顧府，在一日之內，就如同燎原野火，傳得整個京城都知道了。

這著名的剋妻親王又要娶妻了。上至王孫公侯，下到販夫走卒，都在猜測這位顧家小姐什麼時候去見閻王，就連地下賭莊都開了盤，賭的便是這顧家小姐的壽數，並非大夥兒盼著這位顧家小姐有個萬一，只是平親王剋妻的名聲太盛，使得這樁親事更引人注目。

當然最關心這件事的，還要數安國侯府裡那位。沒有人比侯婉雲更關心那顧家的小姐、她未來的婆婆了。

如今那位新晉的管事、三小姐侯婉雲，正靠在貴妃榻上等著出去打探消息的丫鬟回話呢。侯婉雲無聊地逗弄著一隻通體雪白的銀狐。那銀狐趴在綢緞做的小窩裡，閉著眼睛，懶得看那美得像水仙花般的女子一眼。

「你想吃什麼？」侯婉雲捏著狐狸的下巴，盯著牠的眼睛。狐狸似是有靈性一般，眸子裡泛著冷淡的光，瞥了她一眼，縮成一團不再看她。

「乖元寶，你這是怎麼了？」侯婉雲捺著性子摸了摸狐狸的腦袋。「自從姊姊去了以後，你就變得這般冷淡。我知道你不喜歡我，只喜歡長姊。可是長姊已經去了，你就認清現實吧，現在你只有一個主人，那就是我，侯婉心已經死了。」

那隻名叫元寶的銀狐依舊懶懶的，只是在聽見「侯婉心」的名字時，尖尖的耳朵動了幾下。

「乖元寶，如今你我相依為命，再沒有第三個人了。」侯婉雲將銀狐強行抱在懷裡，笑得單純甜美，用蠱惑的聲音對元寶說：「好元寶，你就認主吧。如今世上再沒有比我對你更好的，你就認了我做你的主人吧？」

元寶用冰冷的眸子回應了她。自從侯婉心死後，元寶就再也沒有開口跟她說過一個字。

侯婉雲心裡的火氣直往上冒，她本就不待見這個毛臉畜牲，只因她知道牠是靈獸，當初才會救了牠。那時候侯婉雲不到四歲，遇見了不知為何受傷的元寶，聽見這銀狐居然能說人話，知道不是凡物，便救下牠。

後來得知元寶是青丘狐狸國的靈獸，侯婉雲救了元寶性命，元寶為了報恩，就借給她一個法寶——隨身空間，並且約定留在她身邊，一直到侯婉雲這一世的生命結束。

侯婉雲得了靈獸，又得了寶物，欣喜萬分。可後來知道元寶只是隻小狐狸，修為還不夠，非常失望。而且這隨身空間也僅修煉出一小部分，中看不中用，只能當個倉庫存放東西，地方並不大。元寶本身也沒有大能耐，不過會一點點障眼法，根本派不上用場。侯婉雲是現代人，看了不少穿越小說，沒想到自己也能得到法寶和靈獸，靈獸修為不夠也就罷了，可她又怎會甘心這隨身空間不完整呢？

彼時元寶還是個單純的小狐狸，被狡猾的侯婉雲哄騙著說出了法寶的秘密——原來隨身空間和元寶修煉的內丹相連，若是想讓法寶臻至完整，唯一方法就是以元寶的內丹催化，可元寶沒了內丹，就會魂飛魄散。元寶不會心甘情願將內丹交出來，唯一的法子是與元寶簽訂靈獸血契，讓元寶認了侯婉雲做主人，這樣侯婉雲就可以強行逼元寶把內丹交出來——青丘的靈獸不能拒絕主人的要求。

當年侯婉雲一直偽裝得很好，花了很久時間騙取元寶信任，可惜那時候她把自己娘親推下湖裡，被元寶看見了，元寶識破她的真面目，便不再搭理她。

再後來侯婉雲搬去太太的院子，帶著元寶一起。元寶遇見了侯婉心，非常喜歡她，平日裡對侯婉心溫順又聽話，對侯婉雲則冷冰冰。

侯婉心不知道元寶是靈獸，只當牠是隻普通的小狐狸，非常喜歡牠，總弄些好吃的給牠。侯婉雲一直冷眼旁觀，又擔心有一天元寶會認了侯婉心做主人。不過在侯婉心死後，這個顧慮也就不存在了。

侯婉雲捺著性子逗弄了狐狸一番，見狐狸毫無反應，依舊不理睬自己，也就失了興趣，將元寶丟回窩裡，不再理牠。

「小姐。」門外進來個伶俐的丫鬟，對侯婉雲行禮道：「回稟小姐，奴婢都打探好了。」

侯婉雲眼睛一亮，眸子盯著那丫鬟。「菱角，都打探出什麼了？說來聽聽。」

菱角是侯婉雲的心腹丫鬟，侯婉雲做的那些事，旁人不知道，但是作為侯婉雲的貼身大丫鬟，菱角還是知道一些的，自己這位主子，並非像外界傳聞的那樣又單純又孝順，相反，她是個心機極重，冷血殘忍的人。

菱角想了想，道：「回小姐，據說那要嫁給平親王的顧家四小姐，自小就懦弱愚笨，沒有主見，甚至連丫鬟都敢給她臉色看。只會繡花養草，並無其他本事，連詩詞都作不出，平日裡大門不出、二門不邁，看嫡母的眼色行事。前些日子，顧老爺還想把她嫁給咱們家老爺做填房，顧家四小姐要死要活的，又是撞門又是投湖，好一通鬧，後來被顧老爺又嚇又勸地給說服了。這次能嫁給平親王，只因為顧四小姐身子結實、好生養，嫁過去不容易……被剋死，姜家才同意這門親事的……」

侯婉雲聽完，嘴角勾起一抹輕蔑的笑。

還當是什麼厲害的角色，原來不過是繡花枕頭。噢不，連繡花枕頭都不算，充其量是個草包，什麼壯碩好生養，不就是頭腦簡單、四肢發達的蠢貨嘛！只知道要死要活，最後還不是得聽從命令，讓她嫁給誰就嫁給誰。

不過顧家四小姐越是愚笨，侯婉雲就越高興。她這個未來的婆婆越好拿捏越好，等她嫁過去，收拾乾淨那幫雜碎，尤其是據說挺厲害的二房錢氏，那整個平親王府，就都在自己的掌握之中！

「菱角，我要派給妳一個新任務。」侯婉雲淡淡掃了一眼菱角，看得菱角一身冷汗，戰戰兢兢道：「奴婢一定赴湯蹈火，在所不辭！」

「好，本小姐要的就是妳這句話！」侯婉雲笑咪咪地摸了摸菱角的臉蛋，菱角只覺得她的手是條滑膩冰冷的蛇，說不出的可怕顫慄。「我要妳離開安國侯府，去平親王府當丫鬟。」

「小姐？」

「我要做世子妃，將來做王妃。」

侯婉雲輕輕撫過菱角的眉心，感受到菱角的恐懼，侯婉雲心裡的快意增加，從懷中掏出一個小瓶，放在菱角手裡。「平親王如今正當盛年，難保那姓顧的將來不會生個兒子，攛掇著平親王將爵位給了自己親生的兒子。我要妳現在就進平親王府，妳得保證她將來生不出孩子……否則，我就讓妳弟弟現在就生不成兒子！」

「小姐！」菱角撲通一聲跪下，身子抖得似篩糠。自己一家人的性命都捏在侯婉雲的手裡，不得不從。

「去吧，妳進平親王府的事，我會幫著安排。記得莫要洩漏了身分，如果敢出一點岔子，妳知道後果是什麼。」

「……是，奴婢謹遵小姐命令……」

安國侯和小侯爺在辦完侯婉心的喪事後，分別回到邊疆駐守。先前管家的姨娘張氏，則被侯婉雲借著侯爺的手除掉了，其餘幾個姨娘不成氣候，幾個庶弟、庶妹年紀都小，不足為懼，奴僕們已被侯婉雲收得死死的，不服管教的不是被賣掉，就是打了一頓趕出府去。侯爺和小侯爺常年駐守邊塞，天高皇帝遠，此時安國侯府中，三小姐一人獨大，說一不二。

又過幾日，安國侯府中一個名叫菱角的丫鬟，因為偷了一對羊脂玉鐲，被亂棍打死，一卷草蓆裹著便丟到亂葬崗。這一招殺雞儆猴，讓府中那些仗著年紀大又有些資歷的婆子管事們心驚膽顫，生怕有個差池，小命不保。

收拾完那些雜碎，侯婉雲對自己的手腕甚為滿意，貼身大丫鬟巧杏在一旁小心伺候。比起菱角，巧杏更是侯婉雲的心腹，巧杏是個聰明的姑娘，她知道從前三小姐為了維持善良的形象，不會太過責罰犯了錯的奴婢，可如今三小姐沒了顧忌，連帶著本性也漸漸顯露，自己可要更小心伺候。

「巧杏，平親王府那邊如何了？」侯婉雲摸著懷中元寶油光水滑的皮毛問。

「回小姐的話，奴婢都是按照小姐的吩咐做的，事情都辦好了。」巧杏趕緊回答。

菱角偷鐲子是侯婉雲的安排，讓所有人都以為菱角已死，她再命人去鄉下找一對夫婦，讓那對夫婦扮成菱角的爹娘，菱角改頭換面成了鄉下丫頭杏花。而後杏花被爹娘賣給了人販子，人販子也是侯婉雲事先打聽好的，專門與平親王府做買賣的。那人販子將收來的伶俐姑娘賣進平親王府做丫鬟，就這樣菱角以杏花的身分，被賣進了平親王府。

在杏花進了平親王府後，她的「爹娘」暴斃而亡，以後就算有人對杏花的身分起疑，再去查也查不出什麼。

「做得好，我賞罰分明，不會虧待妳的。」侯婉雲嘴角勾起一絲弧度，而後抬頭看著巧杏道：「聽說，妳還有個妹妹，年方十五，模樣也長得不錯。」

一聽侯婉雲提到自家妹妹，巧杏心知沒好事，不由得渾身一顫。「回小姐，奴婢的妹妹，生得愚鈍，長得也平庸，怕污了小姐的眼……」

侯婉雲不以為然地笑道：「巧杏妳這般的姿色，妳妹妹也差不到哪兒去。對菱角那丫頭，我始終是不放心的，我最信任的就是妳，自然對妳妹妹也是頗為期待……」

巧杏嚥了嚥口水，撲通一聲跪了下來。

「跪下做什麼？起來吧。」侯婉雲低頭淺笑，捏了捏元寶的耳朵，元寶厭惡地甩掉她的手，侯婉雲繼續說道：「我聽說平親王府的帳房管事姓周，最近家裡死了個姨娘。依我看，那周帳房家境殷實，又是姜家的得力管事，妳妹妹若是能嫁給他做小妾，也是不錯的歸宿。」

巧杏一聽，差點急哭了。她自小父母雙亡，就這麼一個寶貝妹妹，姊妹兩人相依為命。巧杏本想著自己做丫鬟，攢點銀子給妹妹當嫁妝，等過幾年妹妹大了，給她找戶平常人家嫁了，可侯婉雲這番話，讓巧杏如墜深淵。她知道三小姐不會平白無故說這些話，她一定都盤算好了！

三小姐一向心思細密，人又多疑，她不會完全信任菱角。她定是為了保險起見，又安排一枚棋子進平親王府，而此人就是巧杏的妹妹，有巧杏留在三小姐身邊，不怕她妹妹不聽話！

「回小姐，妹妹她、她是個愚笨的，平日裡連院子都不敢出，奴婢怕她壞了小姐的事……」巧杏咬著牙，為了寶貝妹妹，頭一次違抗侯婉雲的命令。

侯婉雲的眉頭皺了起來，不過很快恢復了笑容。「不妨事，我就是看中她平日大門不出、二門不邁，連菱角都沒見過她。我瞧著巧杏妳是個伶俐的，我給妳三個月教導妳妹妹，三個月後，我會安排她嫁進姜府周帳房屋裡。巧杏，妳可要好好教，我聽說那周帳房有七房妾室，且那大房不是好相與的人。妳若教得不好，將來妳妹妹進了周家，要是受了委屈，可沒人給她撐腰……不過妳也莫怕，過幾年等我嫁進姜家，到時候有我給她撐腰，看誰敢欺負她。」

巧杏低著頭，眼淚大滴大滴地落在地上，她那從小就乖巧的妹妹，每次見到自己都笑靨如花的妹妹……難道真的要嫁給一個年過半百的老頭子做小妾，還要跟那些如狼似虎的女人無窮無盡地鬥？

「巧杏妳放心，我不會虧待妳妹妹，嫁妝是不會少的，周家也不敢瞧不起她。如此一來，妳們姊妹二人為我效力，我不會虧待妳們。」侯婉雲摘下手腕上的一對金絲鐲子，塞進巧杏手裡。「妳們不要讓我失望。行了，下去吧，回去跟妳妹妹好好說說。」

巧杏瞧著手裡的鐲子，失魂落魄地站起來，匆匆出了屋子。瞧著巧杏出了院子，一個身材壯碩的中年男子走進侯婉雲的房間，畢恭畢敬地對侯婉雲行了禮。他是新上任的安國侯府護院，是侯婉雲重金從京城一家鏢局裡聘請來的退役鏢師。這鏢師叫劉洋，一把鑲金寶刀名震江湖，當年人稱「金刀劉」。

「去，跟著她，如果有任何不軌，就把她們姊妹都做了，莫要走漏風聲。」侯婉雲白嫩的小手比著脖子，做了一個割喉的手勢。

「是，小姐。」劉洋領命，出了屋子跟上巧杏。

「小姐，新採買的丫鬟已經在院子裡候著了。」門外負責採買丫鬟的婆子道。

這些日子，侯婉雲處理了一批不服管教和有異心的丫鬟，府裡缺人手，採買的婆子就趕緊又去置辦了一批丫鬟，這會兒都站在院子裡等侯婉雲過目之後，分配給各個院子。

侯婉雲起身，走出院子，看見二十個穿著青白襖子的丫鬟，整整齊齊地站成兩排。侯婉雲聽著採買婆子彙報，又細細將這些丫鬟看了一遍，如今自己屋裡的菱角沒了，巧杏又要忙著教妹妹，得選個伶俐的丫鬟補上，自己院子裡還得再添置三個二等丫鬟。原先府裡的老人，侯婉雲不放心，這些新人初來乍到，一則容易收買，二則無根無基，唯有效忠她。

不出意外的話，將來這些丫鬟是要跟著自己嫁到姜家去的，所以侯婉雲需要好好挑選丫鬟，既不能太漂亮，將來勾引了姑爺，也不能太蠢笨不會辦事，最好姿色平庸，又有點機靈，但又不能過分聰明的，這樣才好。

「妳、妳，還有妳們兩個。」侯婉雲手指點了四個丫鬟。「這四個本小姐留下了，其餘的你們看哪兒缺人手就分到哪去吧。」

被點名的四個丫鬟齊齊上前行禮，而後跟著侯婉雲進了院子，立在廊下。

侯婉雲坐在椅子上，瞅著那四個人道：「妳們以後就是我房裡的人了，只要忠心耿耿，我是絕對不會虧待妳們的。可誰敢起了不該起的念頭，做了不該做的事……前幾天才有個丫鬟因為偷了鐲子被亂棍打死，我眼裡一向是容不得這些事，誰敢做那些齷齪事，仔細自己脖子上那顆腦袋！」

「是，奴婢不敢，奴婢記下了。」

「以後妳們就叫惜春、惜夏、惜秋、惜冬。我乏了，妳們出去吧。」侯婉雲起身，掃了一眼被賜名為惜春的丫鬟。

四個丫鬟裡就數她姿色最為平庸，若她是個伶俐可靠的，將來就提拔她做大丫鬟好了。其他幾個看著模樣還算清秀，就少在屋裡待，省得將來跟姑爺有那些不該有的事。侯婉雲盤算好了，打了個哈欠，走進房裡。

四個丫鬟各自散開去領自己的活計，那個名叫惜春的丫鬟回頭，瞧著侯婉雲緊閉的房門，嘴角勾起一抹意味深長的笑……

第五章

巧杏跟丟了魂似的，一路跌跌撞撞出了安國侯府。

她家在安國侯府旁邊隔著幾條街的小院，這短短幾條街的路，巧杏卻覺得像走了一輩子那麼長。她不知道怎麼面對妹妹巧梅，想帶著妹妹逃跑，可是她的賣身契還捏在侯婉雲手裡。況且侯家勢大，她一個弱女子，帶著妹妹又能躲到哪兒去？

巧杏站在自家院子門口，瞧著那漆黑的木門發愣，忽然，門吱呀一聲開了，一個妙齡少女站在門口，少女容貌與巧杏有八分相似，手裡拎著個籃子，見到巧杏先是一愣，而後一臉欣喜地拉著巧杏的手。「姊姊，妳怎麼回來了？今兒個不是妳當值嗎？」

巧杏愣愣地看著妹妹天真單純的笑靨，一想到她就要被送去做糟老頭的妾室，就覺得好似有一把刀子往自己心窩扎。

巧梅絲毫沒發覺姊姊的異樣，只顧著高興，拉著巧杏的手就進了院子。

劉洋遠遠看著那兩個姑娘進院子，趕緊跟了過來，一躍跳上屋頂，伏在房樑上監視二人。

這是間很小的院子，三間房子一堵牆圍了個口字，院子裡種了棵核桃樹。巧杏一進屋子就哇的一聲哭了出來，把侯婉雲的意思告訴了巧梅。

巧梅聽後，臉色發白，一把抱住了痛哭不止的姊姊。「姊，妳別哭了。」

「巧梅啊，都怪姊姊，都是姊姊連累了妳！妳好好一個姑娘，姊本來想給妳攢些嫁妝，找戶老實本分的人家嫁了，可誰知道……嗚嗚嗚……」巧杏哭成淚人。

這些年，巧杏也給巧梅講了一些侯婉雲的事，巧杏怕給巧梅惹麻煩，並沒有告訴她多少內情，可是巧梅是個聰明的姑娘，她能從姊姊的隻言片語中猜測出那位三小姐是個心腸狠毒的女人。她知道這次她逃不掉了。

「姊，這不是絕路，能熬過去的。」巧梅反過來安慰巧杏。

「不行，姊不能看著妳這輩子都毀了，巧梅，要不咱們跑吧？」巧杏擦了把眼淚，拉著巧梅的手說。

房頂上劉洋的手，伸向了懷裡的金刀，只要這兩個姑娘真的去收拾細軟，那麼劉洋立刻會讓她們死在這小小的院子裡。

巧梅剛要說話，眼角餘光忽然瞥見屋頂上劃過一道金光，心下驚出一身冷汗，拉著巧杏的手，說道：「姊姊，咱們不能跑。這些年咱們吃的穿的用的，都是小姐給的，如果沒有小姐，咱們早就餓死了。況且那周帳房家裡有錢，若是我能生個兒子，那咱們姊妹下半輩子就衣食無憂了。」

巧杏詫異地看著妹妹，她知道妹妹的為人，並非是個貪慕虛榮的，又見巧梅朝自己眨眨眼，姊妹倆心意相通，於是也說：「唉，妹妹說得對，是姊姊一時鑽了牛角尖。三小姐平日裡對咱們這麼好，咱們要好好替三小姐辦事。」

兩姊妹嘰嘰咕咕說了一通，劉洋在房上聽著，這兩個姑娘似乎是想通了，就從房頂上跳了下來，回去覆命。

巧梅、巧杏瞧見房頂那人走了，不由得鬆了口氣。

「三小姐可真夠狠的，若非我瞧見那刀光，恐怕妳我二人已經上了黃泉路。」巧梅心有餘悸，對三小姐更是忌憚。

「是啊，唉……」巧杏嘆氣，她盡心盡力伺候侯婉雲這麼多年，也幫她做了不少見不得光的事，沒想到侯婉雲一朝翻身掌權，就這樣對自己，還要葬送妹妹的幸福，巧杏心寒了。

「許是我為虎作倀的報應吧，巧梅，都是姊姊連累了妳。」

「姊，別這麼說，若不是妳，巧梅早就餓死了。」巧梅嘆氣。「若是妳從前不順著三小姐，恐怕咱們姊妹也活不到這個時候。」

「巧梅，妳放心，將來姊姊一定會想辦法帶妳遠走高飛，眼下三小姐看咱們看得緊，等以後她鬆懈了，咱們就跑，跑得越遠越好。」

巧杏伏在巧梅耳畔，用只有兩人才能聽見的聲音小聲說：「安國侯府的大小姐，是被三小姐害死的。妳瞧她這般歹毒，連親姊姊都能謀害，難保將來咱們沒了利用價值，不會被她滅口。妳從小就是個機靈的，姊姊相信妳知道怎麼做。進了周家，妳且忍著幾年，等找著機會了，咱們就逃。若是將來能尋到不嫌棄妳過往的夫家最好，若是尋不到，就咱們姊妹倆相依為命，姊姊也不嫁了，哪怕一起出家當姑子也好過跟著這歹毒的主子擔驚受怕。」

巧梅點頭道：「姊，我都懂。總之咱們就是個苦命的，唉……對了，姊姊，妳平日在三小姐身旁多留個心眼，最好能尋到三小姐的把柄，也是多一重保障。」

巧杏道：「我也是這麼個主意。」而後似是想到什麼，走到牆邊櫃子旁，找出一個粗糙的陶瓷小瓶。

「這是什麼東西？」巧梅看著那小空瓶，她記得是幾個月前姊姊帶回家的，那時候姊姊將瓶子藏在櫃子裡，囑咐她千萬別動這瓶子，如今拿出來是要做什麼？

巧杏沈著臉，握著瓶子的手有些抖，對巧梅道：「昨兒個妳買了隻老母雞回來燉湯，殺了沒有？」

巧梅搖頭。「還沒呢，在廚房的雞籠裡放著呢，打算晚上殺了。」

巧杏點點頭，又從針線筐裡取了根針，拉著巧梅進了廚房。只見巧杏小心翼翼地用針在那瓶子裡頭轉了一圈，然後往老母雞的屁股上一扎。

老母雞咯咯叫了一聲，撲騰了幾下翅膀，倒在地上，斷了氣。

「姊，這是?!」巧梅驚恐地盯著巧杏手裡的瓶子。

巧杏小聲道：「原來真是毒藥，大小姐也是這麼斷氣的……」然後把瓶子小心翼翼收好。

「大小姐去的那天早上，我伺候三小姐梳妝，瞧見三小姐手裡攥著個白玉小瓷瓶。三小姐平日的衣食起居都是我伺候的，可我從未見過這麼個瓷瓶，當時我就多留了心眼。後來三小姐換襖子的時候將瓷瓶放在旁邊小桌上，我趁著三小姐不注意，將裡頭的水倒了幾滴出來，裝在這陶瓷瓶裡……後來，等三小姐回來的時候，那瓷瓶就不見了，我還偷偷四處找過，這瓷瓶就跟蒸發似的，也不知道藏在了哪裡。」巧杏當然想不到，侯婉雲有個隨身空間小倉庫，毒藥瓶這種東西當然放在空間裡好好收著的。

「這……三小姐拿的，竟是毒死大小姐的毒藥？」巧梅大驚失色，捂著嘴小聲道。

巧杏點點頭。「是三小姐下藥害死了大小姐。巧梅，咱們可要好好把這瓶子收好，若是將來有一天，三小姐把咱們逼得無路可走了，那我就拿著這瓶子去侯爺和小侯爺那兒，揭發三小姐。反正橫豎是個死，大不了魚死網破，咱們光腳的不怕她穿鞋的！」

巧梅點點頭，巧杏用布包仔細將瓶子包好，又用油紙包裹了幾層，然後埋在廚房的一塊磚頭下。

「巧梅，等天黑了就去把那老母雞埋了，這雞可千萬不能給人吃了，會出人命的。」巧杏道。

「姊，知道了。」巧梅道。

這些日子，最忙碌的要數顧家。

顧老爺讓太太閻氏將四小姐顧晚晴記在名下當做嫡親小姐。顧家嫁女，嫁的可是平親王，顧老爺要攀這門親，嫁妝是不能少的。
天朝有頭有臉的人家嫁女兒，講究的是「良田千畝，十里紅妝」，顧老爺還指望巴結未來的女婿呢，自然不能讓姜家看不起他顧家，顧晚晴的嫁妝都按照三個嫡親姊姊的規格來置辦，甚至更精細。
幸虧顧家祖上一直是做官的，旁枝的嫡系裡也有經商的，平日裡因為要靠著顧老爺的關係做生意，沒少顧老爺的孝敬錢和分紅，故而顧家的家底還算豐厚，出幾個女兒的嫁妝還不至於傷筋動骨。
可閻氏捨不得給個妾生的女兒這般豐厚的嫁妝，沒少在顧老爺面前抱怨。
顧老爺被唸叨急了，訓斥道：「婦人之見！瞧妳就是個頭髮長見識短的！這點嫁妝算什麼？攀上了姜家這門親事，妳那兩個兒子可就成了平親王的小舅子，前途不可限量，豈是那點銀錢能換來的？晚晴若是能生下一兒半女，平親王不看僧面看佛面，好歹得給自己親兒子的舅舅幾分面子。再說了，萬一晚晴那丫頭命不好，剛嫁進去沒生兒子就同前五個那樣沒了，按姜家那門第作風，會貪咱們家那麼點嫁妝？還不是得給咱們退回來？橫豎咱們吃不了虧！」
閻氏一聽，也就想通了，高高興興地置辦起來。
這嫁妝置辦著，個把月就過去了，眼瞅著到了嫁女的日子，顧家上上下下喜氣洋洋的，唯獨姨娘尤氏一日賽過一日的愁。自從顧晚晴的親訂下了，尤氏就被太太閻氏從偏僻的小院挪到了方裝潢過的新院落，又隔三差五地送些衣服首飾過去，可是尤氏臉上始終不見笑容。

這幾個月，顧晚晴也沒閒著。她除了忙著繡自己的嫁妝外，還要忙著選陪嫁的丫鬟、婆子。

原先顧府的人，顧晚晴都不太滿意，尤氏也不放心女兒嫁過去，便把幾個一直伺候自己的丫鬟、婆子給了顧晚晴。「晚晴，姨娘沒什麼好給妳的，這幾個人跟著姨娘的時日久，都是老實可靠的。往後妳嫁到了夫家，姨娘不能照顧妳了，這些人跟著妳，姨娘能省點心。如今太太又給我撥了好些新丫鬟來，讓那些丫頭伺候我就成了，這些人妳帶著吧。」

尤氏這些年的境遇不好，能跟著尤氏吃苦受委屈的下人，必然都是可信的。特別是幾個婆子裡還有尤氏娘家的遠房親戚，跟顧晚晴沾親帶故。當年尤氏風光的時候提拔她們，給她們餬口的差事，後來尤氏失寵了，那幾個婆子也不是勢利的人，一直跟著她。

顧晚晴不推辭，這畢竟是尤氏一片拳拳愛女之心，況且她是真需要有幾個可靠的人幫襯，否則嫁到姜家，就孤立無援、舉步維艱了。那幾個丫鬟、婆子在顧晚晴身邊服侍了一陣子，顧晚晴瞧著她們都是可靠的，特別是孫婆子和她的女兒翠蓮。

孫婆子是尤氏的窮親戚，丈夫是個賭鬼，夫妻二人只得了一個女兒，名叫翠蓮。因父親賭錢是個無底洞，翠蓮自小就在賭坊裡當跑堂的丫頭，伺候人端茶倒水，日子過得極苦，卻也練就了察言觀色的功夫。

翠蓮十歲那年，翠蓮爹又輸了一大筆錢，債主逼上了門，翠蓮爹想把翠蓮賣到青樓裡還債。後來尤氏聽說了，變賣了幾套首飾，幫翠蓮一家還了債。後來又想辦法把翠蓮弄進顧府裡給自己當丫鬟，總算將翠蓮從那龍蛇混雜的賭坊裡弄出來了。孫婆子母女對尤氏感恩戴德，忠心不二，自然對顧晚晴也忠心耿耿。

八月十五，花好月圓。真是姜家娶妻、顧家嫁女的大好日子。

顧晚晴天還沒亮就起來，洗漱梳妝，叫婆子來開了臉，好一番折騰。

尤氏特地求了太太，陪著女兒睡了一宿，教她些服侍夫君的男女之事。如今正在房裡瞧著女兒梳妝。看著吾家有女初長成，尤氏一會兒哭、一會兒笑，眼淚掉得跟散了的珍珠串兒似的。

顧晚晴被好一通折騰，終於梳妝完畢。尤氏仔細打量女兒，道：「晚晴，嫁進了夫家，雖無須侍奉婆母，可姜家是百年望族，妳要時刻謹言慎行，莫要丟了體面。」

顧晚晴拉著尤氏的手。「是，女兒知道。女兒出嫁後，姨娘千萬保重身體。」

天才濛濛亮，顧老爺家門前車水馬龍。姜家接親的隊伍到了，接了新娘子，連娘家送親抬嫁妝的隊伍，從京城東邊一直到西邊，整個京城都知道平親王娶了翰林學士顧長亭家的四小姐。

拜了堂成了親，折騰了一整天，顧晚晴被送入了洞房，好容易得了工夫喘口氣。翠蓮一直在旁小心伺候著，瞧著這會子屋裡沒別人，姑爺還在外頭喝酒，翠蓮悄悄從懷裡掏出了個盒子，對顧晚晴說：「小姐餓了吧，這裡有些核桃酥，先墊墊肚子。」

顧晚晴一整日沒進食，餓得七葷八素，可無奈規矩就是規矩，她只能頂著一腦袋沈甸甸的首飾，蓋著紅布，秀秀氣氣端坐在床邊上。

「翠蓮，再忍忍吧，這會兒吃東西，弄花了妝，待會兒姑爺來揭蓋頭，豈不讓人看了笑話？」顧晚晴道。

翠蓮走過去，將盒子打開，伸到顧晚晴蓋頭下道：「小姐，這是尤姨娘特地給小姐準備的，都切成一口一個的小塊，小姐慢些用，不會弄花妝的。」

顧晚晴低頭，從蓋頭下看見那大紅盒子裡，整整齊齊地放著切得精細的核桃酥，每個只有指甲般大小。顧晚晴捏起一塊核桃酥，放進嘴裡，甜甜的味道帶著核桃的清香，在舌尖化開，顧晚晴一塊接著一塊吃，她是真的餓了。

用完了大半盒的核桃酥，翠蓮將盒子收起來。「小姐，姑爺要來了。」

門吱呀一聲開了，顧晚晴的心一下子懸了起來。

一杆喜秤挑起了龍鳳呈祥的紅蓋頭，顧晚晴垂著眼，只覺面前那人高高大大，身上繞著淡淡酒氣，一襲紅衣晃花了眼。

「晚晴……」姜恒看著眼前的女子，紅衣如火，面若桃花，膚若凝脂，彷彿畫中人物，只覺得心跳漏了半拍。

顧晚晴抬眼，瞧著她的夫君，平親王姜恒。儒雅出塵，丰神俊朗，眉間眼角盡是風流，這般的容貌才華，放眼京城，也挑不出幾個比他好的。顧晚晴看他一眼，就紅了臉，彷彿紅梅爬上了眉間，羞得整臉都是紅霞。

平親王這般貴重身分的人物，他的洞房無人敢鬧。挑了蓋頭，喝了合巹酒，丫鬟、婆子們悄無聲息地退出新房，只剩下新婚夫婦二人。

大紅喜燭燃著，爆著火花，顧晚晴窘得恨不得將頭垂到裙子裡，而後一雙溫熱的手輕輕握著她的手，定了她的心神。

紅鸞疊帳，鴛鴦被浪，一夜纏綿。

次日晨，顧晚晴醒過來，睜眼看見大紅色帷帳，愣了愣，她嫁了平親王，如今是平親王妃，頗有種恍然如夢的感覺。再看看身邊，那人已經不在了，只餘下尚留餘熱的體溫。昨夜他似是久旱逢甘霖般，要了她許多次，卻又體貼她初承，溫柔憐惜，可即便如此，她還是有些疼痛不適。

聽見屋裡人有動靜，門口早就候著的翠蓮推門進來，瞧見自家王妃的模樣，捂著嘴偷笑。「王妃，姑爺早就上朝去了，囑咐奴婢們莫要叫醒王妃。」

顧晚晴的臉紅了紅，她無須給婆母晨昏定省，不用早起。如今這平親王府，她就是最尊貴的女主人，只有別人給她請安的分。

「王妃是現在起，還是再躺會兒，睡個回籠覺？」翠蓮瞧見顧晚晴身下的白絹染著嫣紅，跟著也羞紅了臉。

「我、我這就起來。」顧晚晴揉了揉腰，還是有些疼。今兒個是她過門的第一天，一會兒姜家的兒子、女兒們要來請安，她這懶可躲不掉。

翠蓮應了一聲，出去叫丫鬟們進來服侍王妃起床。

四個丫鬟魚貫而入，伺候顧晚晴梳洗打扮。

「奴婢青梅、青蘭、青竹、青菊給太太請安。」四個丫鬟跪下請安。

顧晚晴笑了笑，看這四人模樣倒像是老實的。「都起來吧。」而後翠蓮從懷裡掏出四個紅包，遞給四個丫鬟。「四位姊姊，這是咱們王妃賞的。」

「奴婢們謝王妃賞賜。」

幾個丫鬟服侍顧晚晴梳洗打扮，其中青梅年紀最大，看著最為穩重，顧晚晴問青梅道：「妳們原先是在哪兒伺候的？」

青梅答道：「回王妃的話，奴婢和青蘭原先是二公子房裡的，青竹和青菊是小公子房裡的。王爺怕王妃身邊的丫鬟不夠用，就特地撥了奴婢四人來服侍太太。」

姜家偌大一個府邸，竟把少爺房裡的丫鬟撥來伺候新王妃，難不成連幾個像樣可靠的丫鬟都挑不出？顧晚晴暗想。不過她初來乍到，對姜家的一切都不熟悉，說多了反而不美，也就不作聲了。

顧晚晴挑了件寶藍色的裙子，她雖然年輕，可畢竟是平親王妃，不可穿那些太過淺麗的顏色，失了莊重。這件寶藍色的錦緞裙子，既襯得她穩重大氣，又顯得她膚白高䠷。

青梅手巧，自告奮勇給顧晚晴梳頭。翠蓮在一旁笑嘻嘻看著，誇讚道：「青梅姊姊的手可真巧，翠蓮可要多和姊姊學學。」

青梅笑道：「哪裡，是王妃長得標緻，梳什麼頭都好看。」

顧晚晴面上笑了，心裡也跟著笑了，姜家給她撥的幾個丫鬟，倒是些伶俐的人，不過她看中的不只是伶俐，除了翠蓮和自己帶來的幾個丫鬟、婆子，她一個也不信。

並非她太過多疑，只不過她前世就死在太過輕信人上面，如今對人，都帶著三分戒心。

幾個丫頭嘰嘰喳喳地在屋裡說著話，一個丫鬟捧著茶進屋。顧晚晴瞧見那丫鬟，穿著一身桃紅色的裙子，身材苗條纖細，長相姣好，有幾分江南水鄉的靈動之美。

「奴婢薔薇，給王妃請安，王妃請喝茶。」那丫鬟捧著茶，跪在顧晚晴面前。

顧晚晴接過茶，道：「起來吧，賞。」

翠蓮包了紅包給那叫薔薇的丫鬟。顧晚晴瞧著薔薇，見她面泛桃花，一雙美目如秋水含情，帶著說不出的風情，就連穿著打扮也比尋常丫鬟精細許多。

「薔薇，妳原先是哪房伺候的呀？」顧晚晴喝了口茶，漫不經心地問道。

薔薇臉色稍變，而後垂著頭，乖巧道：「回王妃的話，奴婢不是姜家丫鬟，奴婢是您帶來的陪嫁丫鬟呀！」

顧晚晴拿著茶杯的手頓了頓，她的陪嫁丫鬟都是自己挑選的，她怎麼不記得有個叫薔薇的丫鬟？不過她笑得更和顏悅色了，打發了青梅幾個丫鬟出去，又對薔薇道：「瞧我這記性，都糊塗了。薔薇，妳是哪裡人啊，什麼時候進顧家的？」

薔薇小心翼翼看著顧晚晴臉色，見她沒有生氣的意思，道：「回王妃的話，奴婢自小在江南長大，前陣子父母病逝，就來京城投靠表姨，表姨好心收留了奴婢。後來王妃出閣，表姨瞧著王妃身邊人少，就讓奴婢跟著，伺候王妃。表姨也是好心，怕王妃身邊沒個幫襯的……」

原來是顧家太太閻氏的表姪女……顧晚晴心裡冷笑，是怕自己身邊的丫頭姿色不夠，爬不上平親王的床吧？

若是真的好心，何至於將個如花似玉的大姑娘偷偷摸摸塞進陪嫁丫鬟裡？雖說陪嫁的丫鬟有成了通房甚至是妾室的規矩，可這是要小姐自己鬆口，姑爺才能要了這丫鬟。閻氏這手也忒長了些，竟越過了顧晚晴，伸到姑爺的房裡！

可無論怎麼想，顧家畢竟是她的娘家，娘家勢大，她的腰板才挺得直。況且她雖然嫁出去，可尤氏還在顧家，顧晚晴不得不顧著尤氏。所以顧晚晴笑得更和善了。「母親這般為我著想，是做女兒的福氣。瞧著妳比我小些，妳就算是我的表妹了。」

打發走了薔薇，屋裡只剩顧晚晴和翠蓮主僕二人。翠蓮氣鼓鼓地跟顧晚晴告狀。「王妃，薔薇那個狐媚子，今天一大早就在王妃房門口晃悠，見到王爺出來就往王爺懷裡撞，您不知道她那個嬌滴滴的勁兒！」

顧晚晴皺了皺眉頭，這薔薇未免太心急了，她嫁過來才第一天，就這般急不可耐。不過若是姜恒有意納妾，誰也攔不住，薔薇這麼一折騰，就當是探探姜恒的態度，瞧他是否有納妾的心。

顧晚晴問道：「那王爺是怎麼說的？」

翠蓮實話實說。「王爺連瞧她都沒瞧，就匆匆走了，倒是薔薇瞧著咱們王爺俊俏，追著送了王爺出了院子，還扶著院子門，巴巴地眼瞅著王爺不見了影，這才捨得回來。」

顧晚晴笑了笑，姜恒這般態度，應該是沒有納了薔薇的意思。

翠蓮繼續道：「薔薇那丫頭，也不瞧瞧自己是什麼身分，一個陪嫁的丫鬟居然敢主動往王爺跟前送，也虧得王妃是個善心的，不然要是換了別人，早把那不安分的奴婢拖出去打死了。」翠蓮眨巴眨巴著眼睛，湊過去笑著說道：「王妃，咱們王爺嘴上不說，我瞧著心裡是向著王妃的，昨晚上我跟院子裡的婆子打聽過，那婆子說，王妃屋子的丫鬟、婆子，都是王爺親自挑選的。」

顧晚晴微微皺了眉頭，堂堂平親王，居然有那閒情逸致？

「怎麼姜家就沒有管家的嗎？」顧晚晴奇道。

翠蓮癟癟嘴，神秘兮兮地湊到顧晚晴耳邊道：「我聽說姜家如今管家的，是二房的寡婦錢氏。這錢氏篤定了王爺心善，不會將她孤兒寡母趕出去，所以在姜家……橫得很，連王爺的話也敢頂撞。王爺想必是不放心二房挑的丫鬟，就把幾個少爺房裡的丫鬟撥來伺候。王妃您瞧瞧，哪家的夫君能有這份心？還是咱們王妃福氣好，嫁了個會心疼人的夫君！」

沒想到自己的夫君竟有這份細心，又想到昨夜那讓人害臊的事，顧晚晴的臉一直紅到了耳根。她別過身子，不教翠蓮瞧見她鬧了個大紅臉。「妳這妮子，少在這貧嘴。還不快傳膳，難不成妳想餓死妳家王妃啊！」

翠蓮應了一聲，笑嘻嘻地跑出去。

丫鬟們捧著托盤進來，低著頭熟練地擺放碗盤，一個穿著青白布衫的丫頭低著頭，手裡捧著一盅雞湯。顧晚晴瞧了她一眼，愣了一下，嘴角隨即逸出一抹好看的笑。

看來不只是顧家太太閻氏的手伸得長，某個「天朝第一孝女」手也不短，竟伸到了未來婆婆的碗裡。

顧晚晴笑著對那丫頭道：「妳叫什麼名字？」

被點名的丫鬟，就是化名為杏花的菱角。別人認不出她，可顧晚晴怎麼會不認識侯婉雲房裡的貼身大丫鬟？

杏花冷不丁被點名，作賊心虛，嚇得一哆嗦，差點把手裡的雞湯灑了。

「哎呀妳可慢點，這烏雞人參湯，可是咱們王爺專門囑咐小廚房給王妃補身子的，要是灑了，妳可吃罪不起。」青梅斥責道。

杏花心想，反正這府裡沒人認識自己，也不必太過小心翼翼，反而落了刻意，於是垂著頭，恭恭敬敬道：「是奴婢粗笨，衝撞了王妃。」
顧晚晴和藹道：「無妨無妨，妳們都退下吧，我瞧著人多吃不下，翠蓮在旁邊伺候就行了。青梅，等王爺下朝了，妳去問問王爺在哪兒用午膳，也好早做準備。」
一屋子人都退下了，只餘下顧晚晴和翠蓮主僕二人。
顧晚晴用勺子攪動著雞湯，壓低聲音對翠蓮道：「翠蓮，妳快去請大夫來看看，記住千萬別聲張，就說是妳娘病了，讓大夫來給妳娘瞧病。」
翠蓮瞧見自家王妃臉色不對，機靈地點點頭，大聲道：「王妃，昨兒個晚上我娘又吐又燒的，現在還迷糊著沒醒呢。」
顧晚晴道：「那還不快去請個大夫回來看看。」
翠蓮應了一聲，一路小跑跑了出去。顧晚晴瞧著一桌子豐盛的菜餚，嘆了口氣。侯婉雲啊侯婉雲，連口安生飯都不讓人吃。
翠蓮不敢請府裡的大夫，急忙出了府，去街口保安堂請了坐堂的老大夫來。怕主子等得急，將老大夫連拉帶拽地請到孫婆子房裡，而後就急急忙忙地回稟顧晚晴。「王妃，大夫請來了，我從府外的保安堂請的老大夫，別人若是問起，我就說府裡的大夫身分貴重，我們下人不敢請。」
顧晚晴點點頭，翠蓮辦事越發讓人放心了。
顧晚晴讓翠蓮拿了個空碗，將每道菜撥了一些，又盛了一小碗雞湯，壓低聲音對翠蓮道：「將這些飯菜拿給大夫看看，看看裡頭有沒有加什麼料，就跟大夫說妳娘是吃了這些飯菜後不舒服的，不管查出什麼，都不要聲張。」然後又大聲道：「這一桌子菜我一個人吃不完，妳娘既然病了，又是我帶來陪嫁的婆子，就賞些給她吃。」

翠蓮會意，道了聲「謝王妃賜飯」，而後端著盤子跑去孫婆子屋裡。

過了一會兒翠蓮匆匆忙忙跑進來，顧晚晴瞧著翠蓮的臉色，就知道事情不大好了。

「王、王妃，大夫說、說……」翠蓮幾乎要哭出來。「說這些飯菜都沒有問題，只有那雞湯！那是極寒絕子湯，長期服用會、會絕後！不是避子湯，竟是絕子湯！這是想要王妃永遠生不出孩子，斷子絕孫！是誰給王妃下這般惡毒的藥？好狠的心！」

翠蓮此時滿腦子都是自家小姐的安危，她腦子裡快速思量，起初她猜想是二房錢氏，可是細細一想，王爺已經有三個兒子了，自家小姐就算生了孩子，對二房也沒多大威脅，錢氏沒有理由冒著這個風險對大嫂下藥啊！難不成是王爺的幾個小妾？不對，那幾個小妾沒那麼大的能耐，自己小姐在姜家的一切，就連丫鬟、婆子，都是王爺經手準備的，難不成是……王爺?!

翠蓮的心一下子就墜到了谷底，小姐在姜家無依無靠，唯一能依靠的唯有王爺，若是王爺存著這般心腸，那往後日子還怎麼過？

翠蓮瞧著顧晚晴的臉色，她一個丫鬟能想到的，小姐肯定也想到了，可小姐還表現得這般堅強，翠蓮就更心疼了。

顧晚晴瞧著翠蓮那副著急又心疼的模樣，知道她在想什麼。顧晚晴在姜家的一切吃穿用度，都是姜恒安排的，連二房都插不上手，若是換了旁人，即便不揭穿下藥的事，但勢必會心生怨恨，夫妻隔閡。

不過可惜，顧晚晴不是別人，她曾是安國侯的大小姐，她不但認得自己庶妹的貼身丫鬟，更知道那位心狠手辣的庶妹的真面目。給未來婆婆下絕子湯，以保住自己未來丈夫世子的地位，這作風、這手段，倒是當真符合侯婉雲的性子。

翠蓮並不知其中內情，只是擔心自家小姐今後的境遇。女子還是得有個一兒半女，老了才有依靠，給小姐下這種藥，簡直該天誅地滅。

顧晚晴曉得翠蓮的擔心，可又不能把其中緣由告訴她，只得說：「翠蓮，這事是有些別有用心的小人做的。我自有主張，今天的事，給我爛在肚子裡，對誰也別說。」

「是，奴婢知道了。」翠蓮咬著嘴唇道，她雖然不知道自家小姐為何那麼篤定不是王爺做的，不過她相信小姐，小姐說什麼，就一定是什麼。

杏花是侯婉雲埋在姜家的棋子之一，不知道這樣的棋子還有幾顆？杏花的身分暴露了，也就不足畏懼。其他的棋子，以後見招拆招，遇見了再說吧。

「翠蓮，這些日子，妳就在府裡多走動走動，看看這府裡有哪些管事、婆子、丫鬟、小廝是二房錢氏的心腹，哪些人和二房不和，還有這些人的脾氣秉性，都給我打聽清楚了。」

顧晚晴捏著手裡的帕子，只有掌了權，她才好收拾侯婉雲。

如今距離侯婉雲嫁進來還有不到兩年半的時間，在此之前，她得把姜家上上下下都緊緊攥在手心裡，不過首先第一步要做的是，得把管家大權從二房錢氏手裡奪過來。

錢氏不是省油的燈，顧晚晴知道自己初來乍到，無根無基，要想從錢氏手裡奪權，她得多作打算才好。如今她新婚，還摸不準丈夫對自己的態度，不過姜恒不待見二房是鐵定的，自己可以好好利用這一點。

正想著二房錢氏，就瞧見一個穿著桃紅色衣衫的婦人，一陣風似的颳進來，格格笑著，滿頭的金飾明晃晃的，差點將顧晚晴的眼睛晃花。

那婦人衣著華貴，穿戴首飾十分講究，站在顧晚晴邊上，竟襯得顧晚晴像是個陪客，她自個兒才是這屋的女主人。

第六章

「哎呀，拜見大嫂！」那婦人用帕子捂著嘴，親熱地上前拉著顧晚晴的手，親親熱熱道：「這偌大的宅子裡連個說體己話的都沒有，我整日裡盼星星盼月亮的，總算把大嫂盼來了。妳瞧，我這大清早的就趕過來了，急著跟大嫂說說話來著。本想帶著我那丫頭惠茹來的，可是惠茹這孩子身子骨不大好，又病了，恐怕不能來給您請安，大嫂不會怪罪吧？」

這話一說，顧晚晴便知道，眼前這打扮華麗的貴婦人，就是自己的弟媳錢氏。

顧晚晴站起來，臉上笑得似開了花，反握住錢氏的手。「這位便是弟妹吧？哪裡會怪罪呢，好好養身子就是，我帶來了些千年人參，回頭就叫人送去，給孩子補補身子。我正愁著沒人說話，妳就來了，我心裡歡喜著呢。我瞧著弟妹模樣生得這般年輕，竟看不出是個當娘的呢！」

得了顧晚晴誇獎自己年輕，錢氏得意道：「大嫂真是個善心的，我替惠茹謝謝大嫂了。瞧您說的，我都徐娘半老了，哪像什麼小姑娘。倒是大嫂正是青春少艾，美得似畫一般。」

妯娌兩人互相吹捧寒暄一番，面上其樂融融。說了一會兒話，錢氏眉頭一皺，忽然嘆了口氣。「大嫂進門，我就省心多了。不怕大嫂笑話，這家啊，事情可多了，每日忙得我是腳不沾地，光是這府裡的奴僕，算算都有好幾百人，再加上每日府裡的銀錢流水，人情往來，簡直要累死人。妳說這事情做得好了，別人說那是應該的；可若是哪件事情做得不好了，別人可就挑著妳的錯處，戳妳的脊梁骨。唉，我這家當得可是心力交瘁。還好大嫂來了，這家由大嫂管著，我也能喘口氣了。」

顧晚晴心中冷笑，敢情一大早頭個趕來，就是來探探自己口風，瞧瞧自己有沒有管家的意思？

像錢氏這般狡猾的性子，若是顧晚晴順著她的話接下去，還指不定她又搬出什麼藉口來搪塞。抑或是索性不幹了，全數扔給顧晚晴，錢氏自己再在其中使絆子，到時候家裡一團糟，二房又可以以大房不善管家的名頭，將權力要回去。

顧晚晴前世好歹也是管過家的人，知道錢氏打的主意，她憨厚一笑，拉著錢氏的手，誠懇道：「弟妹千萬別這麼說，我雖是妳大嫂，可畢竟我年紀還小，又沒有管過家，哪裡曉得其中的門門道道。我瞧著這家裡井井有條，誰不說咱們二太太精明能幹，持家有方？以後誰嚼弟妹的舌頭，我第一個不依！再說了，妳大嫂我呀，生性就是懶散的，誰若是拿那些細碎的事情來煩我，我便和誰惱了。」

錢氏眼睛亮了亮，又道：「大嫂，我管家也是迫不得已，先前沒有嫂子持家，我就只能暫管著，如今大嫂嫁進來了，自然是要大嫂來管家的，現在還讓我管著，那算個什麼事啊？別人知道的說我為大嫂分憂，不知道的，還以為我貪著這管家的好處，不肯撒手呢！」

錢氏說得情真意切，彷彿真真是不願意管家，連一刻都不想多管，恨不得立刻將權交了。

不過顧晚晴表現得更是真摯動人，她使勁攥著錢氏的手，面色為難，小聲道：「唉，不怕弟妹笑話，我出閣前，從未接觸過管家的事。我本是庶出，未出閣時，太太雖照顧我，可這管家的本事，我卻沒學到多少。嫁到姜家這般大門大戶，我心裡是怯的，怕丟了臉面惹了人笑話。這本是難以啟齒的，我當弟妹是自家人才與弟妹交心，弟妹就當是幫幫大嫂的忙，繼續管著家吧。」

富貴人家未出閣的小姐，除了學習琴棋書畫、女紅之外，還要跟著嫡母學些管家的才能，將來出嫁之後才好打理後院。可畢竟嫡庶有別，親疏不同，嫡母費十分功夫來教導自己生的女兒，對旁生的庶女，能費上一、兩分功夫就不錯了。顧晚晴是掛著嫡出名頭的庶出小姐，錢氏瞧著，她在娘家自然是沒有學過管家的，如今怕丟了面子，倒也是情有可原。

如此這般，錢氏大方一笑，一副勉為其難的樣子。「既然大嫂都這樣說了，那我再推辭倒顯得不近人情了。這家我且先替大嫂管著，若是大嫂哪天想管家了，只管跟我說。」

顧晚晴趕忙千恩萬謝，一副好容易躲過一劫的樣子。

本該是交給大房的管家權，如今還捏在二房手裡，還是大房求著二房管的，二房千推萬阻，實在推不過才勉為其難繼續管家，落下好大的人情。

錢氏心裡洋洋得意，她本還備著諸多絆子，準備刁難大房，可如今一見大房，不過是個膽小的草包，自己三言兩語就將她拿捏得死死的，還落下了個幫襯妯娌的好名聲。

妯娌兩人又是寒暄一番，錢氏送上了見面禮，顧晚晴也回了禮。一會兒，兒子、女兒們要來請安，錢氏便先告辭回去了。

聽錢氏這般說，翠蓮老大不樂意，這家明明就該自家小姐管，憑什麼讓那二房管，名不正言不順的，像什麼話？顧晚晴瞧著翠蓮一臉不高興，嘆了口氣，翠蓮這丫頭雖然精明伶俐，但她怎會曉得這大宅門裡的凶險。

幸好翠蓮是個聰明的，她就算心裡再不待見誰，面子上總是對誰都笑咪咪的，親親熱熱一口一個「二太太」地把錢氏一直送到院子門口。

送走了錢氏，翠蓮方要回屋子，就瞧見兩個年輕公子哥朝自家院子走來。

為首那位公子，身量修長，面如冠玉，竟比女子還清秀。後面那位長身玉立，頗有儒雅之風，身量比前面那位公子高了半個頭。

冷不防見著兩個俊俏的哥兒，翠蓮一下子就臉紅了，急忙跑了幾步，才進了院子，方要往屋裡跑，就聽見其中一位哥兒道：「洲弟，我瞧著南山上的秋菊花開甚好，今日早早便來邀你同玩，車馬都備好了，你可別又說要唸書，不給為兄面子。」

另一位小公子道：「我、我今兒個不出去，父親下午要考我學問，我再答不上來，父親惱了，又要罰我了。玨哥兒，不如改日吧？」

玨哥兒淺笑搖頭，道：「那可不行，今兒個我是肯定要同你遊玩的。要不我晚上再來？待伯父考完你學問，咱們夜遊南山賞秋菊，倒是別有一番滋味。」

「這……容我想想……我先去給母親請安，你回我院子等著，我稍後就來。」

「行，那我去等著你。弟，自從幾個月前我們秉燭夜談後，你我好久沒有好好聚聚了，為兄我……甚為想念洲弟。」

翠蓮聽得臉色又紅又紫的，趴在門縫看，見這兩個哥兒舉止親密，眉目傳情。翠蓮心下一驚，難不成……

翠蓮晃了晃頭，趕緊跑進屋裡。顧晚晴瞧她臉色不對，剛要問她，就聽見門口的丫鬟進來傳話。「稟告王妃，世子來給王妃請安。」

平親王世子姜炎洲，侯婉雲的未婚夫。顧晚晴嘴角輕輕翹起，她倒是想看看，侯家三小姐千謀萬算得來的夫婿，到底是個什麼模樣。

「快去請大公子進來。」顧晚晴端坐正廳道。

門口走進來一個哥兒，年紀十四出頭，穿著一身月白袍子，腰間繫著暗金腰帶，頭上束冠，唇紅齒白，是個翩翩少年郎。

姜炎洲見了顧晚晴，規規矩矩地請安行禮。「兒子見過母親，給母親請安。」

頭一次被一個比自己小兩歲的少年叫「母親」，顧晚晴不禁一陣哆嗦。「炎洲起來吧，快坐著。翠蓮，給哥兒上茶。」

翠蓮一直垂著頭立在顧晚晴身旁，聽見姜炎洲的聲音，抬頭一看，這不是方才門口那哥兒嗎?!

「翠蓮，愣著做什麼？還不快上茶。」顧晚晴瞧見翠蓮發愣，催促道。

「是。」翠蓮趕緊奉了茶去。

這對名義上的母子頭一次見面，顧晚晴和善地與姜炎洲問了些家常。「我聽你父親說，你也在朝中謀了個官職，怎地不用上朝？」

姜炎洲恭敬答道：「只是掛了個閒職罷了，每日去衙門裡報到，事情不甚多。父親囑咐了，還是以唸書為重，不教兒子分了心。」

顧晚晴點頭道：「如此甚好，我聽說你書唸得不錯，學問是頂好的。」

姜炎洲紅了臉。「母親謬讚了。若說學問，比起父親差得遠了。想當年父親十六歲便被欽點為金科狀元，人品、學問無人能及。兒子慚愧，如今都快十五了，也只中了個舉人。」

姜炎洲這話確實不假。他雖已是京城裡同輩裡頭學問出眾者之一，可也只是常人裡頭拔尖的一名，遠不到驚才絕豔的地步。可他的父親姜恒，那是被譽為千年難得的奇才，年少有為，不但學問頂好，官也做得好，年紀輕輕就官拜太傅。

顧晚晴又問了些生活瑣事，比如平日喜歡吃什麼、住得可舒心、缺什麼之類的話，表示一個慈母的關心。姜炎洲作為嫡長子，自然什麼都不缺，外加他母親明烈郡主留下的豐厚嫁妝，姜炎洲的家底可是極豐厚。

母子兩人客套一番，正說著話呢，丫鬟就領著二公子、三公子、二小姐、三小姐來了。幾個孩子一來，屋子裡一下子熱鬧了起來。

二公子年紀最大，身後跟著兩個丫鬟，三公子由養娘領著，帶著個丫鬟。兩個庶出的小姐由各自的生母領著，一屋子公子、小姐、姨娘、丫鬟、婆子跪了一地，齊齊向顧晚晴請安。

顧晚晴瞧著一屋子的孩子，笑咪咪地讓翠蓮將準備好的小玩意分發給幾個孩子。幾個孩子得了賞賜，都高興起來。特別是兩個庶出的小姐，粉嘟嘟的像兩個小團子，齊齊作揖稱謝，軟糯糯道：「謝謝母親賞賜。」

顧晚晴瞧著那兩個兒子機靈可愛，兩個女兒漂亮乖巧，一看就喜歡得不得了，又讓翠蓮取了三對金鎖、三對金鐲子，每個公子賞對金鎖，每個小姐賞對金鐲子，大小姐姜惠茹不在，翠蓮還打發了丫頭特地給送過去。

顧晚晴特別留意多瞧了曹氏和黃氏那兩房妾室。姜太傅房裡原本有五房妾室，三房已經不在了，曹氏和黃氏是碩果僅存的兩房。顧晚晴瞧曹氏的臉色不太好，似是久病之人。問了才知，原來曹氏已經病了半年多，雖然要不了命，但也好不了。而黃氏的身子骨還算健壯，就是模樣差了些，只是清秀而已。

請了安，眾人回去，顧晚晴有些乏了。這時青梅進來，對顧晚晴道：「王爺下朝回來了，奴婢問了王爺午膳在哪裡用，王爺說碧水閣雅致，讓奴婢來問問王妃的意思，看看是在屋裡用，還是去碧水閣用？」

顧晚晴想了想，道：「妳去回王爺，就定在碧水閣吧。」

青梅應聲出門。剛到門口，就迎頭和一個人撞了滿懷，那人手裡端著一杯茶，恰好潑在青梅的衣服上。

「哎呀，這是誰啊？」青梅捂著額頭，認出撞著自己的是王妃帶來的陪嫁丫鬟薔薇，也不好發作，只得自認倒楣。

「對不起，弄髒了青梅姊姊的衣裳，我不是故意的，請姊姊原諒。」

「無妨無妨，不過是件衣服，換了就是。只是我還要替王妃給王爺傳話，就怕耽誤了。」青梅道。

薔薇扯著青梅的袖子。「青梅姊姊，妳先去換身衣裳，不如我去替姊姊帶話。薔薇雖是個愚笨的，可是帶句話總是可以，姊姊不要嫌薔薇笨就好。」

青梅瞧著自己胸前，薔薇那杯茶是結結實實全潑到自己衣裳上了，這般樣子哪能見人，只得讓薔薇替自己傳話去。

「好姊姊，我這就去，絕對不會耽誤事的。」薔薇得了差事，高興地轉身跑出院子。

「青梅姊姊，這是怎麼了？」翠蓮聽見外頭有吵鬧聲，出來瞧瞧。青梅將方才那事告訴翠蓮，翠蓮一聽就知道薔薇定然是故意用計，替了青梅的差事。

可薔薇是顧晚晴帶來的陪嫁丫鬟，才第一天就主奴窩裡鬥，難免教人看了笑話，翠蓮面上不動聲色，笑著送青梅去換衣裳，背地裡咬得牙都快碎了。

翠蓮回屋子將薔薇告了一狀。這下聽得連顧晚晴都皺起眉頭，她本看在顧家太太閻氏的分上才饒了薔薇一次，可這蹄子，真以為她是原先那泥人似的庶出四小姐好拿捏？那她可就錯了。她本是將門出身的千金小姐，初在顧家時，只因人在屋簷下不得不低頭，斂了幾分脾氣，扮作乖巧愚笨罷了，如今嫁到姜家做了正房太太，難不成還真由著一個陪嫁丫鬟蹬鼻子上臉？

翠蓮瞧著自家小姐的臉色，知道她心裡有了主意。又將方才在門口看見世子和哥兒拉拉扯扯的事說與顧晚晴聽。

顧晚晴聽完，不由得懵了。怪不得她瞧著這姜炎洲生得清秀，舉止文雅，卻過了頭，顯得有些女氣。侯婉雲千謀萬算，可真真挑了個好夫婿。

翠蓮瞧著自家小姐聽完這事，不但不著急，居然還笑得挺開心，急忙道：「王妃，您笑什麼呀？這事要是旁人家的，咱們就當聽個笑話，可那是咱們自家的世子呀。要是傳了出去，指不定讓人家說什麼難聽話呢！」

顧晚晴止住笑道：「瞧妳這妮子，淨操心些有的沒的。快去碧水閣那邊打聽打聽，小心薔薇那蹄子又整出什麼么蛾子來。」

「奴婢這就去盯著那蹄子，若是她敢不安分，奴婢扒了她的皮。」翠蓮趕緊跑出門去。

正在顧晚晴和翠蓮說話的工夫，薔薇已經一路小跑到了碧水閣。

她在院子外頭停了腳步，掏出懷裡的小鏡子，理了理頭髮，而後款款走進院子。方要進門，就遇見兩個穿著碧色裙子的婢女。

薔薇瞧著那兩個丫鬟，衣著不俗，均年輕貌美，往她們旁邊一站，襯得自己跟個村婦似的，先前那氣勢不由得短了幾截。

這兩個丫鬟正是姜恒身邊的大丫鬟碧羅、碧媛。她們瞧著薔薇是個生面孔，又看她衣著打扮是個二等丫鬟，猜她定是新進門的王妃房裡的丫頭。

碧媛朝薔薇笑道：「這位妹妹瞧著面生，可是王妃房裡的？」

薔薇行禮。「兩位姊姊好，我是王妃的陪嫁丫鬟，名叫薔薇。是王妃叫我來給王爺帶個話。」

薔薇嘴裡朝碧羅、碧媛說著話，可眼神直往屋裡飄，心思早就跑到姜恒身上。

碧羅、碧媛對視一眼，明明先前來問話的是青梅，怎麼一眨眼的工夫，就換人了？

姜恒跟前的丫鬟，那可不是愚笨的貨色，個個都是人精，薔薇這點小心思怎麼能逃得過她們的眼睛。

碧媛上前一步，拉著薔薇的手，親切道：「妹妹來得不巧，王爺這會兒正在處理公文，妹妹只管把王妃的話帶給我們姊妹二人，一會兒得空了，我去回了王爺。」

薔薇一聽急了，趕忙道：「多謝姊姊好意，可是王妃讓我帶話，我若是帶不到，王妃那邊沒法交代啊！請兩位姊姊通融通融，放我進去，我就跟王爺說一句就走。」說著就想掙脫碧媛的手往裡頭去。

這下連碧羅都笑了，哪裡來的野丫頭，這般沒規矩，不知道這位新王妃是怎麼教的，難不成底下都是這般貨色，也太上不了檯面了。

翠蓮趕到的時候，看見的就是薔薇與碧羅、碧媛拉扯的一幕。

小姐帶來的陪嫁丫鬟這般胡鬧，簡直丟了小姐的臉！要是讓王爺知道了，以為小姐也是個不規矩的，那可怎麼得了？

翠蓮趕忙上前，一把將薔薇扯了回來斥責道：「妳這妮子，怎麼跑到這兒來了？還不快回去！」而後又對碧羅、碧媛賠笑道：「讓兩位姊姊看笑話了，薔薇這丫頭年紀小，不懂規矩，還請兩位姊姊多包涵。」

薔薇瞧見翠蓮來了，不甘心地咬著嘴唇，頂嘴道：「我是來替王妃傳話的。王妃說了，午膳就在碧水閣用，讓我來知會一聲。」

姜恒正在書房裡看書，錦煙靠在窗邊捧著本《詩經》。聽見外頭有喧譁聲，姜恒皺了皺眉頭，錦煙放下書，起身道：「我出去瞧瞧。」

「出了什麼事了，竟這般喧譁？」

翠蓮聽見清泉一般的聲音從竹簾裡傳了出來，抬頭一看，一個美得如煙的女子掀了簾子走出來，一雙美目帶著嗔怪，只看了翠蓮一眼，翠蓮就覺得被勾了魂，趕忙暗捏了自己一把。

「錦煙姑娘。」碧羅、碧媛福身道：「王妃房裡的丫鬟來傳話，聲音大了些，擾了王爺和姑娘，該死該死。」

錦煙淡淡地笑了笑，看了看翠蓮，又瞧了瞧薔薇。翠蓮樣貌普通，看舉止是個懂規矩的，而薔薇頗有幾分姿色，眉眼之間帶著輕浮，一看就知道是個不安分的。錦煙淡淡對薔薇道：「這位姑娘，既然話帶到了，那就請回吧。」

薔薇出身小門小戶，見過的世面不多，進姜家之前，她總以為自己貌美，雖不如顧晚晴生得漂亮，但好歹是個惹人憐愛的。方才見了碧羅、碧媛的美貌，自知矮了一截，如今見到錦煙這仙子一般的大美人，自己同她比，簡直就是雲泥之別。薔薇的氣焰一下子全沒了，也不管翠蓮，獨自灰溜溜地走了。

翠蓮瞧著錦煙這大美人，起了別的心思。王爺身旁的丫鬟、婢子，一個賽一個的美，往後小姐可得把王爺看緊了。

錦煙對著翠蓮，和氣了幾分，笑道：「這位是？」

翠蓮摸不準錦煙的身分，不過瞧著王爺身旁的大丫鬟都對錦煙姑娘恭恭敬敬，自己恭敬些準是沒錯的，便忙福身道：「回姑娘的話，我是王妃房裡的丫頭，名叫翠蓮。剛才那薔薇丫頭，也是王妃帶來的陪嫁丫鬟，薔薇不懂事，衝撞了幾位，翠蓮在這裡給幾位姊姊賠個不是。」

錦煙笑道：「不妨事，哪房裡沒個不懂事的呢？」又看了眼碧羅，道：「快瞧瞧看，我就說了吧，哪房裡都有個沒心沒肺的，咱們王爺房裡有，如今咱們王妃房裡也有。」

錦煙拉過翠蓮的手，道：「妳瞧著咱們碧羅，現在看著是個穩重的，可前兩年哪，可不教人省心，光是咱們王爺的硯臺，就讓她毛手毛腳地砸碎好幾方。咱們王爺最近為朝堂之事煩心呢，沒事就別拿這些雞毛蒜皮的小事去煩王爺，省得吃了一鼻子灰，還教人說咱們愛嚼舌頭。」

碧羅嗔怪道：「錦煙姑娘，又拿碧羅尋開心！」

薔薇這一鬧，讓人知道了說不定以為有其主必有其奴，連帶著王妃的聲譽受損。而錦煙這番話，是要將事情壓下去，不鬧到姜恒面前。翠蓮感激地看了錦煙一眼，這個人情，大房得記著呢。

翠蓮回了顧晚晴房，一五一十地稟告。

「不管那位姑娘是何身分，總之她這個人情我是記下了。」顧晚晴道。

無論錦煙是妾室也好，通房丫鬟也罷，抑或者是什麼紅顏知己，她能伴在姜恒書房，可見她在姜恒心中的地位肯定不一般。如今她明顯示好，顧晚晴自然不會把人家的好意往外推。

午膳設在碧水閣，翠蓮陪著顧晚晴同去，顧晚晴只見著碧羅、碧媛兩個丫鬟，卻沒見著錦煙。她也就裝作不知道有這個人，一句都沒提。

姜恒是個儒雅溫潤的人，對這個小自己十幾歲的新婚妻子頗為照顧，又是挾菜，又是盛湯，鬧得顧晚晴很是害羞，翠蓮在旁捂著嘴偷笑，暗想小姐真是好福氣，嫁了個這般體貼的夫婿。

用過午膳，姜恒送顧晚晴回屋，兩人說了一會兒話，姜恒就回碧水閣處理公務。

顧晚晴有些困頓，瞇了一會兒，剛醒就看見碧羅匆匆忙忙跑了進來。「王妃，不好了！王爺在書房發了好大的脾氣，王妃快去看看！」

顧晚晴忙起身梳妝，問道：「中午還好好的，這會兒怎麼就？」

碧羅言辭閃爍。「奴婢也不清楚，方才王爺叫了世子去書房，沒一會兒就聽見裡頭有砸東西的聲音，奴婢就趕緊來叫王妃了。」

顧晚晴跟著碧羅趕去書房，還沒進門就聽見姜恒的聲音。「你這逆子！不成器的東西！你是要氣死我嗎？」

甫進門就瞧見姜炎洲直挺挺地跪在地上，身旁散落著茶杯的碎瓷片。姜恒一臉怒容地站在書桌旁，恨鐵不成鋼地瞪著姜炎洲。

「王爺。」顧晚晴叫了姜恒一聲。姜恒見顧晚晴來了，臉上怒容緩和了一些。

姜炎洲垂著頭道：「給母親請安。」

顧晚晴走到姜炎洲身旁，瞧見他臉上還有一個紅巴掌印，想必是姜恒打的。忙叫碧羅來收拾了地上的碎片。

「都是一家人，有什麼話不能好好說，非得又打又讓跪的？」顧晚晴捧著杯茶走到姜恒身邊，柔聲勸解。

「哼，這逆子！我一看見他就來氣！」姜恒氣得直哼哼。
顧晚晴忙對姜炎洲使了個眼色。「還不快給你父親磕頭認錯！」
姜炎洲看了顧晚晴一眼，知道繼母是在為自己解圍，忙恭恭敬敬地磕了個頭。「都是孩兒的錯，惹得父親生氣了。」
「還跪著做什麼？還不趕緊出去，回房面壁思過。」顧晚晴又道。
姜炎洲又磕了個頭，感激地看了顧晚晴一眼，趕忙起來跑出書房。
書房裡就剩下夫妻二人，顧晚晴道：「炎洲是犯了什麼錯，惹得王爺發這麼大的火？」
姜恒看著顧晚晴半晌，忽然似洩了氣一般，嘆息道：「晚晴，妳嫁給我，就是姜家的人了。咱們夫妻之間也沒什麼好瞞著的，炎洲這孩子，別的都是好，只是有一點……」
而後姜恒非常無奈地把姜炎洲斷袖之事告訴了顧晚晴，又道：「幾個月前教我抓著了一回，狠狠訓斥了他。本以為他與那周家的玨哥兒不再往來了，可誰知道今日又要去什麼夜遊賞菊花，真是氣死我了！」
顧晚晴道：「王爺不是說，給炎洲房裡安排了好幾個貌美的丫鬟嗎？怎麼就沒見成效？」
姜恒道：「丫鬟送去是送去了，可是炎洲那孩子……」
看來這丫鬟一個也沒能爬上姜炎洲的床。
顧晚晴心裡快速思量了一番，笑道：「我瞧著，其實這事倒不難辦。我有個法子，不知王爺答應不答應。」
姜恒一聽，眼睛一亮。「說來聽聽。」
顧晚晴並不賣關子。「我看炎洲那孩子心氣高，眼界也高，尋常丫鬟他是不放在眼裡的。才子要佳人來配，我看啊，得給炎洲尋幾個佳人來，方能入得了他的眼。炎洲如今還未成親，就委屈幾個姑娘先當丫鬟，等成了親再抬房做姨娘，也不算怠慢了未過門的侯家小姐。」
姜恒想了想，這也不失為一個主意，姑且死馬當活馬醫，先試試再說，便答應了下來。
顧晚晴又道：「我身旁都是丫鬟、婆子，不方便辦這事，還得請王爺借我些人手。」
姜恒又答應了下來。
本來她一個繼母，是不方便插手繼子屋裡的閨房之事，只是如今顧晚晴得了姜恒許可，自然要好好抓著這個機會，所以她回了屋子就找來管家吩咐一番。她的要求很簡單，只三點——姑娘要漂亮的，越漂亮越好；不但要漂亮，還要有才情；不要太羞澀的，要主動大方的性子。
管家辦事效率極高，第二天中午就到顧晚晴房裡回話。「王妃要的姑娘，老奴都給帶到了。都是長安館裡最絕色的佳人，如今都在府裡候著呢，只等王妃過目了。」
長安館是京城有名的脂粉之地，卻不同於尋常的青樓妓館。
長安館裡頭的姑娘都是傾城傾國的絕色麗人，不但人長得美，還精通琴棋書畫、吟詩作對。好些達官貴人府裡的妾室，都是從長安館裡出來的。

「帶那幾個姑娘來，我瞅瞅。」顧晚晴道。

沒一會兒，四個姑娘就被領進屋裡來了。顧晚晴笑咪咪地看著四個姑娘，真真是四個絕色天香的紅粉佳麗，就連她見了，都險些要動心了。

「不錯，都是好模樣的。」顧晚晴非常滿意，想了想自己那庶妹瞧見這四個大美人的臉色，她就覺得渾身上下每一個毛孔都舒暢了起來。

管家點頭哈腰地為顧晚晴詳細講每個姑娘的情況。

「這四位姑娘都是清白之身，分別擅長琴棋書畫，能歌善舞，而且性子熱情又聰明。」

顧晚晴一聽，就更滿意了，不光長得好，還會琴棋書畫。再瞧著那四個美人的眉眼神情，個個粉面含春，都是思春的年紀，若是見了姜炎洲那風流俊俏的公子，豈不是都爭著往上撲？

「往後妳們就按照各自所長，取名琴兒、棋兒、書兒、畫兒。」

「是，奴婢給王妃請安。」四個美人齊齊跪拜在顧晚晴腳下，聲音悠揚婉轉，聽得顧晚晴通體舒暢。

「妳們都先下去吧，待晚上王爺過目了，這事就算定了。」

打發了琴棋書畫，顧晚晴靠在榻上，瞧著院子裡頭薔薇的背影。薔薇趴在著門邊，巴巴朝門外瞅著，盼著姜恒趕緊來看王妃，好讓她能露露臉。

翠蓮站在顧晚晴身旁，不屑地啐了一口。「那騷蹄子，真不知羞恥，幾輩子沒見過男人？」

顧晚晴笑了笑，像薔薇這般見了男人就飢渴難耐的性子，若是放在姜炎洲房裡，就算他是個斷袖，會不會被薔薇霸王硬上弓了？

第七章

傍晚，姜恒來了顧晚晴院子，晚膳過後傳了四個姑娘來，姜恒瞧了琴棋書畫四個姑娘，看她們四人不但貌美，且頗具才情，比起先前自己挑去的兩個丫鬟，強了百倍不止。他本還存著顧慮，擔心兒子身旁的婢女太過貌美，分了兒子讀書的心思，可如今卻覺得，就是安排百、八十個絕色美女也不嫌多，反正他姜家養得起，只要兒子肯近女色就行了。

顧晚晴在旁邊瞧著姜恒的神色，笑咪咪道：「王爺覺得這四位姑娘如何？若是覺得不妥，我再去挑些更好的。」

姜恒滿意道：「煩勞夫人了，就定下這幾位吧。」

打發了四個姑娘出去，屋裡只剩下姜氏夫婦二人。

顧晚晴低著頭，他雖是她的夫君，可終究成親才兩日，還是有些生分，如今與他獨處，她一顆心不安地怦怦直跳。

姜恒站在顧晚晴面前，低頭瞧著他的小妻子。她較尋常女子略高䠷些，可也比他矮了小半個頭，如今不知所措地立在那兒，手腳都不知該放在哪兒。他瞧著她緋紅的面頰，心底突然生出憐惜。

姜恒對顧晚晴出嫁前的事也是略知一二，他知道她是個不得寵的庶女，平日裡得仰人鼻息過日子，小心翼翼看人臉色，他甚至可以想像她在家中的日子有多艱難。姜恒目光又柔和了幾分，伸出手摸了摸她的臉頰。「晚晴，這幾日朝中事忙，沒有好好陪妳，是我的疏忽。」

顧晚晴有些吃驚地抬頭，撞上一對清澈的眸子，倒映出她的面紅耳赤，平日裡口舌伶俐的她，對著眼前這人，竟說不出話來。

姜恒拉著顧晚晴的手，帶她到桌邊坐下，看著她一臉窘迫，點了點她的額頭。「要妳這般花一樣年紀的女子，嫁給我這老頭子，委屈妳了。這幾日住得還習慣嗎？身子還疼嗎？」

顧晚晴此時腦筋都不靈光了，被姜恒問得愣住了，過了半晌才反應過來，想到新婚之夜那熱情，臉紅得似水煮的蝦子，低頭咬著嘴唇，輕聲道：「還習慣，身子不……不疼了。」

姜恒輕輕拉起她的手，看著她的眼睛道：「我聽說，昨日早上錢氏來與妳請安。」

顧晚晴心裡一驚，他突然提這個做什麼？而後點點頭，道：「是來過，與我說了些話就走了。」

姜恒深深看了她一眼。「晚晴，妳要記住，妳是我姜恒明媒正娶的妻子，若是有人敢對妳不敬，讓對方記好自己的身分。我姜恒的王妃，豈是任人欺負的？」

他是在擔心自己，怕錢氏為難，所以來給自己撐腰嗎？

顧晚晴瞧著他，心底生出股淡淡溫情來，嘴角勾起，不由走上前一步，輕輕靠在他胸膛上，閉著眼睛道：「能嫁與夫君，哪有什麼委屈不委屈的？這是晚晴的福氣。我會記著夫君的話，不會受委屈的。」

「孩子們對妳是否恭敬？」

「幾個孩子都是很好的，我很喜歡他們。」

姜恒嘆了口氣，將自己的小妻子攬在懷裡。「明日妳該回門了，我下了朝陪妳回去，禮物我都叫人備好了。」

顧晚晴點點頭，姜恒俯下身，伏在顧晚晴耳邊說話，灼熱的氣息燒著她的耳垂，那聲音有些澀啞。「既然身子好了，那今晚我就宿在這兒了……昨晚本想來，可又擔心傷著妳……」

顧晚晴羞得恨不得找個地縫鑽進去，守在門口的翠蓮，頂著個大紅臉，輕手輕腳地關了房門。

一夜纏綿，待顧晚晴醒來的時候，揉著痠疼的腰，身旁的人已經上早朝去了。今兒個回門，免了早晨問安，顧晚晴起來打了一套拳，沐浴更衣，用過早膳，對翠蓮道：「去把薔薇叫進來。」

翠蓮猜著小姐終於要收拾那不安分的小蹄子了，高興地跑出去叫了薔薇進來。

薔薇進屋，瞧見顧晚晴，忙跪下道：「奴婢給王妃請安。」

顧晚晴眼皮都沒抬，臉上陰晴不定。「薔薇，妳可知妳的主子是誰？」

薔薇愣了一下，道：「回王妃的話，奴婢的主子自然是王妃啊。」

顧晚晴哐噹一聲將手裡的茶杯摔在薔薇面前，厲聲喝道：「妳做下的那些醜事，全當旁人是睜眼瞎子看不見嗎？」

一股冷厲的氣場從顧晚晴周身蔓延，完全不同於那個軟弱的顧家四小姐，而是一種讓薔薇顫慄的氣場，讓她從外冷到骨子裡。這樣的顧晚晴，是薔薇從來沒有見過的，她只知道顧家太太說四小姐是個好拿捏的，對顧家太太言聽計從，從不頂撞，可沒想到顧晚晴居然有這樣厲害的一面。

此時薔薇還有些不屑地想，顧晚晴不就是出了顧家，攀上了高門嗎？便這樣狐假虎威，其實骨子裡還是那畏畏縮縮的庶女，沒什麼能耐。一想到如此，也不甚害怕了，磕了個頭道：「回王妃的話，奴婢每日用心伺候王妃，其他的事恐是旁人眼紅奴婢，編排出來誣陷奴婢，要藉此離間王妃和顧家姨媽。」

話都說到這個分上，居然還嘴硬。顧晚晴微微瞇起眼睛，她今兒是想試試薔薇，瞧瞧她是否能為自己所用。若是她心裡只認顧家閻氏為主子，那麼這樣存有異心的人，是斷然不能留在身邊的。為了尤氏在顧家的日子，不能跟顧家太太撕破臉皮，顧晚晴不到萬不得已，是不會除掉薔薇的，可若是薔薇再這般不知死活，那就別怪她心狠手辣了。

顧晚晴並非一般閨閣小姐，她幼時曾隨父兄在軍營中生活過，又習過武，性格堅毅，平日裡雖隨和，可若是下起狠手來，不輸男兒。此時她心有所想，看向薔薇的目光裡，掠過一道凜冽的殺意。

翠蓮一直立在旁邊，將自家小姐的神情看在眼裡，她心裡一驚，嚇得低下頭，大氣都不敢出。

顧晚晴深吸一口氣，收斂渾身殺氣，她還沒那個根本和顧家翻臉，至少現在不能跟顧家太太叫板，否則尤氏的日子又要不好過了。

「拖出去，杖責二十。」顧晚晴神色淡淡的，看都不看薔薇一眼。

薔薇頓時傻了眼，半晌才回過神來，不可置信地盯著顧晚晴，這泥人一般的四小姐，什麼時候轉了性情，竟要打人板子？

翠蓮亦是目瞪口呆，這幾句話還沒說完，就要打板子了？

「翠蓮，還愣著做什麼，本王妃的話妳沒聽到嗎？把這賤人拖出去，杖責二十！」顧晚晴瞇著眼，走到薔薇面前，捏著她的下巴，一字一句道。「妳給我聽清楚了。如今，我不是顧家四小姐，而是平親王爺的王妃，姜家的主母。妳不過是本王妃身旁的一個丫鬟，我要殺要打，只是一句話，就算打死妳了，橫豎草蓆捲了起來，丟去亂葬崗餵野狗。妳以為顧家太太會為了妳個小丫鬟，跟平親王的王妃翻臉嗎？」

顧晚晴一席話，徹底打碎薔薇的最後一絲幻想。她抬頭看著眼前這女子，分明是同一張臉，可那神情卻是全然不同的。顧晚晴絲毫不掩飾眼裡的殺意，她就是讓那些存著異心的人知道，想得罪她平親王妃，那就先掂量自己的分量，瞧瞧自己能挨多少板子！

薔薇知道害怕了，哭爹喊娘地求饒，可是顧晚晴哪裡會饒了她，叫家丁將她綁在長椅上，抬到院子裡，又讓翠蓮喚了院子裡的奴婢、婆子們出來，還有琴棋書畫四位姑娘在一旁瞧著。

兩個健壯的家丁，一人一個板子，打得薔薇哭天喊地。

翠蓮在一旁指著薔薇道：「這賤婢，居然敢頂撞王妃！還有沒有規矩了？這般的賤人，就是打死了，也是她活該！」

二十板子打完，薔薇已經暈了過去，被人抬回房裡。

一眾丫鬟、婆子，與琴棋書畫四位姑娘，都冷汗濕了衣襟，薔薇是顧晚晴帶來的陪嫁丫鬟，尚且一言不合就拖出去打個半死，若是換了自己，說不定直接就亂棍打死了。這位新王妃，看著笑咪咪的是個和善人，沒想到手段這般狠辣，每個人心裡都緊了緊。

那琴棋書畫四個姑娘更是心底發寒，王妃打丫鬟，叫她們來看著，分明就是存著殺雞儆猴的心思，叫她們認清楚自己的主子是誰，莫要做了不該做的事，丟了小命。

待姜恒下朝回院子的時候，看到的就是這般景象——丫鬟、婆子在院子裡跪了一地，噤若寒蟬，幾個家丁在院子中央打掃污物，顧晚晴坐在廊下竹椅上，淡淡地望著一院子的人。

「王妃，王爺回來了。」翠蓮小聲提醒。

姜恒身後跟著碧媛、碧羅，一進院子掃了一眼，眉頭就皺了起來。

笑著。

「回來了。」顧晚晴起身，站在廊下，並不出來相迎，只是看著姜恒皺起的眉頭，淡淡

她就是要讓姜恒瞧見這一幕，知道她打了丫鬟。

昨兒不是才說自己是他堂堂平親王的王妃，容不得別人欺負，受不得委屈，今兒她要好

好看看，他這夫君是個會賣嘴說好聽的，還是真如同他所講，會給她平親王妃的體面。

姜恒點了點頭，走過來輕輕握住顧晚晴的手，那動作極其自然，瞧著自己的小妻子道：

「這是出了什麼事，丫鬟、婆子怎麼跪在院子裡？」

顧晚晴反握住姜恒的手，笑道：「不過是罰了個不聽話的丫鬟，叫她們出來瞧瞧罷

了。」

姜恒掃了一眼跪地的僕婦們，見她們嚇得面如死灰，又見到院子中間那灘污物，知道方

才這院子裡見了血了。

姜恒低頭，看著自己的小妻子，她笑靨淡淡的，面相看著極為和善，甚至有些怯怯的，

可眼眸中又含著一絲堅毅。

姜恒瞧著她的神色，又看著婆子、丫鬟畏懼的眼神，心裡生出一絲欣慰來。本來還擔心

她性子太軟，受人欺負，如今看來是不會的。若沒點威儀手段，怎麼當他平親王的王妃？

顧晚晴見姜恒不說話，望著他的眼，繼續笑著說道：「若是王爺看著人多心煩，便叫她

們都散了。」

姜恒也看著她，捕捉到她眼底的一絲狡黠，他知道她是在試探自己的態度。

姜恒是何許人也，朝堂上呼風喚雨的一代權臣，若是連這點眼力都沒有，早就死了幾百遍了。他轉身，冷眼掃過那群僕婦，而後柔聲對顧晚晴道：「就按照夫人說的辦，讓她們都跪著吧，下次再出事，打死了清淨，我姜家可容不下奴大欺主的畜生。」

顧晚晴嘴角的笑意更深，連眉眼都笑開了，點頭笑著說：「曉得了。」

姜恒回來之後，下人們收拾張羅，兩人出府前往顧府。顧晚晴瞧見那一長隊家丁抬著的禮物，心裡又是一暖。他這是要給自己在娘家撐場面嗎？

到了顧府，顧老爺和顧太太閻氏早就候在家裡，等著這貴不可言的姑爺帶著小姐回門。

姜家的轎子落地，姜恒首先出了轎子，顧老爺一見他，趕忙恭恭敬敬地拱手行禮，在當朝太傅面前，可不敢仗著他岳丈的身分擺譜。

閻氏臉上笑開花似的，帶著兩個兒子顧堯、顧琪，心裡盤算著將他們引薦給姜恒，將來仕途上只要姜恒一句話，提攜一把，就勝了旁人努力鑽營三十年。

閻氏方要開口介紹自己的兩個兒子，姜恒轉身親自掀起轎簾子，牽著顧晚晴的手扶她出轎，而後兩人被人群簇擁著進了府裡，一路上姜恒都牽著顧晚晴的手，兩人並肩而行，瞧著郎才女貌，十分恩愛般配。

進了屋，眾人各自落坐，寒暄一陣子，閻氏朝兩個兒子使了個眼色，笑咪咪對姜恒道：

「我雖然是個婦道人家，可也聽說王爺的學問是頂好的。難得王爺來家一趟，我這兩個不成器的兒子整日說仰慕王爺的才學，若能得王爺指點一二，那真是勝讀十年書。」

顧堯、顧琪起身上前見禮。

閻氏這點小心思，姜恒怎會看不出來，所以他並不急著答應，笑著同他們寒暄幾句。

「先前我答應了你們姊姊要陪她在院子裡逛逛，我得先問問她的意思。」而後轉頭看向顧晚晴。「晚晴，妳不是說想去院子裡逛逛嗎，妳看呢？」

姜恒雖然問的是逛園子的事，可在座的都聽出他話中有話，分明就是在告訴顧家人——這事全看顧晚晴的心情，她說提攜我就提攜，她若是不樂意，那你們怎麼求也白搭。

閻氏一聽，瞧著顧晚晴的眼睛立馬放了光，熱切了許多。沒想到這個不惹眼的小庶女，竟還有幾分本事，才過門三天，就能讓平親王對她言聽計從。

閻氏拉著顧晚晴的手，親親熱熱道：「晚晴啊，妳我母女倆好久沒說話了，我這當娘的好生惦記妳。不如我陪妳去院子裡逛逛，留他們男人家在這說話？」

顧晚晴笑意更盛了，她不接話，而是拉著閻氏的手道：「母親，女兒也很是想念母親呢。咦？我怎麼沒瞧見尤姨娘？」

閻氏趕忙陪笑道：「哦，瞧我都忙糊塗了，光顧著高興，竟把這事給忘了。香清，去將尤姨娘請來。」

香清應了一聲，趕忙出去，她這丫頭勢利得很，平日裡對尤姨娘並不恭敬，如今見著尤姨娘的女兒成了平親王妃，又這般得王爺寵愛，見了尤姨娘跟見了親娘似的。

尤姨娘隨著香清進了屋，見到女兒，眼淚一下就在眼眶裡打轉。

顧晚晴忙起身迎上去，拉住尤氏的手，瞧著尤氏面泛紅光，穿著體面，也放下心來，看來閻氏還算知道輕重，並沒有刻薄尤氏。閻氏笑咪咪地一手拉著顧晚晴的手，一手拉著尤氏的手，笑道：「晚晴啊，不如咱們三個去院子裡轉轉，說些體己話？」

顧晚晴這才點頭，對姜恒道：「你們男人說話吧，我與母親她們出去逛逛。」

姜恒道：「早去早回，小心受風。」而後接了小廝手裡的披風，親自給顧晚晴繫上。

閻氏對兩個兒子道：「好好與你們姊夫學學本事，莫辜負你們姊姊的心意。」

顧堯、顧琪點頭道：「是，母親。」又對顧晚晴行禮道。「四姊慢走。」

得了顧晚晴的應允，閻氏放心許多，能得到平親王的青眼，那她兩個兒子的仕途不愁了。顧晚晴知道閻氏的小算盤，她也樂得順水推舟，她娘家兄弟有出息，將來也能給她撐腰，畢竟顧家是她的母家。她雖出嫁，可顧家的榮辱依舊關係著她的體面。顧堯、顧琪二人之事，對於姜恒而言不過舉手之勞，如此借花獻佛的好事，顧晚晴當然不會拒絕。

三人在院子逛了一會兒，找個涼亭歇腳，顧晚晴淺笑看著閻氏，不經意道：「也不知夫君對兩個弟弟的學問滿意不滿意，等回王府了，我且問問……我聽說母親有個遠房姪女，叫薔薇的，母親叫她來陪嫁，我竟是不知道呢。」

閻氏一聽前半句，知道顧晚晴將兩個弟弟的事放在心上，還沒來得及高興呢，就聽見了後半句，閻氏嘿嘿一笑，有些心虛，畢竟往姑爺房裡伸手不是什麼光彩事，她不過是仗著嫡母的身分，又篤定這個庶女性子軟和好拿捏，還有尤氏在手，才這般肆無忌憚。

「今兒早晨，女兒打了那丫頭二十板，母親不會怪罪吧？」顧晚晴眨巴眨巴眼睛問。她打薔薇板子的事遲早會傳到閻氏耳裡，那時候還不知道事情會被編派成什麼樣子。與其讓薔薇告狀，不如由她自己說開了。

「這……薔薇這丫頭是怎麼得罪妳了？」閻氏吃驚道。她印象中的顧晚晴，可是個大氣都不敢出的弱質女流，難不成是被姜家什麼人教唆，長了脾氣？

顧晚晴淡淡笑道：「也不是什麼大事，就是她這妮子不知道好歹，衝撞了王爺。母親，我是個好說話的，頂撞了我沒什麼，可若是惹惱了王爺，讓王爺以為咱們顧家的兒女都是沒規矩的，連累著對兩個弟弟有了成見，那可就不好辦了。」

閻氏一聽，忙道：「那死蹄子，竟這般不知好歹，該打！該打！」

顧晚晴又故作為難道：「我瞧著薔薇這丫頭是個模樣好的，本想著送到世子房裡做丫鬟，誰知道是個不長眼的東西，真是辜負了女兒一片苦心呢。」

閻氏皺著眉頭，她這個女兒什麼時候學會自作主張了？於是有些不悅道：「晚晴，母親將薔薇送去，也是想著幫襯妳，省得妳一個人無依無靠的，被人欺負了。這男人嘛，總歸是要納妾的，與其便宜了旁人，不如放自己人在身邊，也好拿捏。再說了若是薔薇能生下個一兒半女，妳就收到自己房中養著，孩子不嫌多，多一個孩子將來也是多個人孝順啊。」

顧晚晴頓了頓，捏下了裙襬上黏著的一片花瓣，看著閻氏，輕輕道：「姜家已有三嫡子、二庶女，可是還未有孫輩。」

閻氏不是個糊塗蟲，聽顧晚晴這麼一說，眼睛頓時雪亮起來。

姜恒已經有三個身分尊貴的嫡子，每個嫡子的外祖家都勢力極大，就算薔薇那丫頭能生個兒子出來，不過是個通房丫頭生的庶子，必定不受重視。

可是姜恒的三個兒子均未娶妻，只有大兒子姜炎洲訂了親，若是薔薇進了他房裡，再趕在新婦嫁進門前生個兒子，就算是庶子，那好歹也是姜家的長孫啊，屆時還有顧晚晴這個祖母幫扶著，分量和一個小小庶子自然不可同日而語。

再說了，姜炎洲是個前途無量的主，若是薔薇在他耳邊吹吹枕邊風，將來在仕途上，也是顧堯、顧琪的極好助力！

一想起自己的兩個兒子由姜氏父子保駕護航，閻氏的心情就得意起來，忙拉著顧晚晴的手道：「還是女兒考慮周到，是母親目光短淺了。」

顧晚晴握著閻氏的手，笑咪咪道：「母親說的是哪兒的話，咱們都是為顧家考慮的。我是顧家的女兒，兩位弟弟將來有了大出息，我這個當姊姊的也跟著沾光不是？只可惜薔薇那丫頭，太不爭氣，枉費了我一番苦心，唉……」

「是啊，那不成器的東西，唉……」閻氏恨得牙癢癢，心裡盤算著下次薔薇回府，定要好好將她收拾一番才解恨。

用了晚膳，又與父親、母親說了會兒話，姜氏夫婦才啟程回府。

坐在轎子裡，顧晚晴瞧著自己的夫婿，心中一萬個舒暢。這次回門，他可是給足了自己體面，教顧家上下不敢再怠慢自己，將來尤氏的日子，她也放心了。

姜恒瞧著顧晚晴一臉若有所思地瞧著自己，輕笑著點了她的鼻頭。「今日為夫的表現，夫人可還滿意？」

顧晚晴笑著拍掉他的手。「滿意得緊。」

姜恒捉住她的手，眼裡多了幾分促狹。「那夫人要何以為報？」

顧晚晴睞著眼睛搖頭晃腦，揶揄道：「不若以身相許？」

姜恒的目光頓時火熱起來，對著顧晚晴的耳垂咬了一口。「准了！那今晚夫人可要好生伺候……」

收拾完薔薇，忙完回門的事，顧晚晴總算能騰出手來管姜炎洲的事了。

昨日趁著顧晚晴夫婦回門的空檔，那位周家的玨哥兒又上世子屋裡作客了。一大清早，姜炎洲和周玨兩人正在用早膳，就瞧見門外進來一個笑咪咪的姑娘，對二人福身道：「世子，周公子，王妃請兩位去花園涼亭裡用早膳。」

姜炎洲認出這丫鬟正是顧晚晴房裡的大丫鬟翠蓮，心下一緊，他本想趁著父親上早朝的空檔，將玨哥兒送出府去，怎料到一大清早的，這位新繼母就派人來堵門了？

周玨還算鎮定，他偷偷在桌下握住姜炎洲的手，給他一個寬慰的眼神。橫豎是躲不掉了，不如去瞧瞧，總歸你是嫡長子，那位新繼母不會跟你過不去的。

翠蓮瞧著兩位的臉色，笑得更甜了，朝周玨道：「老爺上朝去了，過了晌午才會回來。周公子來者是客，太太還唸叨著沒有好好招待公子，著實是怠慢公子了。」

聽見父親一時半會兒的回不來，姜炎洲的臉色好看了些，對翠蓮笑道：「煩勞母親費心了，我們這就去。」

翠蓮領著兩位去了花園，顧晚晴獨自一人在涼亭裡等待，她早就命人備下了精緻的吃食，滿滿擺了一桌子，而後屏退眾人，獨自等著。

姜炎洲與周玨一瞧這架勢，不由得頭皮發麻。這位新王妃隻身會客，想必是有話要對他們說，至於是什麼話，二人心知肚明。

兩位進了涼亭，先見了禮，顧晚晴笑咪咪道：「還站著做什麼？快坐下。」

姜炎洲、周玨分別落坐，兩人對視一眼，隱不住眉間的緊張神色。

顧晚晴似是瞧不見他們眉間的焦灼，氣定神閒地挾起一塊糕點放進嘴裡。「這是我叫小廚房特地做的，你們嚐嚐。」

兩人拿起筷子，都挾了一塊放在嘴裡。

這頓早膳，顧晚晴吃得是有滋有味，姜、周二位則味同嚼蠟，吃得提心弔膽。席間顧晚晴什麼都沒提，只是與兩人閒話家常，這更讓他們惴惴不安。

用完早膳，命翠蓮撤了杯盤，端了茶上來。顧晚晴拿了放在旁邊的一本書，翻開，笑道：「我聽說二位的學問都是頂好的。我這幾日讀書，看到一些地方不甚明白，可又不好意思拿著問題去問王爺，正巧今日請你們過來請教一番。」

姜炎洲與周玨對視一眼。找他們來就是為了請教學問？鬼都不信。

姜炎洲道：「不知母親讀的是什麼書？」

顧晚晴揚了揚手裡的書，笑道：「《戰國策》，裡面有些地方頗為晦澀，我瞧著不甚明白，還要請二位來與我講講。」

「哦？母親竟讀《戰國策》？」姜炎洲眼睛一亮，他本以為是《女誡》之類，或是市井流傳的話本小說，沒想到竟在讀這本史學名著。

顧晚晴淡淡道：「無非是打發打發日子罷了。」

顧晚晴將書攤開，放在兩位公子面前。他們二人拿起一看，這篇正是《戰國策》中的名篇〈觸龍說趙太后〉。

顧晚晴道：「就是這篇，煩請炎洲替我講講。」

姜炎洲的學問是京城裡同輩公子裡頭數一數二的，這篇〈觸龍說趙太后〉早就被他背得滾瓜爛熟，他連書本都不需要看，直接將通篇譯成白話，為顧晚晴講解了一通。

姜炎洲說完，顧晚晴恍然大悟道：「原來是這般意思。」而後又問姜炎洲。「你瞧著這篇裡，你最喜歡哪句？」

姜炎洲道：「兒子最喜歡『人主之子也，骨肉之親也，猶不能恃無功之尊、無勞之奉，而守金玉之重也，而況人臣乎？』意思是，國君的親骨肉，尚且不能憑靠無功的尊位、沒有勞績的俸祿來守住金玉寶器，更何況是人臣呢？咱們姜家百年望族，父親又身居高位，兒子時刻牢記不可因出身而自傲，要自己闖蕩出一番事業。」

顧晚晴對周玨道：「炎洲果然是個好志氣的。周家公子最喜歡哪句呢？」

周玨瞧了姜炎洲一眼，笑得溫潤。「可巧了，我與炎洲的心思是同樣的。」

顧晚晴拿起書，用青蔥般的手指在書上一點，笑得高深莫測。「我個婦道人家，不懂大道理，倒是最喜歡這句。」

姜、周兩位公子順著她的手看下去，她指的是那句「父母之愛子，則為之計深遠」。

顧晚晴笑著抿了口茶道：「趙太后溺愛長安君，雖不捨得，可最後還是送了長安君去齊國做了人質，讓長安君能為趙國立功，好讓自己百年之後，長安君能在趙國立足。」

姜炎洲深吸一口氣，抬頭看著顧晚晴的眼睛。他已經可以想像接下來這位新繼母要說什麼了，無非就是父母都是為了他好，讓他斷了與玨哥兒的關係，這類的話他聽了無數次了，耳朵都生了繭子。

顧晚晴也回望了他一眼，眼裡劃過一絲狡黠，而後看著周玨道：「我想不光是父母愛子女，會為子女計深遠，朋友之間，也是如此吧？」

周玨對上顧晚晴清冽的目光，忽然渾身一震，臉色變得很難看。姜炎洲的臉色也煞白起來。

顧晚晴端起茶杯，喝了口茶潤潤嗓子，翠蓮很有眼色地退了下去，只留下三人單獨在涼亭裡。

「我知你們二位關係非比尋常。」顧晚晴毫不掩飾地將話說開了。「人生難得一知己，你們這般親近，我是不攔著的。」

姜炎洲震驚地抬頭，看著顧晚晴，她不是來棒打鴛鴦的？

「只是你們都是不小的人了，有些道理該明白。咱們聖上最忌諱這事，若是傳了出去，會污了二位的名聲。」顧晚晴直言不諱。「你們都是心高氣傲的人，都有著建功立業的志氣，可若是因此事而成了彼此的拖累負擔，你們又於心何忍？」

姜炎洲看了眼顧晚晴，又看了眼周玨。兩位哥兒垂下頭，眼裡都浮現出沈思的神色，他們自小相識，同窗數載，又怎會不知對方的雄心壯志？

顧晚晴見他們聽進去了，又道：「我並不攔著你們交好，可是面子上你們得給我做好，省得讓人抓了把柄，壞了仕途。炎洲有婚約在身，玨哥兒將來也會娶妻生子。你們彼此關係深厚，將來在仕途上也可扶持幫助。如此這般，兩人彼此助力，總勝過相互拖累。於此事上，我並不強求，若是你們二位還堅持，那就權當我今日的話都白說了。」

周玨嘆了口氣，看著姜炎洲道：「洲弟，全怪我太過自私……你、你納妾吧……」又起身，朝顧晚晴一拜。「多謝王妃教誨，得王妃一席話，周玨勝讀十年書！是我思慮不周，只顧自己歡喜，卻忘了大局。今日幸有王妃提點，才免於鑄成大錯。」然後對姜炎洲道：「洲弟，王妃是個善心人，你千萬要好好孝順她，聽她的話。」

顧晚晴瞧著周玨是個懂事的孩子，也就放下心來。姜炎洲垂著頭，拳頭緊緊攥著，面色痛苦，過了半晌才抬頭看著周玨。

「玨哥，也怪我……你父親要為你訂親，我不該與你鬧騰，害你與你父親爭執，讓他大病一場。你……你娶妻吧……」

顧晚晴嘆氣，她瞧得出這兩位對彼此都是情真意切。事情到此也就算辦成了，她悄悄起身離開，留下兩位公子在涼亭裡抱頭痛哭。

翠蓮遠遠候著，見到顧晚晴隻身出來，忙迎上來問：「王妃，兩位公子呢？」

顧晚晴搖搖頭，低聲道：「莫問那麼多，妳在這守著，別讓任何人靠近涼亭。」

過了晌午，姜恒下了朝回了書房，姜炎洲隻身去書房，父子兩人在書房裡促膝長談，直到晚膳時分才各自散去。姜恒回了顧晚晴屋子，心情極好，一進屋子就拉著顧晚晴的手道：「炎洲來找我，說他屋子裡該多添幾個丫鬟。晚晴，妳與他說了什麼？他竟想通了。」

姜炎洲這個問題，讓姜恒頭疼了許久，竟被小妻子輕鬆化解，自己兒子居然主動跑來討要丫鬟，這簡直讓姜恒喜出望外。

「這是秘密，不能說給你聽。」顧晚晴笑咪咪地賣了個關子。

姜恒心情極好，哈哈大笑，夫妻二人一同用了晚膳，而後顧晚晴將琴棋書畫四個丫鬟叫進屋裡，恩威並施了一番，而後打發她們四人去了世子房裡做貼身丫鬟。

據世子房裡的丫鬟回報，當天晚上畫兒宿在房裡，破了身子。而後姜炎洲似是嚐到了甜頭，越發知道女人的好，頻繁留宿幾位姑娘。姜恒聽後，一顆心總算放了下來。

當然，這番功勞全都歸在顧晚晴的頭上。

而後一個多月，顧晚晴每日吃吃睡睡，打打拳、看看書，好不悠閒自在。杏花每日加料的湯水也都送到顧晚晴房裡，但是都被翠蓮潑進了花盆裡。

翠蓮和母親孫婆子則在府裡悄悄打聽先前顧晚晴交代的事。婆子嘴碎，最容易傳話，翠蓮母女倆花了一個多月的工夫，便摸清楚了府裡的人情往來，寫成了冊子呈交給顧晚晴。

自那日顧晚晴杖責薔薇之後，錢氏起初還惴惴猜想，難不成自己這個新大嫂是個厲害人物，是自己看走了眼？可後來顧晚晴撒手不管，似乎沒有管家的意思，每日悠閒自在，讓錢氏放下心來，心道——以為是個母老虎，原來是個只會打自己陪嫁丫鬟，在窩裡橫的紙老虎。

於是便對顧晚晴更是不屑一顧了。

顧晚晴不著急管家，可是有一個人急啊！

姜恒瞧出小妻子是個極聰明手腕又高的人，可她就是不提管家的事，憋了兩個月，終於憋不住了，主動過問此事。

顧晚晴懶洋洋地打了個哈欠，笑道：「管家那般出力不討好的事，我才不幹呢。況且弟妹那般能耐，我哪爭得過她呢？」

姜恒道：「整個家業都是我的，不讓我夫人管，怎能落得旁人手裡？有什麼爭不過的，橫豎妳有妳夫君撐腰，只管奪了權便是。」

顧晚晴眼睛一亮，要的就是姜恒這句話！

姜恒滿眼無奈，頓時覺得自己堂堂親王，竟被個小女子算計了。

第八章

「二太太、二太太，不好啦！周帳房被王妃打啦！」錢氏屋裡的小丫頭慌慌張張跑來報信。

錢氏眉毛一橫，周帳房是她的心腹，平日裡當甩手掌櫃的大房是吃錯了什麼藥，居然打周帳房？

「走，跟我去瞧瞧！」錢氏領著小丫頭急忙往大房屋裡趕。

一進大房院子，就瞧見周帳房被捆在長凳上，放在院子中打板子。周帳房一瞧見錢氏來了，哭天喊地道：「二太太救我，老奴冤枉啊！」

錢氏眉頭皺了起來，對家丁喝道：「快停手，不許打了！」

「喲，是弟妹來了。」顧晚晴笑咪咪地從屋裡出來。「快進來坐著，外頭日頭毒，省得曬壞了。」

錢氏心裡冷笑，這都快入冬了，哪來的毒日頭！

錢氏面上笑道：「這周帳房是犯了什麼錯呀？怎麼打起板子了？」

顧晚晴道：「最近府裡進了一批海南珠，我瞧著怪稀罕的，想挑些好的給妳送去。剛好送珠子來的是這奴才，我就順口問了他帳目的事，誰知道他支支吾吾答不上來，我想著定是這刁奴從中剋扣，就打了他板子。」

錢氏笑道：「大嫂有所不知，這府裡的銀錢帳目，可不是幾句話能說得清楚的，想必是其中有誤會吧？這周帳房在姜家做了幾十年，我瞧著他是個好的，不至於剋扣銀錢，不如就放了他吧。」

「誤會？既是誤會，不如將帳簿都拿出來瞧瞧，對對帳便知道。」姜恒的聲音從屋裡響起，錢氏心下一愣，大伯居然也在？

「給大伯請安。」錢氏對走出屋子的姜恒見禮。「這帳目，就不必查了吧，定是錯不了的。」

姜恒道：「我手下的這片家業，我自己倒是多年未曾過問了，剛好趁著今天有工夫瞧一瞧。」

姜恒要察看自己的家業，錢氏自然不能攔著。錢氏持家多年，自然懂得作帳要分明暗帳，明帳的帳面都是平的，做得漂漂亮亮，暗帳才是真正的帳面，裡頭貓膩不少。

錢氏朝手下的小丫鬟使了個眼色，那丫鬟會意，偷偷往院子外頭走。

翠蓮眼尖，忙走過去拉著那小丫鬟的手。「這位妹妹我瞧著喜歡得緊，別忙著走，來跟姊姊說會兒話。」然後硬拉著小丫鬟進了自己屋子。

錢氏一見通風報信的丫鬟被扣住了，心知這次可不是普通的查帳那麼簡單，她猜，九成九是大房要借著查帳的名頭，奪了她管家的權。

大房有備而來，錢氏卻毫無準備，這下錢氏頭上開始冒冷汗。這些年她貪的銀子不是個小數目，若是被查出來，那可就難看了。

「青梅，周帳房要對帳，派人去取帳本來。」顧晚晴吩咐道。

青梅應了一聲，跑出院子。錢氏一聽，冷汗淋漓，顧晚晴打著周帳房的名頭去取帳本，若是帳房裡那些糊塗蟲把暗帳拿了出來，可真就麻煩了。

帳本很快就被取來了，厚厚的幾本捧到顧晚晴書案前，錢氏一瞧那些帳本就頭暈目眩，還真是暗帳！帳房裡那些瞎眼的糊塗奴才，真想扒了他們的皮！

姜恒翻開一本帳目，眉頭不禁皺了起來。

這帳目繁多又瑣碎，只看一眼便教人眼花繚亂。他雖是權臣，學問頂好，可看帳目仍比不過專業的帳房。

「碧媛，去外頭請個帳房先生來。」姜恒吩咐道。

「不必了，我來瞧瞧。」顧晚晴道。

姜恒吃驚地看著自己的小妻子，難不成她會看帳目？他可從來沒聽說過有人教過她看帳本呀？

錢氏輕蔑地瞥了顧晚晴一眼。不自量力的東西，姜家銀錢流水往來繁雜，這可是只有老帳房才看得懂的帳本，妳算個什麼？

顧晚晴不顧旁人臉色，翻開一本帳目，掃了一眼，就笑了。

她以為是多繁雜的帳目呢，原來不過如此。要知道她前世管著名滿天下的「紅繡織造坊」，這姜府的帳目再繁雜，能多得過日進斗金的織造坊？這帳目在顧晚晴眼裡，簡直就如同秀才讀《三字經》一般簡單。

顧晚晴粗粗翻了幾頁，便指出裡頭的錯處來，又翻了幾頁，挑了幾個帳目出入較大的地方，一個一個盤問周帳房。起初周帳房還嘴硬，可後來顧晚晴說的地方又準又狠，就連錢氏聽了也渾身冒冷汗。

只翻看了半本帳目，就對出了兩萬三千兩白銀的出入，顧晚晴合上帳本，淡淡看著錢氏。「弟妹，妳怎麼看？」

錢氏擦了擦冷汗，對周帳房罵道：「你這狗東西，姜家何時虧待過你？你竟然吃裡扒外，刮了那麼多油水！」

周帳房心裡暗罵。油水都是妳刮的，我連口肉湯都喝不上，如今竟然拉我來揹黑鍋！

顧晚晴道：「貪了這麼大數目的銀子，報到衙門裡是要砍頭的。周帳房，你可得好好說，細細說，別說錯了什麼，說漏了什麼……」

周帳房渾身冷汗都濕了衣裳，他雖是錢氏手下的人，可小命是自己的呀！他若是真將這黑鍋揹了下來，可真是用生命在揹黑鍋！

周帳房腦子裡快速思量了一番。

雖說他這些年幫著二房太太錢氏，自己也從中撈了不少油水，娶了嬌妻，納了美妾，可這帳目的漏洞也忒大了！況且事情敗露，錢氏不但不撈自己一把，竟然還將自己推出去當替罪羊！如今王爺娶了媳婦，二房讓權是早晚的事，自己又不是個死腦筋，非要吊死在錢氏這一棵歪脖子樹上。今兒王妃發難，為的就是扳倒錢氏奪了管家的權，自己何不順水推舟，幫她一把，也是將功折罪的機會！

周帳房又想起自己幾個月前新納的美妾柳月，小小年紀，嫩得能掐出水來，每天晚上伺候得自己舒舒服服，還沒享受夠呢，怎麼能這麼快就去見閻羅王？什麼錢氏，呸！就算是夫妻，大難臨頭還各自飛呢！

周帳房眼睛一轉，大喊道：「奴才冤枉啊！王爺明鑑，王妃明鑑！奴才就是一萬個膽子，也不敢撈那麼多油水啊！」

顧晚晴笑了笑。「可二太太都說是你做的了，難不成是咱們二太太冤枉了你？周帳房，東西可以亂吃，這話可不能亂說。這帳都是你做的，帳面就是鐵證，你還想抵賴嗎？」

周帳房喊冤叫屈。「王妃明鑑，老奴只是個作帳的，上頭怎麼吩咐，老奴就怎麼做。王妃想想，老奴只是個帳房先生，哪有那麼大的能耐，能貪那麼些銀子……光是採買蘇錦一項，裡頭就有至少三千兩的貓膩，可老奴何曾見過那蘇錦？根本就摸不著啊！老奴只管記帳，旁的老奴也插不上手哇！」

顧晚晴點點頭，對姜恒道：「我聽著他說的也有道理。」

姜恒瞧了周帳房一眼，周帳房哭道：「王爺明鑑，老奴雖做了錯事，可也是無奈之舉！

都是、都是二太太讓老奴做的！都是二太太！」

錢氏一聽就急了，罵道：「你這刁奴，竟然把屎盆子扣在我頭上！」而後對姜恒大哭道：「大伯明鑑，莫要聽刁奴胡說，誣陷我清白！我十五歲嫁入姜家，侍奉夫君，服侍公公，盡心竭力，可曾有半點懈怠？當年公公病重，我衣不解帶地親自餵水、餵藥。後來夫君去了，我一個寡婦，拉拔著惠茹，諸多辛苦，我的苦水都往肚子裡吞啊！大伯，我對姜家可謂一心一意，可這刁奴居然誣衊我，其心可誅！」

錢氏哭得撕心裂肺，要多傷心有多傷心。姜恒一陣頭疼，顧晚晴瞧著，拉著錢氏的手，道：「莫哭了，誰都知道妳的心意，瞧妳哭得似個花臉貓，出去了教人瞧見，還以為是嫂子我欺負妳了。」

錢氏擦了擦淚，拉著顧晚晴的手道：「大嫂，妳可要信我！我對姜家絕無異心，是那刁奴挑唆大房和二房的關係。」

周帳房一聽錢氏反咬一口，也哭著喊冤。

一時間滿屋子哭聲，哭得姜恒無奈地揉了揉眉心，道：「這帳目上的事，就暫且先壓下，容後細細查清了再說。這些年我讓妳管家，從不曾過問，可今日一看，竟出了這等的事，我還怎麼放心把這個家讓妳管？」

錢氏一聽，心中一驚。她本以為會是顧晚晴來發難，誰知道她竟然找了大伯做靠山。如今大伯親自問罪，看來這管家的權，她想抓也抓不住了。

錢氏本就心虛氣短，如今只能做出悲戚狀。「教大伯失望了，我才能有限，管得不好，自知慚愧，不配再管家。如今既然有大嫂在，那不如就讓大嫂管家，我也正好得了閒好好照顧惠茹。」

姜恒看著錢氏，點了點頭。「如此也好，省得妳又要管家又要照顧惠茹，太過辛苦，就讓晚晴替妳分擔了吧。」

顧晚晴不失時機地上去對錢氏軟語安撫一番，兩妯娌說了會兒體己話，錢氏止住了哭，說定了明日一早來交接管家事宜。

姜恒看這事情定了下來，便放下心來，他公務繁忙，又去書房了。姜恒走後，錢氏坐了一會兒便回去了，院子裡只餘周帳房疼得直叫喚。

「稟王妃，欠十五個板子，還打不打了？」家丁問。

顧晚晴瞧著周帳房的臉。「罷了罷了，別打了，叫他家裡人來抬他回去。」

沒過一會兒，一個嬌滴滴的小娘子領著兩個小廝進了院子，那小娘子進了院子，一瞧見周帳房被打得皮開肉綻，就嚇得哭了起來。

周帳房忙呵斥道：「柳月，沒出息的，哭什麼哭，還不快給王妃請安！」而後轉而諂媚地對顧晚晴道：「王妃莫怪，柳月是老奴新納的妾，年紀小，不懂規矩。」

柳月忙跪下磕了個頭。「給王妃請安。」

顧晚晴瞧了瞧柳月，不過十三、四歲的年紀，長得眉清目秀，又瞧了瞧周帳房，年過半百，滿臉褶子的枯老頭，內心不禁嘆氣，真是一朵鮮花插在牛糞上。

柳月問了安，便叫兩個家丁將周帳房架著抬出了院子。顧晚晴望著柳月的背影，突然覺得有些眼熟，卻想不起在哪裡見過。

翠蓮瞧著顧晚晴盯著那小娘子，忙道：「小姐，那叫柳月的小娘子如今在咱們府裡的庫房當差。」

「哦。」顧晚晴應了一聲，原來是姜家的下人，怪不得瞧著眼熟，也許是先前見過她，卻給忘了。

第二天一早，錢氏早早就來了，兩人花了一天工夫做了交接。

而後顧晚晴就把姜府的管事全都叫了過來。但凡是錢氏的心腹，就細細盤問，若是隱瞞不報，或者報得不清楚，統統拉出去打二十板子，罰三個月的月錢，管事的個個惴惴不安，不敢再隱瞞不報。而後顧晚晴又借著些管事能力不足的由頭，將一些人削了權，扶持了底下的人上來，培養為自己的心腹。

如此一番人事大換血，錢氏的人全部被打壓了一通，而平日與錢氏的手下不和，又有才能的人，則被顧晚晴重用起來。

如此這般，雖說姜府人事大換血，可換上去的新管事們，都是原先的熟手，所以這內部運作不會出岔子。那些新上任的管事們，則紛紛記著顧晚晴的知遇之恩，讓他們有生之年終於有了出頭之日。

三個月後，薔薇的傷養好了，偷偷跑去顧府向閻氏告狀，卻被閻氏好一頓呵斥給訓了回來，告誡薔薇要好好聽顧晚晴的話，莫要再鬧出些么蛾子來。

薔薇失了閻氏這個靠山，心灰意冷，顧晚晴乘機恩威並施，拉攏了薔薇，將她送去姜炎洲房裡。

薔薇伶俐，牢記了顧家太太閻氏的那句「姜府還未有孫輩」，一心一意想著趕緊生個兒子來。

薔薇這般奔放的性子，第一天去世子房裡，就主動留宿，破了身子，而後沒過多久就懷了孩子，讓琴棋書畫四個姑娘好生嫉妒。

又過了十月，薔薇生產，誕下一女。姜恒得了長孫女，十分歡喜，承諾等到世子成親之後，就立刻抬了薔薇的房。

晃晃悠悠又過了一年，世子娶妻的日子越來越近了。顧晚晴開始忙著張羅娶媳婦的事宜，姜府上下喜氣洋洋。

這兩年來，顧晚晴將姜府捋得順順溜溜，她與繼子、繼女之間的關係也極融洽，特別是姜炎洲，對這個繼母極為恭敬孝順，幾乎是言聽計從。而姜恒碩果僅存的兩房小妾，也都對她非常恭敬。

兩年的時間，也讓姜氏夫妻的感情更融洽甜蜜，姜恒對自己這個小妻子十分寵愛，自從顧晚晴進門以後，他就從未去妾室那留宿過，夫妻倆恩恩愛愛，如同尋常的百姓夫妻。

由於姜恒的態度，碧羅、碧媛兩個大丫鬟也對顧晚晴十分恭敬。

而那位錦煙姑娘，顧晚晴還是摸不清她的身分，若說她是婢子，可碧羅、碧媛對她如同對主子般恭敬；若說她是妾室，姜恒卻從未留宿過她房裡，甚至兩人相處時也無過分親密的舉動；可瞧著錦煙的神態，又像是破過身子的，並非閨閣少女。

姜恒從未提過錦煙的來歷，姜府上下甚至無人知道錦煙的過往。顧晚晴是個聰明人，她知道什麼該問，什麼不該問，所以從不刻意探究，對錦煙甚是友好。因著顧晚晴的態度，錦煙對這位識大體的王妃也很有好感。

這兩年，顧晚晴一直沒有懷上孩子，姜恒請了最有名的御醫來瞧過，都說顧晚晴身子安好，並無問題。姜恒也就放下心來，只要妻子身體無恙就好。至於孩子這事，都是天命，強求不得。

在姜炎洲娶妻前半年，琴棋書畫四位姑娘裡的琴兒和畫兒，又傳出了好消息，都懷了身子。

婚期將至，姜府裝飾一新，張燈結綵，到處掛著紅綢，全府都在為世子娶妻而歡喜。

顧晚晴站在走廊下，靠在姜恒懷裡，看著這滿院子的天羅地網，哦不，是大紅綢緞，笑得如沐春風。

明兒，姜炎洲就要迎娶安國侯府的三小姐侯婉雲過門了，這府裡頭，就要熱鬧起來嘍！

浩浩蕩蕩的送親隊伍排了十里地，沿街的百姓站了一路，就為了瞧上這名滿天下的「嫻德孝女」，安國侯府三小姐侯婉雲一眼。

而那塊聖上欽賜的「嫻德孝女」牌匾，也隨著送親隊伍，小心翼翼地抬了過去。

幾個頑童在送親的隊伍裡奔跑嬉鬧，一不小心撞上喜轎，旁邊站著的媒婆王嬤嬤忙拉著那頑童的衣服呵斥。「不長眼的，亂跑什麼？」

喜轎裡清脆的女聲傳來。「王嬤嬤，孩童年紀小不懂事，莫要怪他，給孩子們分些紅包，讓他們一邊玩去吧。」

「是，小姐可真是個善心的人兒。」王嬤嬤從懷裡掏出幾個紅包來，幾個頑童笑著鬧著搶了紅包就跑。

旁邊的百姓們見了，紛紛交口稱讚。

顧晚晴從早上就立在姜府門前，望眼欲穿。

安國侯和小侯爺自五日前就從邊關回京，為的就是侯婉雲的婚事。

顧晚晴望向侯府方向，心裡忐忑地想著，父親和哥哥這些年可好？打仗可有受傷？胖了還是瘦了？

翠蓮瞧著顧晚晴期盼的神情，以為她在盼新娘子，便笑道：「王妃，離新娘子來還早著呢，瞧把您急的，比咱們世子還急，不知道的還以為是您娶妻呢！」

顧晚晴笑著塞給翠蓮個紅包，道：「妳這妮子，越發沒大沒小了，仔細我撕了妳的嘴！」

盼了一早上，隱約聽見喜樂的嗩吶聲遠遠響起。

顧晚晴扶門站著，遠遠瞧見隊伍前兩個男子，一人一騎，器宇軒昂，英姿颯爽。本朝的規矩，女兒出嫁要父兄親自送親，表示對女兒的重視，是給婆家人看，自家閨女有父兄撐腰，欺負不得。顧晚晴瞧著那兩人，強忍著不讓淚水奪眶而出，嘴唇微微歙動，無聲地喊了句：父親、哥哥。

安國侯和小侯爺下馬，姜府的小廝立刻迎了上去，將馬牽走。

顧晚晴對安國侯微微福身，垂著頭掩飾著眼裡的情緒，輕輕道：「侯爺，一路辛苦。」

安國侯今日嫁女，心情甚好，哈哈一笑回禮道：「有勞平親王妃相迎。」

顧晚晴抬頭打量著安國侯，父親清減了許多，兩鬢的白髮又多了些，看起來竟比昔年蒼老了不止十歲。顧晚晴一時不忍，差點落了淚。

安國侯亦是打量著眼前這位平親王妃，自己女兒的婆母，瞧她氣質溫和，看著是個和善人，放下心來，想必女兒婚後的日子不會太難過。

小侯爺侯瑞峰上前一步，抱拳行禮。「參見王妃。」

顧晚晴瞧著侯瑞峰，哥哥身量又長了，比昔年多了些成熟俊朗，英姿勃發，只是曬黑了些，想必西北的風沙大，哥哥吃了不少苦。

「小侯爺不必多禮，都是自家人。」顧晚晴笑道，如今她與她父親安國侯是同輩，而她哥哥侯瑞峰則是她的晚輩。

兩家的親家們寒暄幾句，而後瞧見姜炎洲騎著馬兒，胸前帶了朵大紅錦緞花，到姜府門口。

新郎倌下馬，踢轎門，揹新娘，跨了火盆，眾人簇擁著新人進了正廳。姜氏夫妻和安國侯已經分別落坐，姜府一片喜氣洋洋。

安國侯瞧著自己的女兒亭亭玉立，一身大紅喜服，旁邊的女婿意氣風發，俊朗不凡，真是郎才女貌，天作之合。

安國侯心底生出一陣欣慰來，不過隨即閃過一絲陰霾，若是婉心還在，如今想必已經出嫁了吧？說不定自己連外孫都抱上了。

安國侯瞧了自己兒子一眼，見兒子眼中亦有幾分惆悵神色。

侯瑞峰自小最疼與自己同母所出的妹妹侯婉心，與嫡妹感情最好，如今瞧見庶妹出嫁，難免觸景傷情。

而顧晚晴則端坐著，脊梁挺得筆直，盯著眼前那一身大紅色的女子。

幾年未見，她身量長高了，體態婀娜，走起路來步步生蓮，真是好一個絕色美人。顧晚晴眼角滑過一抹諷刺。

一雙新人拜堂，而後雙雙跪地，為雙親奉茶。

安國侯接了茶，喝了一口，爽朗笑道：「雲兒，今天嫁入姜家，往後可要好好侍奉公婆，侍奉相公。」

侯婉雲聲音輕輕細細，帶著絲絲嬌羞。「是，父親。」

姜恒放下茶碗道：「犬子能娶得賢妻如此，是我們姜家的福氣。」

顧晚晴盯著侯婉雲，笑得溫婉賢淑。「我早就聽說侯三小姐的大名，人人都稱讚婉雲的孝名，有了這樣孝順的兒媳婦，是我的福氣呢。」

侯婉雲恭恭敬敬對公婆磕頭道：「兒媳一定孝順公婆，侍候夫君。」

奉了茶，新娘子被送入洞房。

喜宴開始，顧晚晴忙著招呼女眷，姜恒則被幾個朝中關係甚好的同僚抓住灌酒，顧晚晴見他難得這麼高興，也不勸，由著他喝。姜炎洲是新郎倌，自然是被灌酒的目標，他那些朋友們一個一個輪番敬酒，姜炎洲全不推辭，不一會兒就喝得雙頰緋紅。

顧晚晴正在與幾個女眷說話，翠蓮跑過來在她耳邊悄悄說：「奴婢方才好像瞧著周家公子來了。」

周家公子周玨？

這兩年周玨與姜炎洲明面上的來往少了，周玨訂了親，明年就娶妻，可這兩人私下暗地的來往可一點沒少。因為有顧晚晴給他們作掩護，加上姜炎洲並不排斥寵幸女人，房裡的丫鬟們，一個生了女兒，另兩個也懷了身子，姜恒瞧著自己兒子知道了分寸，子嗣無憂，也就不過問此事。

翠蓮咬著嘴唇道：「奴婢瞧見周家公子出了前廳，朝花園走去了。而後咱們世子說是要去淨房，奴婢看世子繞了圈子，也往花園那邊走了。奴婢瞧著世子神色有異，恐怕會生出事端，王妃，您說咱們要不要去瞧瞧？」

顧晚晴思量了一番，雖說那兩位哥兒心裡頭都明白，彼此娶妻是遲早的事，可如今姜炎洲真的娶妻了，兩人心裡難免不痛快。

娶妻不比納妾，姜炎洲屋裡那些畢竟是沒有名分的丫頭，就算是個妾，也算不得什麼。可娶妻就不同了，那可是明媒正娶回來的正室，一個「正」字，就顯得周玨是旁門外道，生分了許多。

今日來的賓客甚多，都是朝中有頭有臉的人物，若是那兩位哥兒鬧出了些什麼，那可真是不好收場。

顧晚晴道：「走，我去瞧瞧。」便帶著翠蓮，趁著眾人不注意，出了院子，朝花園走去。

姜家花園很大，又是仿照蘇州園林的格局而建造，故而裡頭曲曲折折，姜炎洲急匆匆地跑進院子。他喝了很多酒，腦子有些暈乎乎的。剛才他正在敬酒，遠遠瞧見周玨臉色不對，便拋下眾人跑出來尋他。

尋了一會兒，姜炎洲在一處假山後找到了周玨。

周玨一身酒氣，坐在地上，衣袍上沾了好些泥土，形容狼狽。

「玨哥兒，你怎在這兒？教我好找。」姜炎洲蹲在周玨面前，有些委屈地扯了扯周玨的袍子。「你與我回去吧。」

周玨半閉著眼睛，別過頭。「今兒是你娶妻的大好日子，你不好好喝酒慶祝，跑來尋我做甚？我愛在哪裡便在哪裡，與你何干？我就是死了，也是我的事，你只管去心疼你那嬌滴滴的新娘子，管我做甚！」

姜炎洲一聽周玨說這氣話，心裡一揪一揪地疼，聲音也軟了不少。「玨哥，我知道你心裡不好受，可我又何嘗不難受？玨哥，你再這般糟踐自己身子，我、我好生心疼。」

周玨氣消了不少，抬頭見姜炎洲也一臉痛苦，他嘆了口氣道：「原先你寵幸房裡那些丫頭，我還對自己道——不過是些下賤丫頭，哪家的房裡沒有呢？你寵了便寵了，我知洲弟心裡有我便足夠。可如今你娶妻，我再一想，洲弟要成為那個女人的男人，那我算什麼？我什麼都不是！我這心就跟被刀子扎了一般地疼！」

姜炎洲一把將周玨抱住。「你胡說什麼？玨哥，我永遠是你的洲弟，娶妻不過是皇命難違，什麼正妻，什麼名分，我都不在乎！玨哥，這麼多年了，我的心你還不懂嗎？」

兩個哥兒抱成一團，情之所至又加上都喝了酒，兩人竟意亂情迷起來，扯開袍子就要就地做那事。

當顧晚晴趕到花園時，聽見假山後面窸窸窣窣的聲音，還隱約傳來姜炎洲的低吟。她臉色一沈，炎洲這孩子居然這般不知輕重，竟然在成親當日，丟下賓客不管，跑到花園裡苟合！

顧晚晴雖然希望姜炎洲冷落侯婉雲，可她畢竟是姜家的主母，凡事得以姜家為重，姜炎洲這般胡鬧，她是不可能不動氣的。

「王妃，咱們怎麼辦？」翠蓮小聲道。

總不能衝進去捉姦吧？若是撞見不雅場面，那今後母子還如何見面？

正在顧晚晴猶豫的時候，遠遠聽見有腳步聲傳來，顧晚晴一愣，這腳步聲太過熟悉，正是自己的哥哥小侯爺侯瑞峰。

「翠蓮，安國侯家的小侯爺來了，妳快過去，叫兩個公子從假山後面離開，千萬別讓小侯爺瞧見了！我去攔住小侯爺。」顧晚晴吩咐道。

翠蓮應了一聲，用帕子蒙著眼睛鑽進假山裡。

周玨與姜炎洲正在親熱，猛然瞧見闖進來個姑娘，頓時駭住，剛要說話，翠蓮就背對著他們小聲道：「公子別喊，是我，翠蓮。安國侯府的小侯爺就在外面，太太攔著他了，讓我進來通風報信，兩位公子快從假山後出去，千萬小心別讓人瞧見了。」

此時兩位公子都清醒許多，瞧著自己居然做下這荒唐事，都異常愧疚，幸虧有顧晚晴派人來通風報信，兩人都道：「王妃的恩情，我們都記著呢。」而後連忙穿上衣衫，整理一番，匆匆沿著假山後頭跑了出去。

姜炎洲出了花園，與周玨分道揚鑣，周玨先離開姜府，免得給自己添堵，而姜炎洲又回了正廳應酬。

喜宴過後，鬧完了洞房，洞房裡只剩下姜炎洲與侯婉雲二人。

挑了紅蓋頭，姜炎洲瞧見自己的妻子，生得膚若凝脂，眉目如畫，弱柳扶風，溫柔嫵媚。

「夫君……」侯婉雲瞧著自己的夫君，平親王世子，生得相貌堂堂，比什麼明星都好看，真真是高富帥的集合體，好一個如意郎君！

姜炎洲眼睛瞧著侯婉雲，可腦子裡全是周玨痛苦的臉，刺得他心中酸澀疼痛，彷彿娶了妻子，就是對玨哥的背叛。

侯婉雲看著自己的如意郎君，與自己大眼瞪小眼乾坐了半個時辰，卻一點就寢的意思都沒有。

古人不是說什麼「春宵一刻值千金」嗎？

怎麼夫君他就不能主動點呢？

侯婉雲在現代時，好歹也是有過男友的人，好肉吃了不少，慾女一枚。而後穿越到古代，成了個小娃娃，憋了十幾年，現下終於嫁人了，夫君又生得一副好皮囊，她這旱得都龜裂的土壤終於盼到泉水滋潤了，可如今這男人居然巍然不動，他難不成要在洞房裡裝柳下惠？

侯婉雲瞧著他英俊的眉眼，嬌羞道：「夫君，時辰不早了，不若早些就寢吧？」

姜炎洲心不在焉地應了一聲，起身走了過來。

按理來說，洞房花燭夜，應該是新郎倌如狼似虎地吃掉新娘子，可如今似乎這個平親王世子太過害羞，只得侯婉雲賢慧地為兩人脫衣。

然後兩人赤條條地躺在床上，侯婉雲只穿了肚兜，身材凹凸有致，換了哪個男人看了都得血脈賁張——除了姜炎洲。

姜炎洲扯了被子來給兩人蓋上，並排躺著。

侯婉雲也顧不得矜持，主動將美玉一般的大腿搭在姜炎洲身上，若有似無地蹭著他。

「夫君。」侯婉雲嬌滴滴，媚眼如絲地看著姜炎洲。

姜炎洲吞了吞口水，這妻子越是嬌美，他對周玨的愧疚就越深。可她畢竟是自己的妻子，洞房花燭夜也該逢場作戲，於是他抱住了侯婉雲。

侯婉雲見對方終於有了回應，內心一陣竊喜，恨不得立刻將姜炎洲拆吃入腹。夫妻二人纏綿了一陣，姜炎洲努力想讓自己進入狀態，可是他發現只要一看到侯婉雲，腦裡就會閃過周玨的臉，他根本做不到！

而侯婉雲也發現了這個問題，無論她多嬌媚、多撩人，她的如意郎君都硬不起來！

侯婉雲媚態撩人地折騰了大半宿，可是姜炎洲那邊死活毫無反應，而後不耐煩地扔下一句。「我累了，睡吧，妳也早些休息。」而後轉身呼呼大睡，留侯婉雲一人直挺挺地躺著，看著上方的大紅帷帳發呆。

侯婉雲並非沒有見過世面的人，她看得出她這夫君是真有些問題。

若是在現代，她大可以光明正大的離婚。

可如今是古代，她又是皇家賜婚，和離之事是絕無可能。再說若是讓別人知道她是因為這事而夫妻不和，還不戳著脊梁骨罵她？

侯婉雲頓時洩氣起來，方才剛覺得自己上了天堂，轉頭被一棒子就將她打進了地獄，這落差委實讓她難受。

侯婉雲氣鼓鼓地翻了個身，背對著姜炎洲，用被子將自己裹得嚴嚴實實，強壓住心中的怨氣，心事重重地睡著了。

而與此同時，顧晚晴則是被精力旺盛的姜恒折騰了大半宿。

今兒姜恒心情格外好，又喝了些酒，好好與妻子溫存了一番，顧晚晴已經腰痠背痛，而姜恒卻意猶未盡。

感覺到一雙熟悉的手又貼了過來，顧晚晴狠狠瞪了姜恒一眼，啐道：「都是當祖父的人了，忒不知節制！明兒不上早朝了？」

姜恒一把將顧晚晴拽進懷裡，笑道：「無妨無妨，小晚晴方才不是受用得很？怎麼這會兒怪起為夫來了，真是翻臉無情。」

顧晚晴臉騰得紅了，這些年她與姜恒感情甚篤，甜蜜恩愛。姜恒從不宿在妾室房裡，一腔精力全用來折騰顧晚晴了。

又是一番被浪翻滾，姜恒心滿意足，摟著小妻子入睡。

第九章

第二日一早，姜恒神清氣爽地起床穿衣，留顧晚晴躺在床上揉著腰咒罵。「今晚你別想進我屋裡！」

姜恒穿戴好朝服，回頭朝床上充滿怨念的小妻子微微一笑。「成，今晚夫人就宿在書房吧。我叫碧羅、碧媛將書案拾掇拾掇，撤了紙筆。」

顧晚晴愣了一下，而後從姜恒促狹的眸子裡看出話裡的意思，頓時面紅耳赤，便順手將手邊的繡花枕頭丟了出去，啐道：「還不上朝去？當心誤了時辰。」

「是，夫人，遵命。」姜恒哈哈大笑而去。

今兒個早上新婦要來敬茶，顧晚晴偷不得懶。姜恒走後，翠蓮便進屋來服侍顧晚晴。

翠蓮見到自家小姐滿面紅光，皮膚細膩，眉眼間都是嫵媚，捂著嘴偷笑，揶揄道：「奴婢瞧著這兩年王妃氣色益發好了，看著這羊脂玉一般的雪膚，多麼滋潤。」

方才被自家夫君打趣，如今翠蓮又來湊熱鬧，把顧晚晴鬧了個大紅臉，還得故作正經道：「妳這妮子，一天不收拾妳，妳就皮癢癢。如今我是當婆婆的人了，哪能沒大沒小，教媳婦看笑話。」

翠蓮笑嘻嘻道：「是，奴婢知道了。」

顧晚晴坐下，讓翠蓮為她梳妝，顧晚晴道：「喜婆那邊的事交代好了嗎？莫要出了差錯。」

翠蓮道：「都是按照王妃吩咐做的，奴婢的娘親自在新房外守夜，奴婢早些時候派人去問過了，娘說，聽著新房裡的動靜，是折騰到三更了呢。」又接著道：「今兒個一大早，衙門那邊派人來請世子，說是有急事，世子就先走了，剛派人來捎了話，說等從衙門回來，再向王妃請安敬茶。」

顧晚晴心想，想必是昨兒個自己撞見了他與周玨的事，姜炎洲還有些怕見著自己吧，便道：「無妨，公事重要。」

姜炎洲房裡。

侯婉雲頂著一對烏青的眼圈坐在梳妝檯前，惜春在收拾床鋪，惜冬則為侯婉雲梳妝。侯婉雲瞅著那無瑕的白絹喜帕，心裡默默嘆了口氣。其餘幾個丫鬟也瞅見那喜帕，心裡都捏著一把汗。

按照禮俗，這喜帕會被喜婆捧著呈給婆母，而後放在新房的顯眼之處。

如今這帕子依舊無瑕，她的眉頭擰了起來，對旁邊收拾東西的惜春道：「惜春，拿把刀子來。」

惜春應了一聲，尋到了針線盒裡的小刀。

侯婉雲又道：「割了自己的手，將血塗上去，快些。」

「啊？」惜春呆呆愣愣地握著刀子，似乎十分不解。

侯婉雲皺著眉頭，她瞧這惜春是個老實本分的，幹活又勤快，才讓她做了陪嫁丫頭，可這榆木腦袋也忒笨了，竟不懂自己的意思。

「把妳的手割破，將血滴在喜帕上！快些，別磨磨蹭蹭的。」侯婉雲不耐煩道。

「是，小姐。」惜春剛在自己手上割了個口子，還沒來得及走到床邊，門口就進來一個笑咪咪的婆子，對侯婉雲行禮道：「世子妃好，奴婢是王妃房裡的孫婆子，是王妃派奴婢來取喜帕的。」

侯婉雲愣了一下，站起來，眼睛瞟了瞟惜春，那妮子竟一臉呆愣地站在原地，一手舉著刀，一手伸著被刀割破滴血的手指。

侯婉雲趕緊上前一步拉住孫婆子的手，親親熱熱地塞給孫婆子一個紅包，溫柔笑道：「孫嬤嬤辛苦了，這是請您吃茶的。」

侯婉雲用身子擋住孫婆子，乘機給惜春使了個眼色，惜春看了侯婉雲一眼，眼中盡是不解的神色。

孫婆子笑呵呵地收下紅包，眼神越過侯婉雲瞟向床上。

侯婉雲瞧見孫婆子在看什麼，又見惜春正往床邊走，不禁暗叫不好。惜春那死妮子，竟在孫婆子眼皮底下要把血往喜帕上抹，這若讓人瞧見了，就是長了八張嘴都說不清了！

孫婆子發現惜春的動靜，一下掙開了侯婉雲的手，衝到床邊喝住惜春。「妳在做什麼?!」

惜春愣了愣，先是看著喜帕，又看了看自己手上的血，又求救似的看向侯婉雲。

侯婉雲頓時血氣翻湧，被惜春這木頭腦子氣得半死。這不明擺著是告訴孫婆子，是自己讓丫鬟在喜帕上做手腳？

孫婆子一把抓起喜帕，翻來覆去瞧了一遍，見喜帕純白一片，立馬變了臉色，對門口候著的兩個婆子喝道：「妳這賤婢要做甚？婆子們快進來，抓著這丫頭的手！」

兩個粗壯的婆子衝進屋子來，一人分別抓著惜春的一隻手。惜春依舊一臉呆愣，彷彿不明白發生了什麼。

孫婆子將喜帕平鋪在盤子上，雙手托著，對著侯婉雲皮笑肉不笑道：「世子妃，這事您得給個說法吧？」

侯婉雲一臉委屈道：「昨兒個夫君喝多了，所以……」

孫婆子抓著惜春流血的手指冷笑道：「奴婢瞧著，可不是那回事吧？若是未行夫妻之禮，何至於讓丫鬟割了手指？這喜帕奴婢收走了，這丫鬟也先帶走了，一會兒見了王妃，您自己跟王妃說吧。」

「孫嬤嬤留步！」侯婉雲趕緊道。

古代女子失貞不潔之事，非同小可，特別在姜家這樣的大門大戶更是，若傳出去，那對自己可是大大的不利！只要孫婆子走出這個門，將來就算查出真相，可那些捕風捉影的人，難保不會在背後嚼舌根，說姜家是為了保住聲譽，才不得不宣稱兒媳婦是清白之身。

孫婆子可是顧晚晴身旁的紅人，不只她自己跟顧晚晴沾親帶故，她的女兒翠蓮還是顧晚晴面前的第一紅人，所以素日裡氣勢很盛，如今面對這位世子妃，她也是不客氣的，於是眉毛一挑，毫不客氣道：「奴婢有差事在身，王妃要跟奴婢說話，等奴婢交了差再來。王妃可是早就吩咐好了，讓奴婢拿了喜帕就回去覆命。」

侯婉雲一見攔不住人，氣得直跺腳。

她昔日裡是安國侯府裡說一不二的三小姐，可如今進了姜家，上頭有個婆婆壓著，除了她自己帶來的陪嫁丫鬟、婆子，姜府的下人竟無人買她的帳。

孫婆子捧著潔白的喜帕，回顧晚晴房裡覆命，惜春則被兩個婆子押著跟在後頭走。出了院子門時，一行人恰巧遇見琴棋書畫四個通房丫鬟與薔薇，帶著孫小姐要去向顧晚晴請安。

這五個姑娘都是伶俐人，瞅見了盤子裡那白絹，又見後頭押著個手指割破帶血的姑娘，再看著孫婆子臉色不好，心裡頭也猜到了幾分。

薔薇懷裡抱著孫小姐，撇了撇嘴。「這是怎麼回事啊？」

薔薇是王妃房裡出去的丫頭，孫婆子得給她幾分面子。「老婆子我是奉王妃之命來取喜帕的。幾位姑娘快去請安，王妃起來了，一會兒還要跟世子妃說話呢。」

幾個通房丫鬟點點頭，跟著孫婆子一併往顧晚晴院子裡走。

丫鬟們請了安，顧晚晴逗弄了一會兒孫女，才對她們幾人道：「妳們先去偏廳候著，一會兒我找妳們說話。」

幾人恭敬地行禮退下。此時，門口杏花又捧了加了料的人參烏雞湯來，翠蓮照例接了湯進屋，剛要將湯潑進恭桶裡，就被顧晚晴制止了。

翠蓮疑惑道：「王妃，這湯這般陰損，怎麼不潑了，還要留著？」

顧晚晴笑得意味深長。「潑了兩年多的湯，浪費了好些銀子，從今往後，這湯不許潑了，給我留著。」

翠蓮嚇了一跳。「王、王妃，您可不能喝這湯啊！」

顧晚晴笑著捏了翠蓮一把。「妳這傻妮子，誰說我要喝了？妳把這湯端下去，親自下廚，將這湯和補氣血的藥粥熬在一起，記得多放些味道濃重的藥材，務必要蓋住這人參烏雞湯的味兒，一會兒煮好了給我端來，千萬別讓人喝了。」

翠蓮心裡雖疑惑，可她一向對顧晚晴十分服從，就端著湯下去了。

翠蓮剛出門，孫婆子就氣鼓鼓地回來了，後頭還跟著兩個粗壯婆子，帶著一個垂頭喪氣的丫鬟。

顧晚晴只瞟了一眼那白絹，又看了看那丫鬟的手指，就明白了是怎麼回事了。

「去把那侯家小姐帶來。」顧晚晴臉色變得冷肅起來，也不說侯婉雲是「世子妃」，而改稱為「侯家小姐」。

「是，奴婢這就去。」孫婆子放下喜帕，又跑了一趟。

自孫婆子帶走了惜春，侯婉雲在房裡恨得牙癢癢，早知道惜春是個呆木頭，她就叫機靈的巧杏做這差事了，真是一步錯，步步錯！

這會兒孫婆子來叫她，侯婉雲只得跟著去，如今她在人家屋簷下，由不得她不去。進了顧晚晴院子正廳，侯婉雲瞧見她那年輕的婆婆坐在主位上，臉色冷峻，手裡拎著個帕子，似笑非笑地瞧著自己。

「兒媳給母親請安。」侯婉雲跪在地上。

顧晚晴強壓下怒火，對孫婆子道：「妳說，方才是怎麼回事？」

孫婆子道：「奴婢方才奉命去拿喜帕，誰知帕子並沒有落紅，又瞧見侯家小姐指使丫鬟往喜帕上抹血，被奴婢抓了個正著。」

顧晚晴冷冷看著那如花似玉的嬌美人跪在自己腳下，一幕幕往事浮上心頭，想起母親的死，想起前世種種，顧晚晴頓時氣血一陣翻湧，看著侯婉雲的眼，都能噴出火來。她蹭地一下站了起來，上前一步，狠狠一腳踹在侯婉雲心窩上。

顧晚晴上前一步，罵道：「我姜家沒有妳這樣的兒媳！沒把妳浸豬籠就是看著侯家的面子，妳還有臉來請什麼安？」

周圍的婆子、丫鬟都嚇得紛紛垂頭，皆以為顧晚晴是因為兒媳婦失貞而發火，嚇得大氣都不敢喘一口。

侯婉雲捂著胸口，只覺五臟六腑一陣翻湧，顧晚晴這一腳扎扎實實，力道十足，痛得她連叫的力氣都沒有。

侯婉雲心裡恨得牙癢癢——妳家兒子自己不行，反倒怪起我來！雖說婆婆要給新婦做規矩，可她這婆婆，規矩也做得忒大了。

不過侯婉雲不是傻瓜，她掂量掂量情況，明白自己還沒那本事跟這位平親王妃鬥，如今之計唯有先討好她，而後從長計議，大不了再做些手腳弄死她。

思量一番，侯婉雲捂著胸口，跪地痛哭。「母親，兒媳冤枉啊！昨夜夫君真的喝多了，我們還未曾……」

侯婉雲話還沒說完，顧晚晴又補了一腳，罵道：「妳這賤婦，竟想將屎盆子往我們家炎洲身上扣！門外的喜婆都知道昨夜你們折騰了大半宿，妳竟告訴我你們沒有！」

顧晚晴當然清楚，以侯婉雲的心智，自然不可能做出婚前失貞的糊塗事，如今她不過是借題發揮，先收拾她一頓再說。

反正顧晚晴是婆婆，是長輩，就算長輩錯了，打錯了她，總歸打了都打了，不過踹她幾腳，又要不了她的命，侯婉雲也只能白挨一頓打，難不成還讓婆婆給她端茶道歉？她侯婉雲若是敢接婆婆的茶，那苦心經營多年的好名聲，可就付諸東流了。

侯婉雲匍匐跪地，抓著顧晚晴的裙角哭道：「母親，我真的是冤枉的，若是母親不信，大可以找夫君與我對質！雲兒冤枉啊，請母親明鑑！」

顧晚晴嫌惡地踢開她，怒道：「炎洲上衙門去了，妳要我去找炎洲回來，難不成要將這事宣揚得天下皆知？還嫌丟臉丟得不夠？」

偏廳幾位通房丫鬟聽見動靜，朝正廳走來，在門口就看見王妃一臉怒容，世子妃跪在地上，形容狼狽。

正廳與偏廳不過隔了一堵牆，顧晚晴這邊喧譁聲大，那幾位自然知道發生了什麼，連忙上前跪了一地，道：「王妃莫要生氣，當心氣壞了身子。」

薔薇懷裡還抱著粉妝玉琢的孫小姐姜音，孫小姐給嚇得大哭起來。

顧晚晴瞧見孫女哭了，心疼地抱過孫女來哄了一陣，邊哄邊道：「薔薇，妳把小音音抱下去，離那些不潔的東西遠些，莫要衝撞了我的寶貝孫女，沾了晦氣。」

這話罵得露骨，侯婉雲的臉色頓時同豬肝一般，心裡對顧晚晴恨意滔天，面上卻還要裝作楚楚可憐。

薔薇把孫小姐抱了出去，顧晚晴瞪著侯婉雲。「別杵在這裡礙眼，要跪就滾去祠堂跪著思過！想想妳對不對得起聖上賜給妳的牌匾！」

姜家為了這門婚事，特意建了祠堂，裡面供奉著聖上御筆親書的「嫻德孝女」牌匾。

琴棋書畫互相交換眼色，這世子妃進門第一天，就得罪了婆母，往後她的日子可要不好過了。

侯婉雲深吸一口氣，擦了擦眼淚，這裡是顧晚晴的屋子，也無人攙扶她，她只得捂著胸口扶著椅子站起來，對顧晚晴行禮道：「母親責打兒媳事小，可是氣壞了自己身子事大，請母親珍重。兒媳這就去祠堂跪著思過。」

顧晚晴看著她那惺惺作態的樣子，厭惡地揮揮手，又對跪著的琴棋書畫道：「一個一個沒規矩的，妳們也跟去跪著！琴兒和畫兒懷著身子，就不必去了。」

棋兒和書兒垂著頭對視一眼，對顧晚晴磕頭道：「是，王妃。」

而後兩人互相扶著站起來，轉頭瞪了侯婉雲一眼。素日裡王妃待四個丫頭極好，從不曾刻薄虧待，連句重話都沒有說過，可這世子妃進門的頭一天，就連累了這四姐妹中的兩位跟著罰跪，如此一來，棋兒和書兒就先將侯婉雲記恨上了。

顧晚晴又道：「孫嬤嬤，妳也跟著去。侯家小姐可是嬌小姐，妳好好看著她身子，莫要出了差池。」

孫婆子道：「是，奴婢一定好好照看侯家小姐。」

罰跪就罰跪，還要派人監視她，是生怕她偷懶嗎？

侯婉雲恨得要將手裡的帕子絞碎了，如今只能盼望姜炎洲早些回來，澄清此事。

侯婉雲一行人由孫婆子領著，進了祠堂。

祠堂是新建的，大理石地面被擦得光亮，孫婆子瞥著侯婉雲道：「侯家小姐，這祠堂才建不久，蒲團還未曾準備，您就這麼跪著吧，委屈您了。」

如今天氣已寒，石頭地硬邦邦、涼冰冰的，就讓她這麼跪下，還不知道要跪到什麼時候，是想跪斷了她的腿嗎？

侯婉雲心裡恨絕了這新婆婆，沒想到她那心腸這般毒辣，自己又沒得罪她，竟然這樣變著法折騰自己。

但是她侯婉雲是何人？她可是能生生割掉自己的肉來作戲的厲害角色，她心一橫，淚眼婆娑地跪下，對孫婆子道：「母親叫我跪，我自然是要跪的。」

侯婉雲跪下了，棋兒和書兒跟著她後頭也跪下。

孫婆子瞧著她那可憐巴巴的樣子，哼了一聲，一雙眼睛緊盯著侯婉雲，只要她身子敢有半分歪斜，就高聲喝道：「侯家小姐，王妃是叫您面壁思過，可不是叫您來睡覺打盹的。」

侯婉雲只得一直繃直身子，跪得筆直，心裡將顧晚晴和孫婆子祖宗十八代問候了無數遍。而棋兒和書兒跪久了腳麻，跪得有些歪歪斜斜，後來甚至索性坐在地上，孫婆子只當沒看見。棋兒和書兒心裡感激，知道這定是王妃格外開恩，叫孫婆子不要為難她們二人。

侯婉雲那邊在祠堂裡跪著，翠蓮這邊在廚房裡忙活了半天，終於將那加料的雞湯熬成了藥粥，用砂鍋放在小爐子上，以小火煲著，而後回屋裡，見到顧晚晴正捧著本書躺在榻上，看起來十分愜意。

翠蓮也知道方才之事，她怕顧晚晴因為新婦的事心裡不舒坦，便小心翼翼道：「王妃，要不要派人去請世子回來啊？」

顧晚晴眼皮都不抬一下。「炎洲公務繁忙，怎能為這些後宅小事打擾他？不必去請他了，到了時辰他自然會回來。」

「可是那侯家小姐，已經在祠堂跪兩個時辰了。」翠蓮有些擔憂。「那畢竟是安國侯家的女兒啊。」

顧晚晴微微一笑。「我不管她原先是誰的閨女，她嫁進我姜家，就得守我姜家的規矩。我是姜家的主母，是她的婆婆，我的話，就是規矩。」

她翻了頁書。「不過才跪了兩個時辰，跪不壞的。妳沒聽說過嗎？咱們這位世子妃未出閣的時候，曾在她嫡長姊的靈前跪足了七天七夜，這區區兩個時辰算什麼，讓她多跪會兒吧。」

翠蓮點點頭，也不再多話了。

昨日在假山後撞見的事，翠蓮自然知道世子對這位世子妃心裡有疙瘩。喜帕未落紅，八成是世子真的沒碰世子妃，如今王妃不過是借題發揮罷了，所以她只當顧晚晴是為了給新婦立威，才罰得這麼狠。畢竟那位世子妃可是聲名遠播的主兒，不先好好整治，將來恐怕還壓不住她呢。

到了午膳的時辰，侯婉雲瞧著外頭還沒動靜，不由得焦躁起來。這冰冷冷的石頭地跪得她兩條腿都失了知覺，渾身發抖。

孫婆子瞧著她不安分地頻頻回頭，道：「侯家小姐，莫看了，咱們世子要到日頭落山了才會回來，您就安心思過，別想些有的沒的。」

又過了一會兒，外頭有小丫頭來傳話，說是王妃午睡醒了，叫書兒給她唸書去。書兒應了一聲便跟著走了。又過了一會兒，又有小丫頭來傳話，說是孫小姐睡醒了，吵著要棋兒陪她玩，於是棋兒也走了。

祠堂裡只剩下侯婉雲孤零零一個人跪著，垂著頭，不教孫婆子瞧見她恨意滔天的眼。

而姜炎洲那邊，一則是因在假山後偷情被發現而羞愧，二則是因為不想見他的新婚妻子，所以一直等到日落西山才回到姜府。其間自然也沒有哪個不長眼的敢違逆顧晚晴的意思向他通風報信，所以他回到姜府的時候，對白天發生的一切全然不知。

姜炎洲剛回府，就有婆子來叫他，說是王妃請他過去。

姜炎洲心裡一愣，就怕母親提起假山後那事，更怕母親將這事告訴父親，那他可就吃不了兜著走了。

他惴惴不安進了顧晚晴院子，顧晚晴已在前廳等他，見姜炎洲過來，笑道：「炎洲今日回來得遲，是公務繁忙吧？快歇歇，喝口茶，咱們娘兒倆說說話。」

姜炎洲坐下。「不忙，多謝母親關心。」

母子兩人寒暄一番，姜炎洲見廳裡只有顧晚晴的心腹丫鬟翠蓮在，因翠蓮知道自己那些事，他也就不避諱，心一橫便道：「母親，昨日是兒子糊塗，做下那不該做的事。請母親責罰！還請母親不要告訴父親，免得再惹父親生氣。」

顧晚晴愣了一下，放下茶杯。「什麼事啊？我怎麼不記得？」而後瞧著翠蓮。「妳記著是什麼事嗎？」

翠蓮搖搖頭。「沒什麼事啊，無非是熱熱鬧鬧的喜事啊。」

顧晚晴點點頭，笑咪咪道：「你瞧我這記性不好，都不記得了，唉。」

姜炎洲心下感激，知道繼母這是放他一馬，沒有告到他父親那去，不然又會是一場暴風驟雨。

顧晚晴瞧著姜炎洲面有悔色，知道這孩子是真心知錯，淡淡看了他一眼。「姜家聲譽為大，你記著，沒有下次了。」

姜炎洲跪下，認認真真地磕頭。「兒子保證，絕對沒有下次了。」

做完了人情，顧晚晴輕描淡寫地說出了侯婉雲的事，姜炎洲表示因自己喝多了，所以兩人未曾行夫妻之禮。

「原來如此，竟是冤枉她了。」顧晚晴放下茶杯，對翠蓮道：「叫青蘭去請世子妃過來。」

等青蘭去叫侯婉雲的時候，她已經跪到快站不起來了，幾乎是由孫婆子和青蘭兩人架著她，走到顧晚晴屋子。

一進屋子，侯婉雲瞧見夫君也在，眼淚立刻湧了出來，卻似是害怕，生生忍著淚花不敢哭出來，那模樣真是我見猶憐，是個男人見了都會心疼得要死——除了姜炎洲。

姜炎洲一瞧見侯婉雲，心底就湧出一陣厭惡。今兒個珏哥跟他鬧彆扭，一天都沒跟他說話。

「我的好兒媳，是我錯怪妳了，快坐快坐。」顧晚晴擺出一副慈母做派，親自去扶著侯婉雲坐下。「都怪我糊塗了，唉。」

侯婉雲哪敢順著她的話往下說啊，忙作賢慧狀。「都是媳婦的錯，是媳婦嘴笨，沒說清楚。」

顧晚晴立刻笑道：「瞧我這媳婦，識大體又大度，真是我的福氣啊。妳還沒用晚膳吧？翠蓮，快去廚房將藥粥端來。」

翠蓮聽了一愣，那藥粥不是……她眼珠子一轉，心想既然是王妃的吩咐，那她就照做，二話不說便端了藥粥來。

香噴噴的藥粥端了過來，侯婉雲一日未曾進食，餓得頭暈眼花。可她一聽這是給顧晚晴喝的粥，不禁遲疑起來，畢竟她只叫杏花每日下藥，卻不知杏花究竟把藥下到了哪道飯菜裡——顧晚晴一直未懷孕，侯婉雲堅信那些藥都被她吃了。

「世子妃，這藥粥可是宮廷御膳房給的配方，是奴婢親自給咱們王妃熬的呢，可滋補了，您快趁熱喝了吧。」翠蓮見侯婉雲一臉猶豫，忙解釋道。

姜炎洲瞧見侯婉雲那副苦大仇深的樣子，更是不想多看一眼，冷冷道：「母親賞妳粥喝，妳還矯情什麼？難不成心裡還怪母親，要給母親難堪？」

侯婉雲一聽這粥的來歷，就知道不是杏花做過手腳的，放下心來，小心翼翼地捧起粥碗，一口一口喝了起來。

顧晚晴笑咪咪地看著侯婉雲將整整一碗粥都喝了下去，拉著她的手親熱道：「我瞧著這粥頗合妳胃口，以後每日妳早上來我這兒，我叫翠蓮熬給妳喝。」

侯婉雲一臉受寵若驚。「這怎麼使得？」

顧晚晴笑得更甜。「這怎麼使不得？這裡頭都是上好的藥材，我還指望著給妳補補身子，早點讓我抱上大胖孫子呢！就這麼說定了，以後這粥啊，妳得全給我喝了！」

第十章

翠蓮在一旁瞧得目瞪口呆，王妃這臉也變得忒快了，方才還一副恨不得跪斷了侯家小姐的腿的架勢，如今這一抹臉的工夫，顧晚晴瞧著侯婉雲的眼光跟瞅著親閨女似的親，恨不得親自拿著勺子餵她吃藥粥一般。

真是王妃心，海底針哇！

這還真是打一巴掌，再給個甜棗，哦不，是個「毒棗」。

侯婉雲吃了粥，又用了些小菜，身子已恢復了些力氣。

顧晚晴熱切地拉著她的手，自責道：「今兒個是我不好，誤會了妳。」又瞧著她的膝蓋問。「膝蓋還疼嗎？」

侯婉雲輕輕咬著嘴唇。「膝蓋疼得厲害，怕是腫了。」

顧晚晴皺著眉頭，心疼不已地對翠蓮道：「可別落下病根來，快去請大夫來瞧瞧。」

翠蓮應了一聲，急忙叫人去請府裡的大夫。大夫來把了脈，問了問情況，開了些化瘀的藥膏便走了。

侯婉雲拿著藥膏，對顧晚晴道了謝，又瞅了眼姜炎洲。「夫君……不如咱們回去吧，天色不早了，別擾了母親休息。」

顧晚晴笑咪咪地說道：「不急不急，說什麼打擾不打擾的，都是自家人，客氣什麼。」

而後不由分說拉起侯婉雲的手。「走，進屋裡去，讓我瞧瞧妳的傷。大夫說要儘快上藥，翠蓮啊，去準備準備，給世子妃上藥。」

「可是……夫君……」侯婉雲眼巴巴地瞅著姜炎洲，可姜炎洲對她視若無睹，轉頭對顧晚晴恭敬行禮。「天色不早了，兒子就不打擾母親休息了。」

顧晚晴擺擺手，道：「這怎麼行？雲兒還在這兒呢，你且等著，我給她上了藥，你們一塊回去。新婚燕爾的，得多處處才對。」

「是，母親，那兒子就在外間候著。」

侯婉雲氣結，她自己使喚丈夫，怎麼使喚都使喚不動，可這婆婆輕飄飄的一句，自己丈夫就言聽計從。

在夫家，若是連丈夫都不支持自己，那日子可謂舉步維艱。

侯婉雲好不容易從一個庶女，一步一步盤算經營，成了集萬千寵愛於一身的管家嫡女。如今卻從說一不二的將門千金，一下子成了受氣小媳婦，這般落差讓她實在嚥不下這口氣。

不過這婆婆似乎是知道自己做得不妥，又來拉攏自己。侯婉雲也就順勢領了婆婆的情，也趁此機會拉攏婆婆。

而後侯婉雲被翠蓮和孫婆子攙扶到內屋裡，翠蓮準備好了盆熱水和熱帕子。顧晚晴吩咐眾人出去，關上了門，姜炎洲在外間，屋裡就留著翠蓮和孫婆子。

顧晚晴親自挽起袖子，浸濕了帕子，擰乾了。翠蓮撩開侯婉雲的裙子，將褲腿褪到膝蓋上方。顧晚晴瞧著她的膝蓋，又青又腫，於是滿臉擔憂道：「瞧這傷的，我瞅著都心疼。」而後又對翠蓮、孫婆子道：「我要給世子妃熱敷、上藥，妳們按著她的手腳，省得世子妃亂動，一會兒要是上藥揉不勻，好得慢。」

翠蓮、孫孫婆子道：「是，王妃。」

孫婆子抓住侯婉雲的雙手，翠蓮按著腳。顧晚晴一手拿著毛巾，一手拿著藥瓶，輕輕道：「媳婦兒啊，準備好了嗎？娘要給妳上藥了。」

這句話，顧晚晴是笑著說的，面上笑得如同廟裡供奉的彌勒佛，可是侯婉雲抬頭看著她的眼，卻只覺得她眼神寒冷得似化不開的冰，刺得自己一個哆嗦，驚出一身冷汗來。

「怎敢煩勞母親，不，不，啊——」

還沒等侯婉雲說完，顧晚晴抓著毛巾的手就蓋了上來。膝蓋本是冰冷腫脹的，突地被熱毛巾狠狠按住，疼得侯婉雲眼淚都快湧了出來。

「痛！」侯婉雲大喊一聲，咬著牙把淚水忍了回去。

「媳婦兒啊，不要怕疼，忍一忍就好，大夫說了，要把瘀血揉散了才好，否則將來落下病根，娘可是一輩子不安啊！」

顧晚晴聲音之大，連外間的姜炎洲也聽見了。他皺了皺眉頭，朝裡間喊了一句。「不就上個藥嗎？喊什麼喊！」

顧晚晴手勁極大，拿著熱毛巾在侯婉雲腫脹的膝蓋上使勁地擦了一陣。侯婉雲疼得想掙扎，可是手腳卻被死死按住，根本掙脫不得。

眼瞅著擦得差不多了，顧晚晴瞅著痛得一臉冷汗的侯婉雲，用毛巾在她臉上抹了幾下。「媳婦兒，娘給妳擦擦臉，瞧妳一臉汗水。」

侯婉雲死死咬著牙，她也不傻，看得出這婆婆不是真心給她上藥，而是故意折騰她。可如今人為刀俎，我為魚肉，她真是叫天天不應，叫地地不靈。

顧晚晴扔掉毛巾，將藥膏抹在手心上揉勻。

「這藥膏啊，一定要揉開了，媳婦兒啊，妳且忍忍。」

說罷，顧晚晴一雙手按在侯婉雲膝蓋上，兩隻手狠狠用力，在她腫脹的傷上揉了起來。

「痛！母親，好痛！」

膝蓋上的傷，雖說是要揉勻，可是一般人會慢慢加大力道，讓疼痛不是那麼難以忍受，可是顧晚晴才不管那些，她使盡全力在傷上又揉、又搓、又按，疼得侯婉雲快起了痙攣。

「媳婦兒，再忍忍。」顧晚晴一臉心疼，彷彿不得不這麼做。「妳瞧，這瘀血化得多好，力道要再大一些才好。」

侯婉雲一聽，急忙帶著哭腔道：「母親，輕些，好痛！」

「那可不行，瘀血一定要揉開了！」顧晚晴面上仁慈，手下卻用足了十分勁道。

「啊！疼死我了！」侯婉雲大哭起來，手腳不由自主地踢蹬揮舞起來。

「哭什麼？這般嬌氣，母親好心為妳上藥，妳嚎什麼嚎？讓人聽見了以為我們姜家虐待妳！」姜炎洲在外間喊。

忽然，翠蓮感覺自己的袖子被扯了一下，她抬頭看了眼顧晚晴，然後一鬆手，假裝沒按住侯婉雲的腿。

侯婉雲本在踢蹬，可翠蓮突然撤了手，便一腳踹了出去，正好踹在顧晚晴的胸口上。

顧晚晴啊的大叫了一聲，身子彷彿受了巨大的衝擊般，捂著胸口朝後退了幾步，撞翻身後的梳妝檯。梳妝鏡、首飾盒、脂粉盒嘩啦啦地掉了一地。

「啊！王妃，妳沒事吧？」翠蓮衝了過去。

侯婉雲也傻了眼，那一腳是她踢的，踢的力道並不大，婆婆怎會被自己踢飛了呢？

姜炎洲聽見屋裡的聲響，急忙衝了進來。一進門，就見顧晚晴捂著胸口，靠著倒地的梳妝檯坐在地上。

「母親！這是怎麼回事？」姜炎洲焦急地看著顧晚晴，他是繼子，不方便去扶她，便對孫婆子說：「愣著做什麼，還不快點扶母親起來！」

孫婆子跑過來，和翠蓮一起攙著顧晚晴起來，扶她坐到桌邊。顧晚晴捂著胸口咳了幾聲，對姜炎洲道：「不妨事，不過是不小心摔了一跤。」

誰不小心能摔成這樣？況且顧晚晴衣服上那鞋印可很醒目呢。

姜炎洲自然不是傻子，他瞧了瞧侯婉雲，眼神冷冰冰道：「妳說，方才是怎麼回事？」

侯婉雲這才回過神來，自己又著了這惡婆婆的道！

她低著頭，一臉無辜可憐，還沒等她開口，顧晚晴就搶先道：「炎洲，你不要怪她，雲兒也不是故意踢我的。」

這句話，聽著是為兒媳開脫，卻將侯婉雲的罪名落實了。

這房裡除了侯婉雲，其他兩個都是顧晚晴的心腹，就是給翠蓮和孫婆子一萬個膽子，她們也不敢對自家主子動手，所以唯一能踢顧晚晴一腳的，自然是這個新進門的媳婦兒。

姜炎洲怒不可遏地罵道：「母親不過因為一場誤會罰妳跪了會兒，方才還給妳賠了不是，甚至親自為妳上藥，妳竟然心存怨恨，對母親動手！古往今來，晚輩打長輩天理難容，人人說妳是孝女，我瞧著妳就是個毒婦！」

「咳咳，不礙事的，你不要怪雲兒了。都是一家人，以和為貴。」顧晚晴撫著胸口，好似很痛苦，接著又一陣猛烈地咳嗽。

姜炎洲擔憂地看著顧晚晴。「母親，不如去請大夫瞧瞧。兒子瞧您的臉色不太好。」說罷又狠狠瞪了侯婉雲一眼。「看看母親這般大度，不與妳計較，還不快來拜謝母親！」

侯婉雲咬著牙，人家母子一心，自己又有何辦法？

她強撐著起身，膝蓋本就疼得不像話，如今連走路都難。翠蓮和孫婆子自然不會攙扶她，她只能一步一步地挪過來，淚眼婆娑地跪下，膝蓋一挨著地面，就痛得鑽心。

「媳婦兒給母親賠不是，都是媳婦兒的錯，請母親原諒。」侯婉雲將眼淚往肚子裡吞。

「唉，這又是跪什麼？快起來，別跪壞了！咳咳……咳咳……」顧晚晴一邊咳嗽，一邊叫翠蓮扶人，而後又對姜炎洲道：「炎洲啊，快去扶著你媳婦，我沒什麼事，莫要擔心。」

母親發話，姜炎洲雖說不情願，可還是走過去扶著侯婉雲一隻胳膊，身子卻離得遠遠的，彷彿侯婉雲是不乾淨的東西，離近了會弄髒他似的。

「天色也不早了，都回去吧，大夫也不必請了，我這身子骨健壯著呢，不妨事。」

顧晚晴扶著孫婆子的手站起來，笑道：「若是讓你父親知道，還得擔心。每日公務就夠叫你父親心煩了，後宅這點小事，就別添亂了。」

「是，母親體貼父親，兒子知道了。」

姜炎洲對顧晚晴恭恭敬敬行禮，再瞧瞧自己旁邊的侯婉雲，心想，自己怎麼就娶回來一個這麼不省事的呢？

「啊，炎洲。」顧晚晴送他們夫妻二人出門，臨到門口時突然想起什麼。「今兒個晌午，音音說想父親了，你回去時瞧瞧她吧。」

「是，兒子回去就去瞧她。」姜炎洲道。

送走了那對夫妻，顧晚晴叫翠蓮服侍著脫了那件被踢了個腳印的袍子，翠蓮要把袍子拿出去，顧晚晴卻道：「不必拿出去，就掛在架子上。」

翠蓮會意，把袍子掛在架子上，還將有腳印的那面翻在外頭，瞧過去頗為醒目。

孫婆子問道：「王妃，世子妃房裡那丫頭惜春，如今還在柴房關著呢，您看要怎麼處置她呢？」

顧晚晴這才想起來，還有個惜春。

「去帶她進來，我要問她話。」

孫婆子出去領人，一會兒工夫身後就跟著個垂頭喪氣的丫鬟。惜春一進門就跪下了，瞧著一副呆頭呆腦、畏畏縮縮的樣子。

「妳叫什麼名兒啊？」顧晚晴道。

惜春哆哆嗦嗦道：「回王妃的話，奴婢名叫惜春。」

顧晚晴喝了口茶，慢悠悠道：「我聽說今兒個妳割破了手指，要偽造落紅？」

惜春連忙磕頭。「奴婢冤枉啊，請王妃明鑑！奴婢是瞧著自己衣服上有個線頭，想拿刀子割了，可是奴婢手笨，不小心割傷了手，恰巧喜婆進來了，瞧見奴婢那樣子，就誤會了。」

看來還不算太蠢。顧晚晴瞧著惜春想。

「王妃，您瞧著該怎麼處置這丫頭？」孫婆子問道。

惜春匍匐在地，十分害怕的樣子。

她是侯婉雲的陪嫁丫鬟，自己也已經罰了侯婉雲，若是罰惜春罰得狠了，難免傳出刻薄的名聲。

顧晚晴正想著，忽然瞧見惜春脖子後頭，從衣領裡露出來的一塊青色胎記。

這胎記！

顧晚晴渾身一震——難不成，竟然是她?!

這塊青色胎記，在顧晚晴還是侯家大小姐侯婉心的時候，她曾經在一個人身上見過。如今跪在地上的丫鬟惜春，她脖子上的青色胎記，和顧晚晴記憶中的一模一樣。

顧晚晴定了定心神，道：「抬起頭來。」

惜春顫抖地抬起頭。

她其貌不揚，甚至連清秀都算不上，扔到人堆裡都挑不出來，這也是侯婉雲挑她陪嫁的原因之一，可就這麼一張普普通通的臉，卻和記憶中那小丫頭的臉重合。

「妳過來點，讓我瞧瞧妳手上的傷。」顧晚晴朝惜春招招手。

惜春愣了一下，連忙跪著爬了過去，伸出手來。

顧晚晴接了她的手，握在手裡細細瞧著。

她的手不似尋常女子那般細白柔嫩，皮膚粗糙，有好些老繭，一瞧就是粗活做得多。顧晚晴的目光在她的手掌上搜尋，落在了她的虎口上，只是一瞥就瞧見虎口那塊繭子，顧晚晴就確定了，眼前的惜春，確實是自己記憶中的那人——劉家三娘。

這劉三娘，是侯婉心的手帕交。

她們的淵源，要追溯到上一代。劉三娘的父親劉阿牛是侯婉心之母、安國侯夫人的陪嫁小廝。劉三娘出生後不久，侯婉心就出生了。兩個丫頭年齡相仿，在很小的時候，劉三娘就成了侯婉心的玩伴，她年紀較長，對侯婉心一直如同姊姊照顧妹妹一般。

劉阿牛雖然是個陪嫁小廝，卻一心嚮往從軍，後來隨軍到南疆駐紮，拖家帶口地帶走了劉三娘。劉三娘離開侯府的時候，侯婉雲還未出生，故而侯婉雲根本不知道有劉三娘這個人的存在。

侯婉心年幼時曾隨父兄在軍中待過一段時間，那時候兩個小姑娘久別重逢，感情極好，兩人同吃同住，情同姊妹。之後侯婉心回京，兩人便分開了。

再後來，安國侯夫人去世，劉阿牛年事已高，主動要求回京，為故去的太太守墓。那時劉三娘則隨其父回了京城，劉家父女成了太太的守陵人。

劉三娘雖是女兒身，可長期居於軍中，性情頗像男兒，從小習武，劍法頗為了得，虎口那塊老繭子，就是常年練劍的痕跡，雖然隱沒在粗糙的手掌裡不易覺察，可是像侯婉心這般熟悉她的人，還是能一眼就認得出來的。

顧晚晴瞧著眼前的惜春，篤定她便是劉三娘。此時她心裡升騰起了陣陣疑雲。

按理來說，三娘應該為母親守墓，她為何要潛入安國侯府，還做了侯婉雲的陪嫁丫鬟？按照劉三娘的身分，她若是光明正大地回侯府，安國侯和小侯爺必定不會薄待她，她何至於委屈自己？

顧晚晴腦中心念流轉，突然一個念頭炸開了花，難不成是父親和哥哥發現了什麼，懷疑侯婉雲，便叫三娘來她身旁打探消息？

「王妃？」翠蓮瞧著顧晚晴拉著惜春的手愣神，喚了她一聲。顧晚晴收回思緒，將眼裡的情緒都隱在笑裡。

劉三娘生性豪爽，重情重義，卻是個聰明人，她若真心向著侯婉雲，就不會做出割破指頭被人發現的事，所以一定是故意那麼做的。至於她為何這麼做，顧晚晴並不清楚，不過眼前這惜春是自己的手帕交，幼年時對自己照拂頗多，自己如今是斷然要護著她的。

顧晚晴嘆了口氣，不過惜春現下是侯婉雲房裡的丫鬟，又做了錯事，回去難免要受責罰。自己要是護她護得太明顯了，只會為她招來禍事。

顧晚晴鬆開拉著惜春的手。「既是誤會，澄清了便好。今兒個已經錯罰了你們世子妃，不可一錯再錯了。孫嬤嬤，帶惜春去小廚房，弄些吃食，讓她吃了再回去。」

惜春千恩萬謝，磕了頭，跟著孫婆子出去了。

入夜，姜恒從外頭回來。進了屋子，瞧著拿本書坐在燈下看書的顧晚晴，走過去劈手奪下書放在一旁，皺著眉頭道：「在讀什麼書，看得那樣認真？若要看書，挑白日來看，莫要在燈下看書，看久了傷眼。」

顧晚晴起身，看著自己的夫君，表情不由自主地柔和了許多。「白天事情太多，這不到了夜裡才得空，才瞧了幾行，就被你逮到了。」

姜恒拉著顧晚晴的手讓她坐下，上下打量了她，眉間隱隱有擔憂之色。「我聽說今兒個妳摔了一跤，可有受傷？」

這姜府裡的事，自然是瞞不過姜恒的，白日的事他必定全都知道了。與夫君相處了幾年，顧晚晴對姜恒的性子也算摸透了。

姜恒看似儒雅如隱士，可是若有人被他溫潤的外表騙了，忘了他的身分，起了欺矇他的心思，那吃虧的只能是那自作聰明的人。

面對夫君這一代權臣，顧晚晴很有自知之明，她一個小小女子，論心機手段，怎麼可能與姜恒相比？

顧晚晴自知，自己那點能耐，連自己夫君的手指頭都不如。

在姜恒回來之前，顧晚晴就在猜測，夫君知道自己給新媳婦那麼大一個下馬威後，會是什麼反應？

可是姜恒既沒有責怪她，也沒有訓誡她做婆婆的大道理，一開口就問她傷得如何，這教她心裡怎不暖融融的？

顧晚晴笑著瞧著姜恒，毫不掩飾眼裡的柔情。「傷得不重，就是挨了一腳，倒沒有什麼。」

姜恒轉頭，瞧著紅木架子上的那件袍子，瞅見了那明顯的腳印，眉頭微微皺了起來。

夫妻二人閒聊了一會兒，便就寢了。第二日一早，顧晚晴從夢中醒來，一睜眼就瞧見姜恒的臉。

「昨晚睡得好嗎？」姜恒揉了揉顧晚晴有些凌亂的髮絲。

顧晚晴半夢半醒，咕噥了一句。「還好，還沒睡夠。」

姜恒瞧著小妻子嬌氣的樣子，不由得笑了出來。他每日上朝，起床的時候，顧晚晴還在睡夢中沒醒，所以他甚少見到她這般睡眼惺忪的模樣，如今見了，覺得分外可愛，於是寵溺地輕輕捏了捏顧晚晴的臉。「那就再睡會兒吧。」

顧晚晴迷迷糊糊地答應了一聲，剛閉上眼睛，突然想到──這個時辰，姜恒不是應該上朝了嗎？

顧晚晴一下子清醒了，坐起來，瞧著姜恒。「怎麼沒去上朝？」

姜恒一臉愜意。「今兒個不去了，我已經叫人報了聖上。」

姜恒是勤勤懇懇的大臣，從未缺席上朝，可今天他是怎麼了，竟然破天荒地缺勤了？

姜恒瞧出顧晚晴一臉疑惑，笑著戳了戳她的額頭，指著架上掛著的那袍子，笑道：「那件衣裳妳是故意給我瞧的吧。」

顧晚晴被戳破了心思，一下臉紅了，她的本意是想讓姜恒看見她被踢了一腳，但這和他不去上朝又有何關係？

不過朝堂上的事，不是她一介女流可以過問的。姜恒不去上朝，自然有他的打算，顧晚晴心情甚好地起床梳妝，難得與姜恒兩人一起用了早膳。

顧晚晴這邊享用早膳，可朝堂那邊卻炸開了鍋。

從不缺席的平親王姜太傅竟然沒來上朝，朝臣們紛紛猜測，這平親王到底是怎麼了，連早朝都不上了？

如此反常之事，當今聖上也格外留心，問了下屬才知道，原來是平親王妃身子不爽，姜恒在家中陪伴夫人。

姜恒剋妻的傳言無人不知、無人不曉，眾人也知姜恒對這位現任夫人寶貝得很，生怕她有個閃失，所以大家一聽姜恒是因為夫人病了而缺席，眾人紛紛表示理解，反正人家都兢兢業業那麼多年了，偶爾為了夫人缺次早朝也沒什麼，人之常情嘛。

下了早朝，皇上回到後宮，椅子還沒坐熱，就聽宮人過來說太后想跟皇上說說話。於是皇上立刻趕到太后宮中，聽見的卻是太后告狀，說平親王妃為人刻薄，罰了新過門的媳婦。

細細問了才知道，原來是昭和公主給侯婉雲發了帖子，邀請侯婉雲赴宴，可侯婉雲因被婆婆責罰了，身子不適，無法前去赴宴。昭和公主一氣之下，就來太后面前把平親王妃告了一狀，說她為人刻薄，苛待兒媳。

這前有朝臣缺席，後有太后告狀，皇上頓時頭大如斗，叫人去細細盤查前因後果。手下查明回來彙報，說因新婚之夜未見落紅，平親王妃一怒之下罰了兒媳婦去祠堂跪了半天，而後查明是誤會，平親王妃親自為兒媳膝蓋上藥，誰知道反被踢了一腳，結果就病了。

太后原本還為侯婉雲抱不平，聽了這前因後果，火一下子熄了。

太后自己就是婆婆，她仔細一想，若是自己的兒媳婦不潔，那可不是罰跪半天這麼簡單的。皇室眼裡可容不得半粒沙子，若是皇后給皇帝戴了綠帽子，其結果必定是三尺白綾、一杯毒酒，而後對外宣稱皇后暴斃而亡，只為保全皇家體面。

所以太后很能理解那位平親王妃的做法，甚至覺得她有些心慈手軟。畢竟這事情若是擱到太后手上，可是會鬧出人命的。

再說了，後來平親王妃查明真相，澄清了誤會，還向兒媳婦賠不是，親自上藥，在太后看來，王妃已是非常寬厚的婆婆了。而最後侯婉雲踢的那一腳，簡直罪無可赦——若是哪個妃嬪膽敢踹太后一腳，那可不光是嬪妃本人要掉腦袋的事啊。

侯婉雲把這事讓昭和公主知曉，本意是希望昭和公主替她出頭。可誰知道昭和公主直接跑來見太后，昭和公主雖是護著自己伴讀，可是在太后眼裡看來，侯婉雲就太不懂事了。不就是罰跪半日嗎？有什麼大不了的，太后懲罰起宮中妃嬪，比這嚴厲得多，罰跪簡直不能算是懲罰，可侯婉雲不過跪了半日，就跑去公主那裡告狀，還鬧得沸沸揚揚。

皇上和太后存著同樣的心思，嘆氣道：「侯家那丫頭不是很孝順懂事嗎？怎麼剛出嫁就鬧出這種事？」

太后道：「侯家丫頭也太胡鬧了，哀家原先瞧著她是個好的，誰知道竟這樣不懂事。多虧那平親王妃是個寬厚的，不和她計較，只是不知道王妃傷得如何？」

皇上搖搖頭。「恐傷得不輕，今兒個早朝，姜太傅都告假未來上朝，就是為了王妃病著的事。」

太后一聽，更不高興了。

侯婉雲踢傷婆婆，後院內宅的事竟然牽連得前朝大臣都不上朝了！

平親王這般重臣，就連皇家都忌憚三分，這侯婉雲的婚事是太后撮合的，如今剛嫁進去就鬧得人家家無寧日，還傷了平親王的寶貝夫人，太后心裡也頗為忐忑，生怕平親王將自己記恨上了。

太后雖寵愛侯婉雲，可比起百年望族姜家，還有姜家那位拔尖的人物姜恒，侯婉雲簡直可以忽略不計。

太后心裡一盤算，道：「平親王妃既然病了，依哀家之見，不如叫人送些珍貴藥材，以示關懷。侯家丫頭那兒，哀家會叫人提點她，叫她謹言慎行，莫再鬧出笑話。」

皇上點頭。「朕也是這個意思。」

太后皺了皺眉頭。「皇上，你前些年御筆親書賜給了侯家丫頭那塊牌匾，哀家唯恐她恃寵而驕，憑著有皇家庇佑，衝撞了平親王妃。哀家瞧姜恒頗為珍視他那夫人，不如趁此機會，給平親王妃加封個誥命，一則安撫姜家，二則也好讓平親王妃這婆婆，能鎮得住她那兒媳。」

皇上道：「母后思慮周到，朕立刻叫人去辦。」

第十一章

姜家這邊，姜恒以顧晚晴身體不適為由，免了孩子們的請安。

如今夫妻二人正在碧水閣閒話家常，倒也愜意。顧晚晴完全不知道，自己夫君只是一日未上朝，就引發了朝堂動盪。

二房屋裡，錢氏靠著軟墊，坐在紅木椅子上嗑著瓜子，大房的新媳婦才剛嫁進來，就鬧得雞飛狗跳，錢氏樂呵呵地瞧著嫂子跟新媳婦針鋒相對，就看嫂子怎麼擺她婆婆的威風。

若是新媳婦是個軟弱的，只怕往後就要被吃得死死的，翻不了身；若是個硬脾氣的，今兒個婆媳間這梁子就算是結下了，自己也剛好能拉攏這新媳婦。

外頭跑進來個小丫頭，對錢氏福身道：「二太太，奴婢瞧見世子方才出了門，上衙門裡去了。」

錢氏吐了口瓜子皮，拍拍手，起身道：「走，把我那套翡翠首飾帶著，咱們去世子妃屋裡瞧瞧。」新媳婦是軟是硬，她走這一趟可就知道了。

錢氏走進侯婉雲屋裡的時候，瞧見她坐在床邊，眼眶紅紅的，眼睛腫似核桃。兩個丫鬟攙扶著侯婉雲的胳膊，她艱難地朝前走了幾步，對錢氏福身行禮道：「侄媳給二嬸請安。」

錢氏連忙走過去攙起她，親親熱熱地拉著侯婉雲的手。「侄媳婦兒，誰欺負妳啦？瞧這哭的，我瞅著都心疼。」

侯婉雲心念流轉，嬌柔地搖搖頭。「多謝二嬸關心，沒、沒人欺負我，不過是風沙大了點。」

錢氏哎呦一聲，皺著眉頭扶著她坐下。「妳就別騙妳二嬸了，二嬸可不是睜眼瞎子，昨兒的事二嬸都知道了。唉，大嫂太魯莽，錯怪了妳，難怪妳委屈。若是我遇見這事，非得鬧個天翻地覆不可，也就是妳性子軟，吃了這啞巴虧。」

錢氏這句話，試探得頗為明顯。侯婉雲與錢氏不同，錢氏是平輩，顧晚晴就是看錢氏再不順眼，也只能背地裡玩陰招，不可能明面上撕破臉。

可是侯婉雲不同，她是晚輩，婆婆不管是來陰招、明招，侯婉雲都得受著，誰讓人家是婆婆，自己是媳婦呢？

所以侯婉雲不跳錢氏這坑，她不接話，只低下頭，一臉委屈。

錢氏笑呵呵地從丫鬟手裡拿過首飾盒，放在桌上。

「頭一回見面，二嬸也沒準備什麼好東西，這套翡翠首飾是二嬸的陪嫁，當年還是我母親為了妳二嬸我準備的呢。」錢氏嘆了口氣，眼中流露出幾分傷感。「如今我父親、母親都故去了，幾個哥哥都成了家，姊妹們也都嫁人了。我也就瞧著那些從娘家帶來的舊物，睹物思人。」

侯婉雲急忙推辭。「二嬸，這禮太重，雲兒受不起。」

錢氏擺擺手，笑了笑。「有什麼受不起的？我膝下就惠茹一個丫頭，可惜惠茹身子骨不好，長年湯藥不斷。唉……二嬸我啊，第一眼瞧見妳，就覺得與妳投緣，若是我能有妳這般乖巧可人的閨女，那可是幾輩子修來的福氣！雲兒，妳莫要再推辭了，這首飾再貴重，還能貴重得過人？妳就收著吧，這是二嬸的一片心，若是再推辭，二嬸可要生氣了。」

錢氏一臉情真意摯，瞅著這才見了一面、說了幾句話的侄媳婦兒，還真跟瞅著親閨女似的熱切。若是錢氏知道，眼前這弱不禁風的大家閨秀，曾經害死了自己的兩位母親，她還會不會希望有這麼個「乖巧可人」的閨女？

侯婉雲受寵若驚道：「二嬸既這麼說，雲兒再推辭就小家子氣了，雲兒多謝二嬸厚愛。」

她愛憐地摸了摸首飾盒，嘆了口氣道：「比起雲兒，二嬸是個好福氣的。二嬸出嫁時，還有娘親給二嬸準備嫁妝，可雲兒自小沒了生母，嫡母又去得早，雲兒一直孤零零的，心裡的苦也沒處說。雲兒瞧著二嬸和善，也覺得與二嬸投緣。」

錢氏與侯婉雲親親熱熱地話了會兒家常，又瞅了瞅她的腿傷，眉眼間都是心疼的神色，不禁埋怨道：「大嫂下手也太狠了，瞧這傷這麼重，上藥的時候也不知道輕點。」

侯婉雲乖巧道：「婆婆也是好心，大夫說了，這瘀血要使勁揉，才能揉化開。婆婆親自為我上藥，我感激還來不及呢。」

錢氏瞧著侯婉雲總是不接自己的話頭，有些訕訕。不過一想到這新媳婦還是有點能耐，她便又高興起來。「雲兒，明日妳要回門，可都準備好了？若是缺什麼，只管跟二嬸說。」

侯婉雲眸子動了動，心裡冷笑。

錢氏這是在提點自己回門告狀嗎？她侯婉雲又不是傻子，娘家父兄根本管不到姜家內宅的事，自己要是回去告了狀，等回來了那惡婆婆不得又變著法子，扒了自己的皮？

況且，她侯婉雲最大的靠山從來都不是安國侯，而是宮裡頭那兩位——太后和昭和公主。昭和公主性子單純又衝動，侯婉雲思量著，說不定以昭和公主那冒失的性子，今兒個就會親臨姜府為自己撐腰呢。

一想到昭和公主會替自己出頭，侯婉雲不禁得意起來。

侯婉雲和錢氏正說著話呢，外頭傳來一陣喧譁聲，從院子裡進來個貌美的姑娘，對顧晚晴和錢氏福身行禮道：「碧媛給二太太、世子妃請安，宮裡頭來人了，王爺、王妃請二位去正廳。」

一聽宮裡來人了，侯婉雲的眼睛亮了亮。八成是昭和公主來給自己撐腰了！於是挺直腰板，對錢氏道：「二嬸，咱們快走吧，宮裡來的人可怠慢不得。」

錢氏眼珠子一轉，宮裡怎麼會來了人？再瞅瞅侯婉雲，也猜到八九不離十，八成和這位新媳婦兒有關。一想到這位侄媳婦在宮裡還有人照應，錢氏就更覺得自己這趟來得應該，太應該了！

於是錢氏攙扶著侯婉雲，兩人親親熱熱地往正廳走。

到了正廳，侯婉雲遠遠瞧見顧晚晴坐著和一位上了年紀的嬤嬤說著話。侯婉雲認出來，那嬤嬤是太后面前服侍的老人芳姑姑。芳姑姑伺候了太后幾十年，非常有臉面。

這姜家上上下下都是顧晚晴的人，自然沒有哪個不開眼的，跑去告訴侯婉雲今天早上姜恒沒去上朝的事。所以侯婉雲不知其中曲折，瞧見芳姑姑來了，先是愣了一下，怎麼不是昭和公主的人來？而後轉念一想，昭和公主一向得到太后的寵愛，太后對昭和公主幾乎是百依百順，八成是昭和公主求了太后，搬出太后來壓她那惡婆婆一頭。

可惜侯婉雲猜對了開始，卻猜不對結局。昭和公主是去求了太后，太后也派人來姜家，只不過原因不是如侯婉雲所想的。

錢氏與侯婉雲進了正廳，侯婉雲掃了一眼擺放在地上的賞賜，笑著給顧晚晴和芳姑姑請安。顧晚晴也和藹笑著，攙扶起侯婉雲。「身子好些了嗎？快來見過芳姑姑。」

太后面前的紅人芳姑姑，侯婉雲自然是認識的，所以她親親熱熱地對芳姑姑福身道：「雲兒見過芳姑姑。」而後又道：「雲兒好些日子沒去給太后請安了，太后身子可好？雲兒可掛念太后了！」

錢氏看了一眼侯婉雲，又瞥了一眼顧晚晴，這新媳婦擺明是在做給顧晚晴看——瞧，我可是能在太后面前說上話的人呢！

芳姑姑卻笑得淡淡的，只道：「太后身子大好。」

而後就把侯婉雲晾在一旁，轉頭對顧晚晴道：「既然王妃身子無礙，那我也就放心了，回宮裡我自會回稟太后。」

顧晚晴客氣道：「有勞芳姑姑了，不過是些許小恙，怎敢煩勞太后她老人家操心？」

芳姑姑來之前，本以為平親王妃是庶女出身，不過是仗著平親王的寵愛，對顧晚晴還頗為瞧不上眼，後來見了本人，才知道這位王妃不但年輕貌美，舉止典雅，骨子透出的從容大度之氣，竟一丁點小家子氣都沒有，反而像一等一的王孫貴族家養出來的嫡親小姐。如今當了姜家主母，更是自有一分威嚴，教人見了，三分畏懼、七分尊敬。

心理落差帶來的對比，讓芳姑姑一下就對這位平親王妃產生興趣，兩人交談一會兒，顧晚晴的談吐不俗、端莊大方，更讓芳姑姑暗暗稱讚。

這位芳姑姑自然不知，眼前這位平親王妃的身子裡，住的可是安國侯嫡親大小姐侯婉心的魂兒。

想當年侯婉心可是京城裡炙手可熱、一等一的貴女，身為昭和公主的伴讀，經常出入皇宮內院，伴在太后身邊。常年耳濡目染，加上侯婉心天生聰穎，所以舉止教養不輸皇家公主，再加上身為將門之女，受父兄影響，骨子裡又帶了三分英氣，氣質更是不同於尋常閨秀。

侯婉雲是在長姊病後，才替了長姊的差事去宮裡伺候，她這半路出家的，自然比不得從小在太后和公主身旁長大的侯婉心。

那時芳姑姑在太后身旁，就頗為喜愛那位侯家大小姐。侯婉心對芳姑姑的脾氣也熟悉得很，如今見了故人，自然三言兩語就贏得了芳姑姑的好感。

侯婉雲瞧著芳姑姑對自己態度冷淡，反而在一旁與自己那惡婆婆打得火熱，不由心頭急躁。芳姑姑不是昭和公主找來給自己撐腰的嗎？怎麼反而一直跟那惡婆娘說話，將自己晾在一旁？

於是侯婉雲趕緊溫婉恭順地對顧晚晴說道：「母親，兒媳本想今兒個一大早就來伺候母親的，可是兒媳……」頓了頓，聲音微顫，帶著三分委屈。「兒媳腿腳不便，怕自己來了笨手笨腳的，惹母親不悅，還請母親不要責怪兒媳。」

芳姑姑在場，顧晚晴自然是能多大度就有多大度了，她呵呵一笑，正準備說話，就聽芳姑姑臉色一變，不悅道：「我與平親王妃說話，妳怎來插嘴？還懂不懂規矩？」

侯婉雲愣住了，不可思議地看著芳姑姑，她怎麼來挑自己的毛病了？頓時侯婉雲眼眶微微一紅，委屈道：「芳姑姑，雲兒只是擔心母親……」

芳姑姑是得了太后的囑咐，要來敲打敲打這位不知天高地厚的新媳婦，省得她得了點寵愛，就恃寵而驕，忘了身分。還妄想攛掇著昭和公主給她當槍使，昭和公主單純衝動，但太后可是人精中的人精，哪能看不穿侯婉雲這點小心思？自己的寶貝女兒被人當了槍，太后心裡自然是不痛快的。

若侯婉雲嫁的是平常人家，太后興許還會為她說上幾句話，可她嫁的是平親王的兒子，她的婆婆可是平親王的寶貝夫人，那是她能得罪得起的？

剛嫁過來就弄出這般事情，還將落紅的事傳得滿後宮都知道了，丟臉都丟到皇宮裡了。這門親事是太后指婚，如今這事讓太后的臉面也掛不住，怎能不惱？

芳姑姑眉毛一橫。「既然擔心妳婆婆，為何不早來？婆婆病了，做兒媳的應該在一旁伺候湯藥，況且妳婆婆這病，還是因妳而起。雲兒，妳一向是個孝順懂事的孩子，這點道理不需要姑姑教妳吧？」

芳姑姑這一番話說得重，噎得侯婉雲臉上紅一陣白一陣，忙道：「芳姑姑教訓得是，都是雲兒不好。」

顧晚晴也跟著笑道：「芳姑姑，這孩子身子也不舒服，我瞧著心疼，就不讓她來了。」

芳姑姑道：「王妃真是個善心的人，哪家姑娘能有王妃這般大度體恤的婆婆，那真是八輩子修來的福氣。」

錢氏瞧著三人你一言我一語，原本以為那宮裡來的嬤嬤是為侯婉雲撐腰的，如今瞧著不像啊！看來這位新媳婦也不像自己想像中那樣深受太后寵愛。

錢氏心裡又把侯婉雲的分量重新掂了掂，笑著對芳姑姑福了福身，道：「芳姑姑說得是，大嫂最是和善的。」

顧晚晴也親親熱熱拉著錢氏的手。「我這邊招呼芳姑姑抽不出身來，煩勞弟妹替我招呼宮裡來的其他人。」

錢氏高高興興地應了，出去招呼那些宮裡來的隨從公公。屋裡只餘下芳姑姑、顧晚晴、侯婉雲三人。

此時芳姑姑肅容對侯婉雲道：「侯氏，太后有口諭傳妳，跪下聽旨。」

侯婉雲連忙跪下，只聽芳姑姑道：「太后口諭：侯氏恃寵而驕，頂撞婆母，以致婆母有恙，家宅不寧，更令朝堂不安，念其初犯，不予重罰，望今後謹言慎行，恪守孝道。」

侯婉雲跪在地上，驚出一身冷汗，她被惡婆婆責罰，而後又被設計陷害，有苦難言。本想搬出公主來給自己撐腰，可是誰知道太后這次竟然不站在自己這一邊，反而幫著那惡婆婆，還說自己「更令朝堂不安」？這事說破天了不過是內院婆媳不和，怎麼還和前朝扯上了關係？

顧晚晴在一旁聽著，突然想起今日姜恒破天荒地未去上朝，立刻明白了。

若是今日姜恒不幫她，那麼她被侯婉雲告了一狀，太后難免會偏信侯婉雲的話，念及此處，顧晚晴不由得冒出一身冷汗。

自己本以為侯婉雲還要上幾分臉面，畢竟罰跪之事是由落紅而起，不會教人知道這事，可她並不知曉侯婉雲並非本朝人，而是來自一個比本朝開放許多的朝代，根本就不會因落紅而羞於啟齒。顧晚晴只怪自己思慮不周，差點就著了侯婉雲的道，幸虧有姜恒出手，不然這次可就麻煩了，往後她定要更加謹慎，不落人把柄。

侯婉雲領了旨意，恭恭敬敬磕頭謝恩。

而後芳姑姑對顧晚晴道：「王妃，奴婢的事情辦完了，也該回宮了。過幾日封誥命的旨意就會下來，還請王妃早做準備。」

顧晚晴盈盈一笑。「多謝姑姑提點，姑姑貴人事忙，我就不留姑姑了。」

而後親自送了芳姑姑出門，又從翠蓮手裡接了個大大的紅色錦袋，塞給芳姑姑。芳姑姑掂量掂量，分量十足，這平親王妃可真是大方，芳姑姑瞧著顧晚晴就更順眼了。

芳姑姑對相送的侯婉雲道：「好好伺候婆婆，莫要再生出事端，惹惱了太后。」

侯婉雲屈身行禮。「是。」

錢氏在一旁瞧著，方才她去招呼宮裡的公公時，也打聽清楚了內情。

此時瞧著侯婉雲可憐兮兮的樣子，不禁心裡啐了一口，還以為這新媳婦多有本事，靠山多硬呢，沒想到是個中看不中用的，真是白費了自己那套翡翠首飾，哪天得了機會得要回來。

過門三日，該是回門的日子。雖然說顧晚晴心裡恨極了侯婉雲，不過最基本的禮數還是得做到，省得教外人看了姜家的笑話，厚禮早就準備妥當了。臨行前還特意叫了姜炎洲過來，好好囑咐了一番，叫他定要給足妻子臉面。姜炎洲一一答應，帶著侯婉雲啟程去安國侯府。作為婆婆，顧晚晴親自將兒子和兒媳送出府門，給足了兒媳婦臉面。

送了兒子、兒媳出門，顧晚晴倚在門邊，遠遠望著侯婉雲坐的轎子出神。

侯婉雲必定不甘心就這麼吃癟，也不知道她回這一趟門，會整出多少么蛾子。

不過這安國侯裡的事，還有誰能比她顧晚晴更清楚呢？

如今安國侯府管家的是姨娘劉氏。劉姨娘是個聰明的，可惜性子太過孤高，不屑爭寵，當年侯婉雲對這位劉姨娘不鹹不淡，兩人並未有什麼深厚的交情，再加上侯婉雲管家掌權之時，對劉姨娘諸多刻薄，如今這劉姨娘翻了身，未必會給侯婉雲好臉色，所以侯婉雲這娘家的靠山，也指望不上多少。

無論侯婉雲整出什麼么蛾子來，都隨她，橫豎不過是兵來將擋、水來土掩。這時身後傳來碧羅的聲音。「王妃，王爺請王妃去書房說話。」

顧晚晴深吸一口氣，這該來的還是跑不掉。理了理思緒，跟著碧羅上書房走一趟。

姜恒剛下了朝回來，朝服還未來得及脫下。顧晚晴走進去服侍他更衣，姜恒瞧著妻子忙碌的樣子，道：「兒媳婦回門事都妥當了嗎？」

顧晚晴點點頭。「都妥當了，我早就叫人去辦的，不會丟了體面。」

姜恒點頭，深深瞧了顧晚晴一眼。「如此便好。」

顧晚晴被他看得發虛，轉身取了姜恒平日配戴的玉珮，低頭為他繫上，順口問道：「昨兒你未上朝……聖上可有說什麼？」

姜恒瞇了瞇眼。「偶爾一次不去，無妨，況且是妳身子不爽，皇上是通情達理之人，不會計較。」

顧晚晴默默點頭，咬著唇，她知道若不是姜恒出手，自己這次必定要落個惡毒刻薄的名聲。兒媳婦進門以來，顧晚晴的所作所為，姜恒雖然從未過問，可他都一一看在眼裡。姜恒雖未說什麼，可是顧晚晴卻忐忑起來，若是姜恒覺得自己是個毒婦……顧晚晴的心抽了一下，隱隱作痛。

「封誥命的事，我會安排人準備，妳不用擔心。」姜恒輕輕握住顧晚晴的手。「妳好生休養便好。只是到時要進宮，向太后謝恩，宮廷禮儀繁雜，我叫人請個宮裡的嬤嬤回來，為妳講解。」

姜恒安排得如此妥貼，教顧晚晴心中一暖。雖說她自小出入宮中，對宮中禮儀非常熟悉，不過姜恒並不知曉，還特地請個嬤嬤回來教她。這份心思，教顧晚晴心中暖洋洋的。

夫妻二人又閒話家常一番，姜恒也未曾提起這幾日有關兒媳婦的事。最後還是顧晚晴自己心中不安，憋不住了問他，是否覺得自己太過嚴厲，對那兒媳婦罰得太重？

姜恒笑了笑，只是握住她的手，道：「我既娶了妳，將這後宅交給妳，便是信妳。妳怎樣做，自是有妳的道理，我不信妳是無理取鬧的刻薄之人。我姜恒看人的眼光，還沒有那麼差勁。」

姜恒一番話，竟聽得顧晚晴一陣心酸，眼淚差點湧了出來。她強忍回淚水，笑著捶了姜恒一下。「那是自然，當今太傅的眼力，誰敢小瞧？」

姜恒哈哈一笑，摟著妻子的腰肢，在她額頭輕輕啄了一下。

夫妻二人正甜蜜恩愛時，忽然聽見門外一聲咳嗽聲。顧晚晴趕忙與姜恒分開，低著頭站在他旁邊，故作淡定。「進來吧。」

門外施施然進來一人，卻是錦煙。顧晚晴抬頭瞧了瞧錦煙，錦煙素日裡都是淡淡的、從容的，顧晚晴從未見過她慌亂。錦煙就是對上姜恒，也是寵辱不驚，從未刻意討好。可是如今顧晚晴卻見她眉宇之間神色有異，心下不禁起了疑惑。

錦煙是顧晚晴從不觸碰的禁區，關於她的一切事情，顧晚晴從不干涉過問。顧晚晴很清楚，錦煙對於姜恒而言，是很特別的存在，至於有多特別、有多重要，顧晚晴沒有蠢到親自去試探姜恒的底線——她一向聰明而知足，姜恒已是個難得的好丈夫，她不是個貪心的人。

所以她如同往常，對姜恒道：「我那邊院子裡還有些事，先回去了。」

姜恒沒有阻攔，牽著她的手送她出門，與錦煙擦肩而過的瞬間，顧晚晴瞥見錦煙的腰間掛著藍田玉珮。

那玉珮瞧著樸實無華，並無特別之處。不過對於顧晚晴而言，那玉珮卻是十二分的熟悉，只消掃一眼，就能認出正是安國侯府的小侯爺侯瑞峰貼身配戴之物。

哥哥的貼身玉珮，怎麼會出現在錦煙身上？

這兩個八竿子打不著邊的人，是怎麼認識的？而且還相熟到了贈送玉珮的程度？那姜恒算什麼……

顧晚晴垂下眼，掩住眼中的疑惑，掀了簾子走出門去。

回了院子，正巧碰見翠蓮從外頭回來。每日早上，顧晚晴都會囑咐翠蓮將杏花送來的補湯回爐重造，做成別的食物，再轉給侯婉雲吃。反正藥是侯婉雲下的，橫豎不過是轉了圈再給侯婉雲送回去罷了。

今兒個早上翠蓮除了熬藥粥，還得準備回門禮的事，忙到現在才得了空回了院子，連藥粥都來不及給侯婉雲吃下。

翠蓮進了屋，將粥擱在桌上，取了毛巾給顧晚晴擦手，嘴裡道：「可是要累死奴婢了，那些禮物裝了好幾個箱子，奴婢忙了一早上呢。」

顧晚晴笑道：「瞧妳這妮子，還沒幹多少活，就學會邀功了，快去喝口茶水歇歇。」

翠蓮應了一聲，轉身倒了一杯茶喝，正低著頭喝茶，眼角就瞥見一個雪白色的毛團，閃電一般地從窗戶躥進來，一下子到了顧晚晴的身邊。

「啊，那是什麼？小心！」翠蓮驚呼一聲。

只見那雪團蹭地一下，便抓著顧晚晴的裙襬，一下子躥了上去。一見不明物體攻擊自家小姐，翠蓮趕忙扔了茶杯衝過去，伸手就要將那毛團揪過來。

那毛團忽地轉身，一爪子撓在翠蓮手上，撓出了幾道紅痕來。

「翠蓮，別動牠！」

顧晚晴伸手將那雪團抱在懷裡，聽見自己的心跳撲通撲通的。她強壓下心中的激動，對翠蓮道：「妳先出去，把門窗都關上。快！記住不要聲張。」

翠蓮鮮少見到自家王妃這般失態，於是趕緊照做，臨出門前回頭瞧了瞧顧晚晴懷裡那雪團，隱約瞧著像是隻小狐狸。

翠蓮出去了，屋裡只剩下顧晚晴，和她懷中的雪團。

顧晚晴輕輕抱著懷裡毛茸茸的小東西，眼淚一下子就落下了。「元寶……」

元寶抬起頭，尖尖的耳朵聳動著，伸出兩隻前爪在空中揮舞，似是要替她擦淚。顧晚晴自重生以來，頂著新身分過活，就算是遇見昔日故人，也不敢相認，如今唯一能毫無顧忌相認的，就只有元寶這隻小狐狸。

「元寶，你肥了不少。」顧晚晴愛憐地摟著元寶胖乎乎的身子，感慨道。

元寶的腦袋一下子垂了下來。牠雖然吃得不少，但也不用這麼直白吧？

「元寶，你還認得我？」顧晚晴抱著元寶坐下，把臉埋進元寶的背上，使勁蹭了兩下。

元寶嗚咽了幾聲，翻了個身，小肚皮露在外面，舔了舔顧晚晴的臉頰，小爪子摟著顧晚晴的脖子，毛茸茸的尾巴搖來搖去，似是十分歡喜。

「元寶，你還是老樣子。」顧晚晴又哭又笑，眼淚止不住地流，擦都擦不完，摟著牠親來親去。「乖元寶，我好想你，知道嗎？你這笨狐狸。我也好想父親、好想哥哥、好想娘……」

元寶搖著尾巴，舔了舔她的臉頰，抖了抖毛，飛揚的狐狸毛害得顧晚晴打了幾個噴嚏，她捏了捏元寶的耳朵，寵溺道：「你還是這麼會掉毛。」

元寶黑寶石般的眼睛濕漉漉的，使勁往顧晚晴懷裡鑽，還用小爪子在她聳起的胸脯上蹭了兩下。

顧晚晴忍不住笑出來，拍掉元寶的爪子，嗔道：「你這色狐狸！肯定是隻公的！讓我瞧瞧！」

說罷，捉住元寶的爪子，作勢要將牠翻過來驗公母。元寶驚得嗷嗚一聲，躥了下去，顧晚晴笑得花枝亂顫，自從重生之後，她第一次這般笑，彷彿要將心頭所有壓抑的情緒釋放出來。

元寶慢慢走過來，兩隻前爪抱著顧晚晴的腿，腦袋在她腿上蹭來蹭去。顧晚晴擦乾淚水，蹲了下去，捧起元寶的臉，輕輕吻著牠的腦袋。「元寶，我知道你跟著侯婉雲嫁過來了，可是你怎麼會認得我？」

元寶歪著腦袋看著顧晚晴，伸出粉紅色的舌頭舔了舔她的手指。

顧晚晴嘆了口氣。「如今我連身體都換了，你又怎麼能認出我？唉，這世上恐怕無人再能認出我了吧。」

顧晚晴從不知元寶是靈獸，只當牠是隻普通的小狐狸。如今恐怕也只是巧合，不知道元寶是追蝴蝶還是蟲子，誤打誤撞進了自己屋裡來吧。

元寶很認真地瞧著顧晚晴，將她的歡喜和失落都收在眼底。顧晚晴看著懷中的元寶，毛茸茸的臉似乎變得嚴肅起來，而後跳上桌子，一巴掌拍翻桌上的粥罐子——那是加了絕育藥的粥。

顧晚晴看著元寶的舉動，大驚失色，然而更令顧晚晴吃驚的是，接下來元寶從桌子上跳下來，躥進顧晚晴懷裡，然後伸出右爪，先是在自己嘴巴上拍了三下，然後再顧晚晴的右邊臉頰上拍了三下，而後又伸出左爪，在顧晚晴的左臉拍了三下。

這是從前元寶最喜歡的遊戲，只和侯婉心玩的遊戲。

難道元寶真的認出了自己？顧晚晴瞧著元寶認真的神情，眼淚又湧了出來。元寶愛憐地舔了舔她的眼淚，伸開爪子抱住她的臉頰，腦袋在她臉蛋上不停蹭著，似是在安慰她，叫她不要難過。

「元寶，你認得我是誰，對不對？」顧晚晴很認真地問。

元寶點點頭。

「元寶，你是特地來找我的嗎？」顧晚晴又問，元寶又點點頭，毛茸茸的尖耳朵快速聳動，轉頭看了看地上的粥罐子。

「你是想告訴我，不要喝那個粥？」

元寶又點了點頭。顧晚晴不敢相信，她一直知道元寶通人性，是非常聰明的小狐狸，可是她從未想過，元寶不但能認出重生後的自己，還特地跑來告訴自己那粥有問題。這簡直、簡直不是一隻狐狸能做出的事！

不過自己都能重生，那元寶會認人，也不是什麼稀罕事。牠與自己相認，總歸是件好事。顧晚晴心裡歡喜，也顧不得這些細枝末節，連忙擰了帕子擦臉，不教人瞧出自己哭過，又叫翠蓮去準備元寶最愛吃的紅燒雞腿。

晌午的陽光暖融融的，顧晚晴坐在床邊的貴妃榻上曬著太陽，元寶躺在她懷中，吃著顧晚晴親手撕下來的雞腿肉，好不愜意。

顧晚晴笑咪咪地看著元寶，彷彿回到了當年在安國侯府裡，母親還在世時。那時元寶比現在稍微小一些，但也是毛茸茸、胖乎乎的一團，元寶只要見了她，就定要她親手餵牠吃東西，不然就算是端著盤子把雞肉送到元寶嘴邊，牠也是不願意碰一口的。當時侯婉心寵著牠、慣著牠，將牠當孩子一般養著，元寶也喜歡同她膩著。

「唉，元寶，你怎麼不早點來瞧我？」顧晚晴摸著元寶咕噥道，隨即又想到什麼，自言自語。「許是侯婉雲將你看得緊了，今兒個你是趁著她出門才跑過來的吧？」

此時門外傳來翠蓮的聲音。「王妃在屋裡呢，奴婢這就去替大小姐通傳。」

隨後就見翠蓮敲門進來。「大小姐說要來給王妃請安。」

「哦？惠茹來了？快請她進來。」顧晚晴抱著元寶起身。她這位姪女素日體弱多病，甚少出門，難得主動來她這裡。

翠蓮請了姜惠茹進來。只見門口走進一位小姐，衣著素雅，亭亭玉立，尖尖的瓜子臉配上一雙烏溜溜的大眼睛，面色因常年病著有些蒼白，氣質倒是極好的，顧晚晴剛嫁進門時，她只有十二歲，如今都快十五了，出落得秀氣大方。

姜惠茹見了顧晚晴，恭恭敬敬地俯身行禮。「惠茹給大伯母請安。」

顧晚晴連忙扶著她坐下。「快坐下，今兒個天氣不錯，妳多出來走動走動，也是極好的。」

姜惠茹坐著，一眼瞧見顧晚晴懷中的元寶，眼睛一亮。「大伯母，妳懷裡的是什麼？是貓兒嗎？」

元寶的尖耳朵動了動，似是很不屑地朝姜惠茹翻了個白眼。

顧晚晴瞧著元寶的樣子，笑開了花。「這不是貓兒，是隻狐狸。」

姜惠茹稀罕地瞅著元寶，怯生生問道：「大伯母，惠茹可以摸摸牠嗎？」

顧晚晴摸了摸元寶的腦袋。「想摸就摸吧。」

元寶很不樂意地撇了撇嘴，姜惠茹走過來，瞧著元寶的眼裡都是歡喜，怯怯地伸出手，先是輕輕在元寶背上摸了一下，笑道：「哎呀，牠的毛可真軟，摸著好舒服。」

顧晚晴哈哈一笑，故意擠兌元寶道：「惠茹若是喜歡這皮毛，哪天大伯母給妳做件狐狸毛圍脖？」

元寶不屑地搖了搖尾巴。*妳才捨不得把我做成圍脖。*

姜惠茹卻當真了，連連搖頭。「大伯母千萬不要，這小狐狸這般可愛，惠茹只是喜歡牠，不要什麼狐狸毛圍脖。」說罷，又小心翼翼地摸了摸元寶的腦袋，笑容有些落寞。「惠茹聽說大嫂養了隻小狐狸，這是大嫂那隻吧？」

顧晚晴點了點頭。「是妳大嫂房裡那隻，只不過今兒個迷了路，恰好教我撿到了，回頭還得給妳大嫂送回去。」

姜惠茹哦了一聲縮回手，瞧著元寶，戀戀不捨。

顧晚晴看著姜惠茹，有些心酸。這孩子體弱多病，甚少出門，平日裡只有幾個小丫鬟陪著她，也怪寂寞的。

顧晚晴瞧她這般喜歡元寶，便道：「惠茹，這狐狸是妳大嫂的，我聽說妳大嫂喜愛得緊，恐是不會割愛。而且尋常狐狸野性難馴，我怕妳養著會傷了妳，不如我叫人為妳尋隻貓兒來？」

錢氏與姜炎洲素日裡就不對盤，姜惠茹也是知道的，所以她想要這隻狐狸，她大嫂是絕對不會給她，於是姜惠茹乖巧地點點頭。「謝謝大伯母，有了貓兒陪伴，惠茹就不孤單了。」

顧晚晴又嘆了口氣，這孩子這般懂事乖巧，只可惜有她娘在，顧晚晴平日就是想多和她親近親近，也得顧著錢氏。

說了會兒話，顧晚晴瞧出姜惠茹心事重重，便主動問道：「惠茹，妳是不是有事要跟大伯母說？」

姜惠茹咬著嘴唇，欲言又止。顧晚晴也不逼她，只是溫柔地看著她。姜惠茹過了好一會兒，才慢慢道：「大伯母，惠茹知道女兒家不該說這些事，可是惠茹實在沒有辦法，只能來求大伯母了。惠茹聽說娘要將我許人家，可是惠茹不想嫁人。」

顧晚晴一聽，眉頭皺了起來，女子怎能不嫁人呢？況且錢氏素日裡疼她得緊，肯定會為她尋一門好親事。再說了，姜惠茹的娘親還在，怎麼也輪不到她這個大伯母來作主親事啊。

「惠茹，妳怎能說出不想嫁人這種話？」顧晚晴道。「妳若是嫌妳娘為妳尋的親事不滿意，大伯母去幫妳說，妳瞧上了哪家的公子，都告訴大伯母。以咱們姜家的門第，放眼望去，京城裡哪家的貴公子，咱們惠茹都配得起。」

姜惠茹咬著嘴唇，淚眼盈盈，搖頭道：「惠茹並沒有心上人，惠茹就是不想嫁，想一輩子待在姜家。」

「妳這孩子簡直胡鬧……」顧晚晴無力扶額。「這件事大伯母作不了主，等妳大伯回來再說。」

一聽見「大伯」二字，姜惠茹眼淚一下子湧出來，她雖病弱，可是主意卻是堅定的，咬著牙道：「就是大伯來說，惠茹也不嫁！惠茹誰也不嫁，死都不嫁！」

第十二章

顧晚晴頗為無奈地瞧著姪女，坐著直抹眼淚，顧晚晴再怎麼追問，姜惠茹也只是哭著說自己不嫁，不肯多說其中緣由。

顧晚晴看了看哭得梨花帶雨的姪女，又低頭求救似的看了看懷中的元寶。元寶起身，抖了抖毛，從顧晚晴懷裡跳出，朝姜惠茹撲去。姜惠茹正哭著，冷不防被元寶撲了滿懷，嚇了一跳，而後看清懷中是那隻可愛的小狐狸，又破涕為笑，抱著元寶，輕輕摸著牠的皮毛。

元寶瞇著眼，舔了舔姜惠茹的手指，令姜惠茹手指酥麻癢癢，不禁笑道：「哈哈，好癢。」被元寶這一打岔，倒是忘了哭，只顧著逗弄這乖巧的小狐狸。

顧晚晴扶額，總算止住了哭，不然教旁人瞧見了，還以為她欺負自家姪女呢。

姜惠茹正抱著元寶玩，就聽見門外有匆匆的腳步聲傳來。

翠蓮在門口瞧見一人面色焦灼地快步走進院子，看清是剛回門回來的侯婉雲。侯婉雲面色略顯蒼白，也不看翠蓮，便直直往屋子裡衝。

「元寶，過來！」侯婉雲一眼就瞧見元寶躺在姜惠茹的懷裡，話剛說出口，才注意到顧晚晴坐在姜惠茹對面的貴妃榻上，瞇著眼睛瞧自己。侯婉雲剛從侯家回家，才回到姜家，就聽婢女說元寶跑出去不見了。

侯婉雲一聽，急得臉都白了，四處打聽尋找，才尋到婆婆的院子裡。本不想進來見那惡婆婆，可是捨不得靈獸和空間，就硬著頭皮闖進來了。

元寶壓根兒就無視侯婉雲，反而在姜惠茹懷裡打了個滾，四腳朝天地躺著，姜惠茹格格笑著，用手指在元寶的肚皮上撓癢癢。

「兒媳給母親請安。」侯婉雲收斂起焦躁的神情，低眉順眼地行禮。

「惠茹給大嫂請安。」姜惠茹這才將注意力從元寶身上收回去，對侯婉雲甜甜一笑。

「大嫂養的這小狐狸可真讓人喜歡。」

侯婉雲盯著元寶，笑得有些勉強。「惠茹，這毛臉畜牲性子野得很，妳快把狐狸給大嫂，省得被牠撓了。」

姜惠茹輕輕揪揪元寶的耳朵，牠甩了甩耳朵，打了個噴嚏，可愛的模樣引得姜惠茹樂得合不攏嘴。「大嫂，元寶可乖了，不會撓我的。妳瞧，牠最喜歡我給牠抓癢癢。」姜惠茹一邊說一邊伸手在元寶肚皮上撓，元寶也非常配合地翻了個身，享受姜惠茹的服務。

姜惠茹笑得十分開心，侯婉雲則跟著笑得違心。侯婉雲知道，這位大小姐頗得公婆的喜愛，萬萬不能得罪她。

只是……侯婉雲看了看元寶對姜惠茹的親熱勁，心裡頭又開始犯嘀咕。

從前她最擔心元寶與侯婉心太過親近，好不容易侯婉心死了，元寶一直對誰都愛理不理，可如今卻與姜惠茹這般親熱，怎教侯婉雲不起了防範之心！若是元寶喜歡姜惠茹……侯婉雲眼中閃過一道殺機。

顧晚晴嘴角噙著笑，冷眼旁觀侯婉雲。顧晚晴雖知道侯婉雲一向緊張元寶，卻不知她在意元寶的真正原因，只以為是養了個寵物般喜歡，更加不知她此時已經動了殺意。

「今兒個回門，都順利嗎？家中一切可安好？」顧晚晴淡淡地與她話家常。「我聽說妳父親和兄長幾日就要回邊關了。」

侯婉雲收起心思，恭敬謹慎地答道：「託母親的福，一切順利，娘家一切都好。父親再過五日就啟程，哥哥七日後回西北。父親讓雲兒轉達，說多謝母親的厚禮。方才紅繡織造坊的人過來，說今年新到的蜀錦送來了，兒媳瞧著那料子成色是極好的，就留下幾疋，母親若是瞧得上眼，就留著做衣服。」

顧晚晴低頭笑了笑，捻起帕子揉了幾下，隨意道：「都是親家，還道什麼謝？太見外了。這天下誰人不知紅袖織造坊的蜀錦天下一絕，千金難求，就是宮裡的娘娘，每人每年也只得兩疋而已。既然是雲兒的好意，那我就收下了。」

而後侯婉雲又起身，對顧晚晴福身道：「承蒙母親不嫌棄，回頭我就叫人將料子送來，這幾日母親身上不爽，兒媳一直深感自責，還請母親讓兒媳給您揉揉肩腿，可好？」

「正好，我肩膀有些痠，妳給我揉揉也好。」說罷，顧晚晴只淡淡笑著。

婆婆慈愛地坐在貴妃榻上，兒媳恭敬地站在身側為婆婆揉肩，大小姐姜惠茹逗弄著懷中的小元寶，一時間房間裡的氛圍看似溫馨起來。

顧晚晴閉上眼，享受著侯婉雲的伺候，這回了一趟侯家，她倒像變了個人似的，整個人溫順又恭敬，彷彿一朵小白花，倒是讓顧晚晴想起侯婉雲小時候的模樣，那時她也是這般溫柔恬靜，細心周到地侍奉嫡母、尊敬嫡姊，教人挑不出一丁點錯來。

顧晚晴的笑帶了一絲嘲諷——想必是皇家的態度不變，加上娘家又無可靠之人，侯婉雲看清了情況，打算重新走一遍當年小小庶女往上爬的路，好謀求一席之地。

若是換了旁人是她的婆婆，恐怕會被她這恭順溫良的樣子騙了去，說不定還會把小命搭了進去，死都不知道怎麼死的。不過侯婉雲非常不走運，她面對的婆婆，是一個比任何人都瞭解她真面目的人。她就是裝得再好，也騙不了顧晚晴分毫，顧晚晴瞧著她，就如同瞧著戲臺上的角兒，看著她能演成什麼樣。笑得再純良、哭得再逼真，也不過是徒增笑料而已。

正想著出神，就聽見外頭翠蓮進來道：「王爺回來了。」

侯婉雲的心撲通一跳，自她嫁進姜家以來，生出了諸多事端，除了婚禮上匆匆一瞥，自己還未見過這個公公。當時自己去公主那告狀不成，反倒惹了一身腥，侯婉雲事後打聽才知，原來竟是公公出的手，只是一日未上朝，就將局勢逆轉，生生替那惡婆婆扳回一局。因這事，侯婉雲對那未見面的公公存了三分好奇。

「晚晴。」姜恒遠遠瞧見小妻子翹首立在屋簷下，臉上的笑如同渲染的水墨畫，一下子融化開了，眉眼間都帶著淡淡的春風。

姜恒的聲音低沈清洌，聞之悅耳，侯婉雲被那聲音吸引，忍不住稍稍抬起頭來。

只見那人長身玉立，劍眉星目，饒是侯婉雲前世見過的美男明星無數，與眼前之人相比，那些美男竟然都被他比到泥裡去了！那人舉手投足之間透著儒雅之氣，不帶官老爺做派，眉眼間還帶著笑，她只看一眼，就彷彿被吸住一般移不開眼。

侯婉雲頓時心跳漏了半拍，心慌得厲害。顧晚晴若有似無地朝她瞧了一眼，侯婉雲連忙把頭埋得更低，只覺得顧晚晴那眼神竟銳利得厲害，像是要將自己的所有小心思都看穿似的。

姜恒身後還跟著個人，便是姜炎洲。侯婉雲偷偷瞧了瞧姜恒，再瞧了瞧姜炎洲，在心裡將兩人比了比。姜恒三十出頭，風華正茂；而姜炎洲不過十六、七歲，雖然長得一表人才，可是如今站在親爹身旁，卻如同頑石遇見了美玉，比不上姜恒萬分之一。

姜恒笑著迎上來，拉著顧晚晴的手。「我瞧著妳身體好些了。惠茹也來了，兒媳也在，都別站在門口，進去說話。」

說罷，牽著顧晚晴的手，兩人並肩走進屋裡。侯婉雲瞧著兩人背影，再看了看對自己冷冰冰的姜炎洲，心裡有些酸澀，也跟著兩人進了屋子。

姜恒與顧晚晴坐在主位，三位晚輩分別落坐。侯婉雲坐在姜炎洲身旁，眼睛瞅著夫君，含了幾分哀怨。

過門這幾日，他都不曾碰她，如今侯婉雲雖嫁為人婦，卻還是處子之身，若說姜炎洲本身不行吧，這幾日他卻輪番宿在通房丫鬟屋裡，可見並非是他不行，他只是不想碰自己。

抬頭看了看公婆，兩人郎才女貌，眉眼間的恩愛默契是裝不來的。侯婉雲瞧著婆婆面色紅潤，容光煥發，不禁大為妒恨。

嫁進來之前，侯婉雲謀的、算的，一是姜家管家之權，二是保住夫君世子之位，將來自己才能當上平親王妃，可是自己千算萬算、嘔盡心血謀求的東西，那惡婆婆輕輕鬆鬆便全部擁有，還死死壓在自己頭上，她要打要罵，自己都毫無還手餘地，侯婉雲恨得連手裡帕子都快絞碎了。

陪著公婆說了會兒話，又吃了頓便飯，侯婉雲表現得異常乖巧，而後便抱著元寶，同姜炎洲告辭回去。

姜惠茹惦記著小狐狸，一路跟著二人，眼巴巴瞅著大嫂懷中的雪團。

侯婉雲瞧出姜惠茹是心思單純的人，便起了拉攏她的意思。剛出顧晚晴的院子，便拉著姜惠茹的手道：「惠茹不如同我一起走吧，正巧去我屋裡坐坐，咱們也好說說話。」

姜惠茹高興道：「如此也好，我正好不想回屋裡悶著，就和大嫂去說說話。」說罷，又盯著元寶，對侯婉雲道：「大嫂，可以讓惠茹抱抱元寶嗎？」

侯婉雲心裡是一萬個不願意姜惠茹和元寶親近，可是在姜炎洲看來，不過是自己妹妹想抱抱小狐狸，便替侯婉雲答應下來。「妳既然喜歡，就抱著吧。」

姜炎洲都發話了，侯婉雲一心想著討好夫君，也不好在這種芝麻綠豆大的小事上違背他的意思，只能面上帶著笑，把元寶遞給姜惠茹。「惠茹抱好了，妳若是喜歡，帶回去玩幾天也成，都是一家人，跟大嫂客氣什麼？」

本來侯婉雲只是說句客套話，姜炎洲卻想也不想就順著侯婉雲的話往下說。「妳大嫂疼妳，一會兒回去的時候就帶著這狐狸，玩幾天再送回來。」

侯婉雲氣得臉都綠了，還不得不笑得跟開花似的。「領回去玩幾天吧。」

姜惠茹喜出望外，忙道：「真的嗎？太好了！多謝大哥，多謝大嫂。惠茹就借元寶幾天，過幾日就還回來，保證元寶一根毛都不會少！」說罷，元寶很不配合地抖了抖耳朵，抖掉幾根狐狸毛。

侯婉雲看著姜惠茹和元寶處得格外融洽，還不得不陪笑。一邊是夫君，自己唯一能依靠的人，一邊是姜家最受寵的嫡親大小姐，她侯婉雲現在一個都得罪不起。

回了院子，剛進院子門就瞧見畫兒挺著大肚子從屋裡出來，見了三人分別見禮。姜炎洲瞧著畫兒，神色柔和許多，忙扶著她。「妳身子沈重，就不必行禮了。」

畫兒是琴棋書畫裡最聰穎的一個，也最善於揣摩姜炎洲的心思，因此是最得寵的，如今懷了身子，更是姜炎洲的心頭肉。畫兒溫柔笑道：「畫兒自知禮數不可廢。」

侯婉雲在一旁瞧著對自己冷冰冰的夫君，卻對一個沒名分的通房丫鬟這般柔情似水，如同含著青柿子，從口裡澀到了心裡。

姜炎洲對侯婉雲道：「妳陪惠茹說話，我陪畫兒走走。」

侯婉雲低頭，恭順道：「是。畫兒妹妹多注意身子，缺什麼、少什麼，想吃什麼、穿什麼，只管跟我說，我定讓人備上最好的。」

畫兒柔柔一笑，比侯婉雲嬌媚溫柔了百倍。鼎鼎大名長安館裡調教出來的美人，自然是儀態萬千、風情萬種，再加上畫兒生得美，又透著靈性，雖說挺了個大肚子，也生生將侯婉雲比了下去。

畫兒柔聲答道：「畫兒多謝世子妃關心。」而後朝姜炎洲看了一眼，眼波流轉，姜炎洲一手扶著畫兒的胳膊，一手摟著畫兒的腰肢，兩人並肩出了院子。

侯婉雲瞧著兩人的背影，垂下眸子，掩住湧動的情緒。

姜惠茹只顧著和懷裡的元寶玩，渾然不覺方才發生了什麼，只看了眼畫兒的背影，隨口道：「再過三個月，惠茹就快有小侄子了，可真好呀！」

侯婉雲吃了一驚，笑道：「妳怎麼知道定是個小侄子，不是小姪女？」

姜惠茹抬頭，頗為奇怪地看了侯婉雲一眼。「大嫂不知道嗎？一月前大伯特地請了京城的婦科聖手來給畫兒診脈。人人都說那大夫是神醫，僅靠望聞問切就能識別胎兒男女，神醫說了畫兒懷的是男胎，可不就是個小侄子嘛。」

侯婉雲心下大駭，怎麼從來沒有人告訴自己？

如果不是今日姜惠茹偶然提起，她根本不知道畫兒懷的是男胎。看來那惡婆婆早打定了主意要瞞著自己，姜家上上下下竟無一人對自己提起此事！

原本侯婉雲打算的是，等到兩個通房丫鬟生產，若生女兒就可以留下，若是男孩，她有的是辦法讓男嬰見閻王。她侯婉雲可容不得姜家長孫讓別的女人生了出來，她不但要生嫡子，還得是嫡長子，這兩個位置她都想占全了！

一想起方才畫兒那嬌媚的身段、精緻的容顏，還有那溫柔得讓男人心軟的語調，侯婉雲心裡寒光一閃。

這個女人留不得，無論畫兒將來是否投靠自己，她都不能讓這麼一個有美貌、有心計的女人留在自己身邊。

侯婉雲留姜惠茹用了晚膳，而後遣惜春送姜惠茹回去。

姜惠茹抱著元寶高高興興地回去了，承諾三天後將元寶送回來。

侯婉雲雖然捨不得元寶，不過她也知道捨不得孩子套不著狼的道理。如今姜家上上下下都跟那惡婆婆一條心，連點風都不給自己透，自己在姜家就好像無頭蒼蠅，摸不著頭腦，如今好不容易能搭上那位得寵的嫡親大小姐，自然要好好利用一下。

再說了，若是元寶真的與她過分親近，有認姜惠茹為主的危險，大不了再設計弄死姜惠茹便可。

過了一會兒，惜春送人回來了，站在房門口，看起來有些呆。侯婉雲一瞧見惜春那樣，就氣不打一處來。

新婚第二天，惜春那蠢丫頭就給自己惹了那麼大的麻煩，若是放在以往，侯婉雲非扒了惜春的皮不可。

可如今她嫁進了姜家，身旁就那麼幾個陪嫁的丫鬟，一個蘿蔔一個坑，若是自己打發惜春走，那惡婆婆必定會撥心腹來，那時候就真是日夜不得安生了。

無奈之下，侯婉雲既不能趕走惜春，又礙著在姜家要維持賢良淑德的風範，不能將陪嫁丫鬟罰得太狠，所以只罰了惜春三個月的月錢，罵了她一頓，便作罷了。

這邊顧晚晴送走三個晚輩，遣了丫鬟們出去，單獨與姜恒提起姜惠茹的事。

姜恒一聽，眉頭就皺了起來。「惠茹這孩子，怎會冒出這麼離經叛道的想法，女孩子怎可不嫁人？又不是缺胳膊少腿的嫁不出去，好好一個大姑娘，才貌雙全，門第顯赫，多少貴公子求著娶咱們家惠茹，她怎麼就想不開呢？」

顧晚晴嘆氣道：「誰知道呢？我問她，她怎麼都不說，女兒家的心思多，我也猜不透。我的意思是，你是她大伯，看著她長大，與她最是親近，我瞧著，這事得夫君出面跟惠茹談談了。」

「惠茹是我二弟唯一的孩子，若不給她尋一門好親事，我怎麼對得起去世的二弟？過兩日，就叫惠茹來，我親自問問這孩子到底是怎麼回事。」

將這事丟給姜恒，顧晚晴也就放下了心頭的大石。

姜恒是惠茹的親大伯，最是關心她，自己終究是隔了一層，這事要是弄不好，就是弄了一身騷，吃力還不討好。
顧晚晴又將姜惠茹想要隻貓兒的事告訴了姜恒，姜恒道：「這事好辦，前幾日西域才進貢了幾隻波斯貓兒，我叫人去選隻品相最好的來即可。」
姜恒將麻煩都大包大攬下來，顧晚晴也就放寬了心。不過這邊是放了心，可是有個人卻心煩得連覺都睡不著。
入夜，侯婉雲又說心口疼又是撒嬌，好容易才讓姜炎洲留宿在自己房裡。此時她還存著心思，自己貌美如花，性情溫柔，才情又高，夫君就是不喜歡自己，也只是一時的，將來總會死心塌地愛上自己。
姜炎洲看在她是正妻的分上，才勉強躺在她旁邊，可是一閉上眼，腦子就全是珏哥的影子，如今聽了侯婉雲的軟語嬌聲，更是抗拒得不成樣子，渾身的汗毛都炸了開來。
侯婉雲一隻手在姜炎洲身上摸索一陣，發現夫君身子僵硬，便眼裡含著淚，坐起來抱著膝蓋，哽咽道：「夫君，可是嫌棄雲兒哪裡不好？若是夫君嫌棄雲兒，大可一封休書休了雲兒，也好過這般的……羞辱……」
姜炎洲瞧著她一臉委屈，更覺心煩意亂。
又不是我求著娶妳，太后指婚，我有何辦法？妳委屈，我比妳還委屈！
可是心裡這般想，嘴上卻不能這樣說，這話要是傳到太后耳裡，那可是大不敬的。姜炎洲只能壓住心頭的嫌惡，伸手摟著侯婉雲的肩膀。「妳自然是好的，別多心，我只是累了。」

侯婉雲哭了起來，哭得梨花帶雨、我見猶憐，她轉身幽怨地看著姜炎洲，胸前一大片白花花的，春光乍洩。「夫君，雲兒的心好痛……」說著，一隻手捂著胸口，雙眸含淚，另一隻手抓住姜炎洲的手，將之按在自己酥胸上。「夫君，你感覺到了嗎？雲兒的心好痛，好似裂開了一般……」

侯婉雲一下子鑽進姜炎洲懷裡，撲在他胸口哭得極為傷心。

「夫君，自從雲兒知道自己要嫁給你的那一刻起，就一直仰慕著你，平日偷偷叫人打聽你，猜測著你的模樣。那日嫁了你，見你的第一眼，雲兒就認定了你，是與雲兒過一生一世的人！夫君，雲兒的心是你的，身子也是你的。如今你這般冷淡雲兒，教雲兒好難過，雲兒真是恨不得死掉了，也好過活著受罪！嗚嗚嗚……夫君！」

人家話都說到這個分上了，姜炎洲今兒個晚上要是再不碰她，那可就是說不過去了。姜炎洲索性豁出去，眼睛一閉，腦子裡都是珏哥的模樣，而後身子也有了反應。

侯婉雲感受到姜炎洲身體的變化，心下驚喜，這招果然有用！

還沒等侯婉雲計劃好用什麼姿勢呢，姜炎洲就直接撲了上來，粗暴地撕扯侯婉雲的衣衫。侯婉雲就喜歡這種溫柔中帶著粗暴的調調，看來旱了十幾年，她終於能吃上頓好肉了！

姜炎洲半瞇著眼，扯掉侯婉雲的遮攔，而後一把拽下自己的衣衫，眼睛一閉，毫無任何前戲，一個挺身，長驅直入。

侯婉雲心裡一驚，夫君竟然這般猴急！她這身子畢竟是初次承受，痛得她大叫起來。

姜炎洲聽她叫喊，心裡厭惡，道：「別叫，很快就不疼了。」

侯婉雲溫順地點點頭，心道夫君總算學會體貼，只要他溫柔些，一會兒就不疼了，她就可以好好享受這頓豐盛的肉菜了。

很快的，侯婉雲就知道什麼叫「很快就不疼了」。

因為姜炎洲只進去動了幾下，就迅速退出侯婉雲的身體，然後躺在一邊，一隻手覆蓋在眼睛上，腦子裡都是玨哥的影子，充滿了背叛的罪惡感。

侯婉雲呆呆躺著，半天才回過神來，坐起來看著身下那塊染上鮮紅的白絹——這就……結束了？

侯婉雲轉頭，定定看著翻身背對著自己的姜炎洲。

姜炎洲身子睡得極為靠外，離侯婉雲遠遠的，彷彿躲避瘟神一般。

侯婉雲身體疼痛難忍，如今更是心如刀割。

為什麼他要這樣對自己？自己無論相貌才情，都是一等一的，還是穿越而來。小說裡穿越而來的女人，都是集萬千寵愛於一身，可是為什麼夫君就這麼不待見自己？為什麼上天要對自己這麼不公平！

侯婉雲的淚水模糊了雙眼，這次她不是裝的，是真的哭了。

透過模糊的淚水，她伸手想觸碰姜炎洲，在手剛輕觸到的一剎那，姜炎洲就似被針扎了一般，從床上彈起來，跳到地上，看著侯婉雲要死要活的模樣，噁心得胃都在翻滾。

「妳到底還要怎樣？」姜炎洲指著侯婉雲身下染血的白絹，聲音不耐煩到了頂點。「妳要破身子，我替妳破了，明日就將這白絹送給母親，證明妳的清白，妳還要怎樣？」

侯婉雲瞧著姜炎洲，原來他與自己親近，只是為了完成任務，破了她的身子，叫她不再有理由糾纏他。

侯婉雲身子猛然垮了下去，癱坐在床上。

思緒混亂中，她想起早逝的嫡姊侯婉心。

如果長姊在世，這些不能與父兄言說的閨房之事就可告訴嫡姊，按照嫡姊的脾氣，定是會為自己出頭的，這樣娘家也有人替自己撐腰，姜家就不敢這般欺人太甚。

可惜，沒有如果。

此時，那個被她害死的嫡姊，正與姜恒纏綿完，躺在夫君懷裡甜蜜睡去。

侯婉雲擦乾眼淚，深吸一口氣。

她不能這麼輸了，明兒姜炎洲房裡的通房丫鬟們還要來請安呢，她要端出嫡妻的架式，好好收拾那些不知天高地厚的丫頭們。

第十三章

第二天一大早，侯婉雲從床上坐起來，看著空蕩蕩的床沿出神。

昨兒個夜裡她與姜炎洲鬧得不歡而散，姜炎洲索性穿了衣裳起來，去書房睡了。方才聽見書房響動，想必這會兒已經起身去了衙門。

侯婉雲嘆了口氣，她一宿都沒睡著，這會兒只覺得頭暈目眩。起身走向梳妝檯，望著鏡子裡那張憔悴的臉，侯婉雲深吸一口氣，讓自己打起精神來。

聽見屋裡響動，門口守夜的丫頭知道世子妃醒了，忙敲了門進來伺候侯婉雲洗漱打扮。惜冬進了屋子，一眼就瞧見床上白絹上那刺目的鮮紅，小妮子羞得滿臉通紅，忙對侯婉雲行禮道：「恭喜世子妃，賀喜世子妃。」

侯婉雲臉上笑容一僵，笑得勉強。而後惜冬捧起帕子，要往王妃屋裡送。前幾日世子妃因著喜帕的事被冤枉了，如今倒是可以洗刷了這冤屈。

侯婉雲瞧著惜冬捧著帕子，高高興興地出去，眼裡又是一暗。

誰又知道她就是破個身子，也是千求萬求得來的，丈夫根本就不願意碰自己。

可這苦處，侯婉雲卻是無處傾訴，無論她說給誰聽，人家面子上會說幾句話安慰她，可是一轉身，定都會笑話她御夫無能，留不住男人的心。

侯婉雲心不在焉地坐著，琢磨著丈夫冷淡的原因，想了半天也一無所獲，只好叫來惜夏服侍更衣梳頭，今天侯婉雲打扮得得體大方，擺足了正妻的架式，準備好好會會那幾個通房丫鬟。

那邊顧晚晴方起床，剛梳洗妥當就聽見翠蓮來報，說是惜冬送了喜帕來。顧晚晴瞧了眼惜冬的臉，這丫鬟一派喜氣洋洋，像是自家世子妃揚眉吐氣了，捧著喜帕顯擺得跟什麼似的，恨不得將這帕子甩顧晚晴一臉。

顧晚晴臉上帶著笑，透著嘲諷。自己這繼子姜炎洲是個什麼樣的人，她顧晚晴最是清楚不過，以為圓房了就能怎樣？真是太天真了。

顧晚晴掃了一眼帕子，淡淡笑道：「知道了，拿下去吧。」

惜冬一直盯著顧晚晴的表情，本想瞧瞧她的反應，可是沒想到顧晚晴始終冷淡，不由得訕訕地拿著帕子，灰溜溜地回去。

惜冬捧著帕子剛進門，就瞧見惜春跟個木頭似的杵在門口發愣。

如今惜春失了勢，惜冬倒是樂得踩上一腳，她仰頭挺胸地走過去，對惜春哼了一句。「大清早的，妳就杵在這裡躲懶，這帕子妳拿去收著，我還有事，要去伺候咱們世子妃。」

惜春這才緩過神來，看見惜冬手裡捧著的帕子，「哦」了一聲，接了盤子便往屋裡走，路上碰見琴棋書畫和薔薇五個丫鬟。

薔薇懷裡抱著孫小姐，眼睛瞥了瞥那盤中的帕子，嘴角撇了下。琴棋書畫四個丫鬟也都互相對視，會心一笑。

她們一瞧這帕子，心想，都過門好幾日才破了身，想必姜炎洲十分不待見那位新媳婦。惜春似是渾然不覺這幾人眼裡的輕視，端著盤子朝她們一一行禮。

「走吧，世子妃還在屋裡等咱們呢，別讓世子妃久等。」薔薇抱著女兒，率先朝屋裡走去，琴棋書畫也都跟在後面款款而行。

惜春捧著帕子，走了幾步，停下來，瞧著那五個丫鬟的背影。

今兒個這幾人都打扮得花枝招展，就連有身子的琴兒和畫兒，都畫了精緻的妝容，雖說挺個大肚子，風韻卻不輸書兒、棋兒，而薔薇因為有了女兒撐腰，氣勢上硬是壓了四人一頭。

五個丫鬟進了屋子，侯婉雲坐在正位上，端著茶杯喝茶，見了幾人進來，面上浮上淡淡的笑。

薔薇抱著女兒，和琴棋書畫，齊刷刷地跪下向侯婉雲請安。

侯婉雲喝著茶，嘴角噙著笑，忙道：「都是自家姊妹，起來吧，快坐快坐，今兒個咱們姊妹好好說說話。」

幾人分別落坐，有丫鬟來奉茶，薔薇眼尖，透過侯婉雲厚厚妝容，瞧見她眼下的一片烏青。昨兒個半夜有丫頭回報，說姜炎洲大半夜從世子妃房裡出來，去睡書房了，想必她昨夜睡得很不安穩吧。

薔薇低頭，掩住眼裡的輕蔑，逗弄著女兒。

侯婉雲坐在首位，她本就是心思細膩之人，將這幾個丫鬟的表情盡收眼底。薔薇輕浮，情緒外露，頗瞧不起自己。而琴棋書畫這四個丫頭則內斂聰明得多，面上對自己都是恭恭敬敬的，她們都知道，雖然這位世子妃不得丈夫和婆婆的喜愛，但要是想整治幾個侍妾，還是輕而易舉的事。

琴棋書畫雖然得世子喜愛，可是畢竟不同於薔薇，薔薇可是王妃帶來的陪嫁丫鬟，還生了孫小姐。

侯婉雲笑咪咪地與幾個侍妾話家常，又瞧著畫兒，和藹道：「懷著身子，辛苦妳了。我聽說妳最近身子有些不爽，可看了大夫？」

畫兒受寵若驚道：「有勞世子妃關心，已經看了大夫了。」

「大夫怎麼說？腹中胎兒可好？」侯婉雲關心道。

畫兒羞澀一笑。「回世子妃的話，不是什麼大事，畫兒這是老毛病了，大夫說是頭風，對腹中孩子無害，就是發作起來一側頭疼得厲害。許是月分大的緣故，這些日子發作得越發頻繁，夜裡也睡得不踏實。」

原來是偏頭疼。侯婉雲思量一番，有了計較，便起身走過去，坐在畫兒旁邊，拉著畫兒的手道：「妳這話說得不對，孩子重要，難不成妳就不重要了？我叫人請大夫來瞧瞧，這樣才能放心。」

畫兒忙起身道：「不必麻煩了，這可怎麼使得？」

侯婉雲笑咪咪拉著畫兒坐下。「妹妹懷著身子，不必行這些虛禮了。女人生產可是從鬼門關前走一遭，如今定是要養好妳的身子。」說罷就叫小丫頭去請府裡的大夫。

薔薇哄著孫小姐，陰陽怪氣地說了句。「畫兒姊姊真是好福氣，不但咱們王妃疼、世子疼，如今還有咱們世子妃疼著，真是羨煞眾人呢。」

侯婉雲看著薔薇笑了笑。

幾人說話的工夫，府裡的大夫來了。

這劉大夫曾經替畫兒診過脈，如今又被叫來，一進門就瞧見一個端莊美麗的婦人對自己笑道：「煩請大夫好好替我這妹妹瞧瞧，定要治好她頭疼的毛病。」

劉大夫一大把年紀了，被這美豔的婦人笑得心裡一突。他知這是新進門的世子妃，不敢怠慢，忙道：「是，世子妃請放心。」

病症還是那些病症，大夫開了些安神的藥給畫兒，不過只是尋常畫兒吃的方子再開了一遍罷了。

侯婉雲搖頭道：「這可不行，畫兒妹妹頭疼得睡不著覺，對腹中胎兒也不利，大夫可有別的方法？」

劉大夫摸了摸鬍鬚。「這頭疼之症，唯有慢慢調養。這位娘子的病灶起得早，冰凍三尺非一日之寒，不是一日、兩日可調養好的。」

「可是我瞧著妹妹身上難受，我心裡也跟著難受。大夫，你再想想，可有什麼藥能治這病？莫要擔心銀子的事，就是再貴的藥，咱們姜家也出得起。」

劉大夫沈思片刻。「老夫倒是知道有一味藥，乃是西域貢品，名叫『逍遙膏』。此物乃是從西域的一種花中提煉而出，此花名叫罌粟，十分珍貴，千金難求。逍遙膏有鎮痛凝神之效，服用之後能讓人身體百病盡消，通體舒暢。」

罌粟？逍遙膏？侯婉雲心頭猛然一顫，眼神灼熱地盯著劉大夫細細盤問。劉大夫將這花與藥膏的特性一一描述給侯婉雲聽。

沒錯，此罌粟就是彼罌粟，這逍遙膏就是鴉片！

根據劉大夫的描述，因為逍遙膏產量極少，只有西域貴族才能享用，雖有一小部分逍遙膏被進貢來天朝，可是因為量極少，所以世人對其功效知道不多，只知其能藥用，且功效顯著，並沒有人曾經大量吸食鴉片，所以古往今來的藥物典籍裡，並未記錄過逍遙膏的副作用。因此天朝之人只知道是千金難求的神藥，卻不知逍遙膏還是殺人、害人之物。

侯婉雲聽後，鄭重其事道：「既然有這般神藥，我定是要給妹妹用的。銀子不是問題，我娘家的陪嫁豐厚，就從我帳裡出銀子，只要妹妹身子大好，生個大胖兒子出來，其他的都不是問題。」

畫兒也知道這逍遙膏的價值，沒想到這位世子妃竟然捨得給自己用那麼珍貴的藥，心下不由感動，嗚咽著不知道說什麼好。

侯婉雲拍著畫兒的背，溫柔道：「不過是些銀子，哪有妹妹的身子重要？妹妹莫要多想，只管好好養身子，旁的事妳就別操心了。」

「是，謝謝世子妃，畫兒曉得了。」畫兒拿帕子抹了抹淚，對侯婉雲道。

侯婉雲笑著瞧著畫兒，眼裡的笑就如同那盛開的罌粟花一般絢爛。

「世子妃還說什麼了？」顧晚晴一邊喝著剛泡好的碧螺春，一邊仔細詢問著跪在地上的小丫鬟勺兒。

勺兒是她安排在兒媳婦房裡的丫鬟。勺兒搖搖頭道：「回王妃的話，就是這些了，世子妃再沒說什麼。」

「行了，妳趕緊回去吧。」顧晚晴朝勺兒點點頭。

旁邊翠蓮趕緊扶著勺兒起來，又將一包碎銀子塞在勺兒手裡。「這是王妃賞妳的，快回去吧。」

以顧晚晴對侯婉雲的瞭解，她並不覺得侯婉雲會好心到為自己丈夫的通房丫鬟去買那千金難求的逍遙膏，其中必定有隱情。顧晚晴重生後，曾經查遍醫術典籍，並未查到侯婉雲說過的「過敏」。

不過典籍上沒有記載，並不代表沒有這回事，自己與母親確實是被這法子害死的，侯婉雲口中所說的「過敏」，是無法查閱到的病症，所以如今這逍遙膏，八成有問題。

顧晚晴隨後又叫來劉大夫細細問詢，劉大夫只說這逍遙膏珍貴難求，效用顯著，至於其他，劉大夫也不知曉，畢竟這藥太過珍貴，尋常人別說見過了，就連聽說都沒聽說過。

姜家作主的是顧晚晴，顧晚晴不點頭，劉大夫也不敢辦事。劉大夫恭敬道：「王妃，您看這藥還買不買？」

顧晚晴微微一笑。「買，當然要買，那可是世子妃的心意，她出私房錢給自己房裡的丫頭治病，那份心意難得，可不能辜負了不是？」當然若是查明逍遙膏有毒性，那買回來給誰服用，還是顧晚晴說了算。

劉大夫得了允准，便趕緊出去張羅辦事。顧晚晴看著時辰，兒媳婦該來問安了。翠蓮也早就將藥粥熬在爐子上，等著給世子妃服用。

沒一會兒侯婉雲就來了，對顧晚晴恭敬萬分，然後坐下陪同婆婆用早膳，顧晚晴只用了一小碗清粥，吃了點小菜，就放下筷子，狀似胃口不好。

侯婉雲見婆婆放了筷子，自然也不敢再吃了，忙關心道：「母親，兒媳見您似乎胃口不太好，是否身子不爽？」

顧晚晴搖搖頭，和藹笑道：「最近天氣轉寒，胃裡脹氣，不思飲食。」而後又嘆了口氣，神色晦暗道：「唉，前些日子陳大人的大兒子娶妻，我聽陳家太太說，她那兒媳可孝順了。陳家太太胃口不好，那兒媳就每日天不亮起床，親手為婆婆煮飯烹調，待到婆婆起床時，剛好能吃上舒心可口的飯菜，陳家太太可真是好福氣呢，唉……」

侯婉雲一聽，連忙道：「若是母親不嫌棄兒媳笨拙，兒媳在娘家也粗粗學過些廚藝，不如讓兒媳去試試，給母親做些小菜來？」

顧晚晴瞇起眼睛笑道：「這怎麼使得呢，這些粗活怎能叫妳來做？再說了，咱們家婉雲可是出了名的孝女，我又有什麼不知足的呢？」顧晚晴話雖這麼說，可是裡頭的酸味卻任誰都聽得出來。

侯婉雲打定主意先伏低做小，忍辱負重，如今這麼好的表現機會，自然不會放過，忙起身道：「母親，雲兒這就去廚房為您準備飲食。」

顧晚晴不多阻攔，只給翠蓮使了個眼色，翠蓮趕忙跟了出去，美其名曰幫忙，實際上是監視，顧晚晴可不放心入口那蛇蠍心腸的女人煮出來的東西。

侯婉雲進了廚房，看見一個肥胖的廚娘坐著打盹。廚娘一睜眼看見是世子妃，後頭跟著翠蓮，忙慌慌張張行了禮，而後跑了出去。

「唉，妳跑什麼？又不吃了妳！上不了檯面的東西！」翠蓮朝廚娘肥胖的身影罵道，轉頭對侯婉雲陪笑。「教世子妃笑話了。」

侯婉雲笑道：「無妨，翠蓮姊姊，我還得問問妳，母親素日裡的口味如何？喜歡吃些什麼？」

翠蓮想了想，道：「這幾日王妃胃脹，想吃些爽口的小菜，王妃喜愛酸甜口味。」

侯婉雲瞧了瞧廚房裡的食材，思量一番，想了想該做什麼菜，可是臨到做菜的時候，才發現廚房裡的柴火用完了，只剩下一堆還未劈過的圓木頭堆成一摞。

「哎呀，沒柴火了，得先劈柴。」翠蓮瞧著那圓木。「世子妃，要不然奴婢叫人從別的廚房送些柴火來？」

侯婉雲剛想說好，就看見廚房門口站著個人，那人倚在廚房門邊道：「我聽說那陳家太太的兒媳，為表示孝心，就連柴火都是自己親手劈的呢。」

顧晚晴倚著門，笑咪咪地瞧著侯婉雲。

侯婉雲又不是傻子，她自然知道婆婆又在刁難自己。不過她既然打定主意要忍辱負重，當然要作足十分戲，以博得婆婆好感。顧晚晴則摸透了侯婉雲的性子，知道她定會裝作溫婉孝順，不會明面上忤逆自己。

於是侯婉雲道：「母親說得是，親自動手方能顯示孝心與誠意。」

說罷，捲了袖子，拿起斧頭準備劈柴。翠蓮作勢要幫忙，而後顧晚晴哎呦一聲。「翠蓮，我有些腰疼，許是站久了，妳去拿個椅子過來，我坐著正好也能與雲兒說說話。」

翠蓮去搬了椅子過來，顧晚晴坐著，翠蓮為她捏肩膀揉腰，顧晚晴嗑著瓜子，瞧著那嬌滴滴的小娘子，手裡舉著粗重的斧頭，一下一下艱難地劈柴。

「真是辛苦雲兒了呢。」顧晚晴笑得憐惜，看著侯婉雲的眼神，跟看著自己親閨女似的。

侯婉雲平日裡嬌生慣養，這身子養得白白嫩嫩，哪裡做過粗活，剛劈了幾下，就手裡發癢發疼，低頭一看，竟然磨出了幾個血泡。侯婉雲咬咬牙，那惡婆婆正瞧著自己呢，就拿手帕墊著，繼續劈柴。

好容易劈了足夠的柴火，侯婉雲已經累得腰瘦背疼，渾身冒汗。顧晚晴站起來，伸伸懶腰。「我先回屋裡休息會兒，身上有些乏呢，翠蓮，妳在這伺候世子妃。」說罷，頭也不回地走了。

侯婉雲瞧著顧晚晴的背影，恨得牙癢癢，她分明就是故意來監視自己劈柴。

她一個千金小姐，居然要親自做這些粗活，可恨自己以孝順聞名，剛嫁進門時便因為不孝而惹怒了太后，太后還派了芳姑姑來囑咐自己孝順婆婆，如今更是不敢出半點差錯。

這「嫻德孝女」的名頭，就如同枷鎖一般捆著自己，全天下都知道她侯婉雲是出了名的孝女，她先前踹婆婆的那腳早就傳揚得滿朝皆知，已經有人在質疑她的孝名了，若是再傳出婆媳不和之說，那她的名聲可就全毀了。

侯婉雲是不在乎這虛名的，可是這虛名能給她帶來好處，讓昭和公主喜歡她、太后庇護她，所以她需要這虛名。

侯婉雲好容易做了幾道小菜，煮了碗粥，與翠蓮一道端進屋裡。

顧晚晴瞧著那幾樣精緻的小菜，笑得眼睛瞇成了月牙兒。

這些菜都是自己母親生前喜歡吃的，當年侯婉雲為了討好嫡母，可是下足了功夫，如今這功夫又用在婆婆身上，真是難為她了呢。
食材都是自己小廚房的，又有翠蓮監視，侯婉雲根本沒有動手腳的機會，所以都是乾淨的。顧晚晴拿著筷子在盤子裡撥了幾下，隨便挾起一塊嚐了嚐，笑咪咪道：「真是可口呢，雲兒的手藝太對我胃口了，平日廚房裡做的菜餚，我看了就沒胃口，可是雲兒做的菜，我一瞧就來了食慾。」
侯婉雲心裡嘀咕。妳分明就只吃了一口，哪裡有來了食慾的樣子？可是她不敢頂嘴，溫柔笑著道：「母親喜歡就好。雲兒還怕自己手藝笨拙呢。」
顧晚晴放下筷子，這惡毒女人做的東西，她吃一口都嫌噁心呢。
她笑著看著侯婉雲，似是徵求意見。「雲兒既然這般有心，我最近胃口不佳，可否請雲兒每日來為我料理膳食？」說罷，又嘆了口氣，有些訕訕道。「唉，瞧我說的，咱們家雲兒可是千金大小姐，怎麼好叫妳做這些粗活。」
婆婆胃口不好，媳婦若是擺架子不肯伺候婆婆飲食，那傳出去可是大大的不孝。在普通人家，媳婦給婆婆下廚是天經地義的；在高門富戶，雖說有專門的下人料理飲食，無須媳婦親自下廚，可若是婆婆說一句想吃媳婦煮的飯，那媳婦還真是不得不煮。
所以這差事，侯婉雲是推不掉了，她只能硬著頭皮假裝十分情願。「能給母親分憂，是媳婦的榮幸。」
顧晚晴擺擺手道：「妳身分金貴，這怎麼成？不行不行！」

侯婉雲道：「母親若是再推託，就是嫌棄媳婦了？」

翠蓮也跟著幫腔。「是啊，王妃，您瞧著世子妃是真心實意想給您下廚，您就答應了吧。您瞧世子妃急著，都快哭出來了。」

於是在侯婉雲和翠蓮齊力懇求下，顧晚晴勉為其難地答應了讓侯婉雲每日侍奉膳食的事。

而後顧晚晴要去左相夫人家赴宴，就打發侯婉雲回去了，侯婉雲黑著一張臉回了房，越想越生氣，明明就是那惡婆婆想刁難她，怎麼變成了自己哭喊求著給她下廚了？

相府，左相孫夫人一身珠光寶氣，出門迎了顧晚晴進屋。

孫夫人的寶貝女兒前些年嫁入姜家，生了姜家三兒子姜炎禮。如今顧晚晴嫁進了姜家，成了姜炎禮的繼母，孫夫人就是為了這個親外孫，也得對顧晚晴客客氣氣的。因此這些年，孫夫人與顧晚晴之間走動甚為頻繁。

如今孫夫人擺了家宴，邀請京城裡有頭有臉的貴婦人和未出閣的小姐。孫夫人比顧晚晴年長將近三十歲，卻保養得十分得宜，看著像三十出頭。

兩家既是親家，又因為顧晚晴溫柔大度，對膝下幾位繼子、繼女都寬厚仁愛，十分對孫夫人胃口，因此孫夫人對這位年輕的平親王妃喜歡得緊。

左相府有個院子叫碧波臺，是專門為孫夫人舉行宴會用的。碧波臺中間有個池子，還有專門的戲臺。顧晚晴對碧波臺輕車熟路，讓孫夫人拉著她的手，親親熱熱與她到主位坐下。

「今兒個的戲班子與旁的不同，晚晴，妳肯定沒瞧見過這種舞蹈。」孫夫人指著碧波池中的戲臺，得意洋洋道。「這可是從西域傳來的舞蹈，那舞者身輕如燕，舞起來似是飛起來一樣。」

顧晚晴知道孫夫人喜歡別人奉承她，就順著她的話笑道：「相府請來的戲班子，當然是不一般的，您哪次的宴會不是驚動京城，回頭就讓那些夫人、小姐們爭相模仿。」

顧晚晴這話不假，孫夫人的宴會赫赫有名，今兒個若是孫夫人的舞者畫著遠山眉，那明兒個全京城的貴婦就都會開始畫遠山眉。

孫夫人樂開了花，神神秘秘道：「今兒個與其他的都不一樣，妳且等著看吧。」

不一會兒，樂曲聲響起，幾個舞娘面覆輕紗，翩翩上臺，而後上來一美人，風姿綽約，身輕如燕，最令人稱奇的事，那美人一雙玉足竟十分玲瓏袖珍，能在小碗口一般大的金蓮上翩翩起舞，如同仙子。

「果真是極好！」顧晚晴不禁撫掌稱讚。

孫夫人得意笑道：「這舞蹈名叫飛燕舞，是從西域皇室流傳出的。妳瞧那舞娘，從小纏足，一雙玉足只有三寸，名叫三寸金蓮，走起路來搖曳生姿，十分好看。」

孫夫人揮手，叫那舞娘過來，顧晚晴瞧見她那一雙腳，用白布裹著，瞧著真真是小巧玲瓏。

「果真很特別呢。」顧晚晴喜道。

果不其然，孫夫人的宴會過後，這三寸金蓮就風靡了整個京城。眾多已婚女子，為了博得丈夫歡心，都開始纏足。

過了幾日，顧晚晴與姜恒、姜炎洲父子喝茶談心時，漫不經心提起此事，姜恒只淡淡笑了笑，表示對那三寸金蓮毫無興趣。姜炎洲則是有些好奇，驚奇女子的玉足竟能裹得如此纖細玲瓏。

對此，顧晚晴笑而不語，轉頭回了自己院子，就遣了翠蓮去左相府走一趟，向孫夫人借了幾個西域婆子來。

「母親，午膳準備好了。」侯婉雲擦了擦額頭的汗珠，端著盤子進了屋，恭敬說道。

顧晚晴笑著讓她將盤子放下，招呼她進了內室。侯婉雲一進內室，就瞧見幾個五大三粗的高鼻藍眼婆子並排站著。

「婉雲啊，過來坐著說話。」顧晚晴一把抓著侯婉雲的胳膊，將她拉到身旁坐下。

「我聽說最近京城風靡三寸金蓮，很多女子為了討丈夫歡心，都紛紛纏足。而恰好炎洲也喜歡，不如妳也纏足，正好討丈夫歡心，妳覺得如何？」

纏足？侯婉雲臉色煞白，吞了口口水。

她來自現代，自然知道纏足是怎麼回事。古代女子自小就開始纏足，吃了不知道多少苦，才能纏出一雙三寸金蓮。

如今她侯婉雲已經十幾歲了，骨頭早就定型，若要纏足，必是將她足部的骨頭全部打斷折在一起，然後固定住，等傷口長好，腳長成畸形，才算成了小腳，而且絕對不可能如三寸金蓮那麼小。

若是旁人叫她侯婉雲纏足，她自然是不會當成一回事，可是如今那幾個番邦婆子在側，惡婆婆手裡又拿著長長的裹足布，正笑意盈盈地瞧著自己。

依照侯婉雲對她的瞭解，她定然不會跟自己開玩笑，她是來真的！

這下侯婉雲嚇得臉失了血色，她可不想纏足，這簡直是酷刑！顧不得許多了，侯婉雲忙哀聲求饒。「雲兒知道母親是為了雲兒好，想替雲兒博得夫君歡心，可是雲兒年紀大了，不適合纏足啊！」

顧晚晴笑咪咪地擺擺手。「身為妻子，自然是要以夫君的喜好為喜好。炎洲都說喜歡三寸金蓮了，妳怎麼能不纏？母親也是為了妳好，妳且忍忍，傷筋動骨不過是三個月的事，再說了，昨兒劉大夫不是將那逍遙膏拿回來了嗎？妳若是疼痛難忍，就服用逍遙膏好了。畫兒那丫頭的頭疼是老毛病了，況且她哪裡有妳金貴？這逍遙膏如此珍貴，就留給妳纏足用好了。」

第十四章

翠蓮捧著個托盤進來，托盤裡放著精巧的鑲金盒子，盒子旁邊擺著精緻的鍍金煙槍。侯婉雲臉色煞白地看著翠蓮將托盤擺在桌子上。

翠蓮對顧晚晴道：「奴婢將逍遙膏取來了，世子妃可以用了。」

侯婉雲臉色白得像紙，她撲通一聲跪在顧晚晴腳邊，哭得楚楚可憐。「母親，媳婦每日要伺候母親飲食，若是纏足了便不能下地進廚房，不可纏足啊！」

顧晚晴深吸一口氣，侯婉雲就是靠裝可憐、扮乖巧的手段，博得嫡母、嫡姊的信任，而後踩著她們的血肉，一步一步往上爬。

當年她也是這麼無辜，笑得怯生生的，捧著母親最喜歡的桃子，柔聲柔氣地討好奉承。

如今她又是這般跪在地上，求得千迴百轉、繞人心腸。

只可惜，她求錯了人，顧晚晴恨不得吃她的肉、喝她的血、抽她的筋，再將她挫骨揚灰，以告慰母親在天之靈。

顧晚晴眉眼間帶著笑，一隻手攙扶著侯婉雲的胳膊。「可別動不動就跪著，讓旁人瞧了，還以為我虐待妳，傳出去讓人笑話咱們姜家呢。」

侯婉雲跪著不想起來，可是顧晚晴力氣大得嚇人，硬是將她拽了起來，按到椅子上坐著。

「我曉得纏足是有些疼的，不過咱們不是有逍遙膏嗎？莫怕。」

顧晚晴一手挑開鑲金盒子，瞧了一眼裡面深色的逍遙膏，眉毛一抬，盯著侯婉雲的肚子。

「婉雲啊，娘跟妳說句貼心話，妳房裡的事我聽聞了，炎洲連妳房裡都很少去，女人要是連丈夫的人都留不住，傳出去會教人笑話的。更重要的是，娘還想抱孫子呢，要知道不孝有三，無後為大，那些個庶子、庶女都不作數，得妳生下的嫡子才算，妳難不成想陷炎洲於不孝？娘也是替妳考慮，才叫妳纏足的。」

顧晚晴抬眼看著侯婉雲驚恐的眼神，笑得如沐春風。

「娘不是害妳啊，要知道在西域，都是親娘給女兒纏足，難不成她們都害自己親生女兒不成？人家越是疼女兒，就纏得越緊，這樣將來女兒出嫁了，才能得丈夫歡心。娘也是心疼妳，拿妳當親女兒一般，才會替妳著急。要不換了別家的婆婆，誰有那個心思關心媳婦受不受寵呢？」

侯婉雲嗚咽著。

縱使她拿出在娘家對付嫡母、嫡姊的手段，對這惡婆婆卻完全用不上。如今姜家後宅，這惡婆婆一人獨大，就連二房錢氏這兩年都甚少跟她對著幹，更別說自己這一個根基不穩的新媳婦了。

顧晚晴摸了摸侯婉雲的頭，如同慈母哄孩子一般。「痛不過是一時，可是甜頭是一輩子的，娘也是為了妳好，若是妳能收住丈夫的心，何至於如此呢？」

說罷，顧晚晴看了翠蓮一眼，翠蓮忙將逍遙膏裝好，點了煙斗遞給顧晚晴。顧晚晴拿著煙斗，笑咪咪地看著侯婉雲。「娘心疼妳怕疼，這不是連逍遙膏都給妳備好了？妳先用了，再纏足。」

侯婉雲渾身冒冷汗，厚厚的衣襟都濕透了。

她是真的怕了，不論是纏足還是吸鴉片，她都怕極了。

這鴉片她本想給畫兒用的，一來是讓腹中孩子流產，就算不流產，生出來肯定也是畸形；二來畫兒吸食了鴉片，一旦停用，就會生不如死。這逍遙膏極為珍貴，價值堪比黃金，就算畫兒再得寵，充其量不過是個妾室，不可能有那麼多銀子長期供她服食，到時候她只能聽命於侯婉雲，否則一旦毒癮發作，將生不如死，那時畫兒就成了她的傀儡，絕對不敢違抗她的命令。

可如今，這精緻的煙斗卻被捧到自己眼前，而那捧著煙斗的人，笑得比她親娘還慈愛。侯婉雲止不住渾身顫抖，她知道絕不能碰那逍遙膏，哪怕就是再疼，她也得忍著。

顧晚晴瞧著侯婉雲，見她看著逍遙膏的神情，如同瞧見了洪水猛獸。

她心裡冷笑，看來這逍遙膏確實有問題，不然侯婉雲不會連碰都不敢碰，這般歹毒的東西！那日姜惠茹離開侯婉雲院子後，顧晚晴隨後得知姜惠茹說漏了嘴，將畫兒身懷男胎之事說給侯婉雲知道，顧晚晴就篤定，侯婉雲肯定不會放過畫兒肚子裡的孩子。

如今姜炎洲房裡有兩個丫鬟都懷了身子，姜恒又待她不薄，自然會替姜家著想，若是不先收拾了這毒婦，恐怕這兩個孩子連出生的機會也沒有。

顧晚晴已經私下囑咐過薔薇，千萬小心看著小音音。

薔薇是她帶來的陪嫁丫鬟，她可以提點薔薇，可是琴棋書畫四個丫頭畢竟與她隔著一層，她不好明言，除了安排自己的人照顧她們飲食起居，不讓侯婉雲鑽空子，其餘一切都得看她們的造化了。

侯婉雲顫抖著手接過煙斗，眼淚啪嗒啪嗒地掉了下來，顧晚晴替她拭去眼淚，語調憐惜。「這逍遙膏可是千金難求的好東西，這可是妳買回來給畫兒服用的，連懷了身子的人都能用，又不是毒藥，能害妳不成？哭什麼，快用了吧。」

顧晚晴一邊說，一邊親自為她點煙。「瞧瞧，妳這金貴的，連火都得娘給妳點。唉，娘也是疼妳，將妳看做親閨女，不然就是金山、銀山送給我，我也不伺候她點火呢。」

翠蓮在一旁附和道：「就是就是，世子妃真是好福氣，得了這麼好的婆母，真是比親母女還親！」

顧晚晴點好了煙斗，親自將煙嘴往侯婉雲嘴裡送，跟哄孩子吃飯似的，喃喃道：「乖雲兒，用了吧，吸一口這逍遙膏，就什麼痛苦都沒了。」

侯婉雲驚恐地瞪大眼，把頭扭到一邊，避開顧晚晴餵來的煙斗。

可她將頭扭到左邊，顧晚晴就將煙嘴遞到左邊，她將頭扭到右邊，顧晚晴就跟著遞到右邊，如此往來幾番，顧晚晴眉頭皺了起來。「雲兒，妳這是什麼意思？娘伺候著妳，妳還嫌棄娘伺候得不好，故意讓娘下不了臺？」

侯婉雲急忙跪下磕頭。「母親明鑑，媳婦絕對沒有這個意思，只是……」侯婉雲眼睛一轉，瞥見自己的心腹丫鬟巧杏巴在門口，眼巴巴地往裡頭瞅著，侯婉雲對巧杏使了個眼色，用唇語道。「快去找公公來救我！」

如今這姜家，能壓惡婆婆一頭的，恐怕只有公公了。侯婉雲與公公只見過一面，那一次公公對她的態度和氣，但分寸拿捏得恰到好處。侯婉雲雖然摸不準公公的態度，可是如今她唯有這一條路可走，自己只能拖延時間，等巧杏搬救兵。

巧杏點點頭，轉身就朝院子外頭跑去。待翠蓮瞧見巧杏想要去攔的時候，巧杏已經跑得沒影了。

顧晚晴瞧著巧杏的背影，眉頭微微皺了起來。她今兒個是打定主意要讓侯婉雲三個月下不了地，好讓那兩個即將出生的孫輩平安出生，如今巧杏去找姜恒，顧晚晴摸不準姜恒對侯婉雲的態度，並不清楚姜恒來了會有何看法。她本想著先斬後奏，到時候姜恒再不樂意也沒辦法，畢竟木已成舟。

雖說她與姜恒夫妻情分深厚，姜恒也待自己不薄，可是比起殺母之仇，顧晚晴心裡那一桿秤，是不可能端平的……

這會兒姜恒已經下朝，正在書房裡處理公務。
巧杏認準了書房的方向拚命跑，跑著跑著，巧杏的腳步慢了下來。她轉頭看向一處樓閣，那是姜家庫房。巧杏從庫房門口跑過，依稀能聽見裡頭的說話聲，一個熟悉的聲音傳來，讓巧杏心頭震了一下。
庫房轉角一個熟悉的背影一閃而過，拐進一間小房子裡。巧杏瞧著那背影出神，眼淚止不住地往下流。
兩年了，她長高了，卻更瘦了。
而後一個粗聲粗氣的男聲喝道：「柳月，妳這蠢腦袋，又將東西點錯了！」
巧杏趕忙擦了淚，縮了縮腦袋躲在門口，朝裡頭偷看。只見一個賊眉鼠眼的中年男子一把揪住柳月的頭髮，一邊扯一邊罵。「妳說我養著妳這臭婆娘有什麼用？都幾年了，連個蛋都下不了，做事還笨手笨腳的，每天不知道在想什麼！這次又出錯了，幸虧我發現了，不然回頭讓王妃知道了，還得罰我！」
柳月吃痛，卻不敢還嘴，只唯唯諾諾跟著那男人進去，那男人嘴裡罵罵咧咧的，又在她肚子上踹了幾腳才甘休。
巧杏不敢再待，捂著嘴跑了出來。
她只知道侯婉雲跟她說，那周帳房雖然妻妾多，但是對自己妹妹是疼愛頗多，可是如今親眼所見，卻見妹妹竟是這般光景，不禁心如刀絞。

巧杏哭著跑著，到了書房院子外。她剛要踏進院子，忽然猶豫了，停了停腳步，腦海裡都是妹妹的慘狀。

碧媛瞧見門口徘徊了個人，連忙出來，認出是世子妃身旁的大丫鬟巧杏，又見巧杏哭紅了眼，趕緊上前拉著她的手。「這是巧杏妹妹吧，怎麼站在院子口哭呢？快別哭了，進屋子說。」

巧杏被碧媛拉著進了屋子，咬著牙，猶豫著要不要稟告姜恒。她知道王妃那邊逼得緊，侯婉雲拖延不了多少時間，她只需要拖著點，晚些找了姜恒過去，到時候若是趕不上救她，那也怪不得自己。

碧媛瞧巧杏猶猶豫豫，端了杯茶給她。世子妃房裡的丫鬟難得走動，自然不會沒事話家常，肯定是無事不登三寶殿。碧媛淺笑瞧著巧杏，等她開口。

巧杏心裡如同百爪撓心，侯婉雲毀了她妹妹的終身幸福，她早就恨侯婉雲恨得牙癢癢，私心裡，她很希望借著王妃的手整治侯婉雲。若王妃真的與侯婉雲水火不容，那麼她也是可以私下投靠王妃的。畢竟現在顧晚晴才是姜家主母，只需要她一句話，周帳房就得放人，妹妹就可以重獲自由之身。

巧杏自信，作為侯婉雲的心腹大丫鬟，自己去投靠王妃，還是有些資本的，畢竟她知道太多侯婉雲見不得光的事。

巧杏思量一番，也不那麼急躁了，喝了幾口茶，壓壓驚，而後擦了把臉，掐算著時間，猜測此刻已經收拾了自家小姐，這才開口道：「碧媛姊姊，我有要緊事稟告王爺。」

碧媛笑了，這巧杏又是喝茶又是擦臉的，怎麼都瞧不出這事有多要緊，於是笑了笑，道：「好妹妹，妳先坐著，我進去通報一聲。」

巧杏應了一聲，坐下喝茶。

碧媛瞧了她一眼，掀了簾子進去。

書房裡，姜恒坐在書案前看公文，錦煙則坐在窗臺，面前放著一杯茶，手裡捏著一塊玉珮，心思不知飄到了哪裡。

碧媛朝姜恒行禮。「王爺，世子妃房裡的丫鬟巧杏在外頭，說是有要緊事稟告王爺。」

姜恒微微抬頭側目，媳婦房裡的丫鬟來找自己做什麼？錦煙的心思也一下子收了回來，目光看向碧媛。

「是什麼要緊事？」姜恒放下手裡的書問道。

碧媛笑道：「奴婢也不知是什麼事。只是……只是那丫頭嘴裡說著是要緊的事，奴婢瞧著她卻是不疾不徐。許是世子妃房裡的丫鬟都穩重，不像尋常毛丫頭那般急躁吧。」

姜恒若有所思地點點頭。「叫那丫鬟進來。」

碧媛轉身出去，領了巧杏進來。巧杏見到姜恒，急忙跪下。「王爺，王妃這會兒要給世子妃纏足，請王爺過去瞧瞧。」

纏足？姜恒挑眉，前幾日才聽妻子提過纏足的事，怎麼今天就要給兒媳婦纏足了？又低頭瞧著巧杏，見她雖然髮絲有些凌亂，雖因為奔跑身上沾了塵土，不過卻氣定神閒，甚至隱隱有點幸災樂禍的味道。

「妳是世子妃的陪嫁丫鬟？伺候幾年了？」姜恒問。

巧杏心裡一驚，想不出為何王爺會問這八竿子打不著的問題，她老實回答道：「回王爺的話，奴婢正是世子妃的陪嫁丫鬟，自小就伺候著世子妃，有七、八年了。」

伺候七、八年的貼身丫鬟，遇到主子被人強迫纏足，搬救兵竟然搬得這麼不緊不慢，怎麼瞧著這丫鬟都不是真心想救她家主子……姜恒瞧著巧杏的神色，心中有了計較。「走吧，我去瞧瞧。」

幾個番邦婆子，七手八腳地將侯婉雲的鞋襪脫了下來，將她按在床上。幾張桌椅散落在地上，都是被侯婉雲掙扎時候踹翻的，還有那盒珍貴的逍遙膏也差點被踢到地上，幸虧被翠蓮眼明手快接著了。

顧晚晴四平八穩地坐著，瞧著侯婉雲那副可憐巴巴的樣子，端起茶杯，雲淡風輕地吹了吹茶，對幾個婆子道：「這可是給姜家世子妃纏足，妳們可得小心伺候，別一次纏得不好，還得再纏第二次。」

幾個婆子齊聲道：「是，奴婢定會將世子妃的腳纏得妥貼。」

侯婉雲感覺自己的腳被捉了起來，而後一雙粗糙的大手在腳上摸索了幾下，驚得她大喊：「妳別碰我！」

那個「我」字剛喊出口一半，就聽見「喀嚓」一聲脆響，一陣撕心裂肺的疼痛從腳趾傳來，她右腳的五個腳趾頭，就這麼生生被折斷了，而後被握著扣在了腳底板上。

侯婉雲痛得臉色發白，直翻白眼。一個番邦婆子掐著她的人中。「奴婢請世子妃再忍忍，馬上就好。」

侯婉雲只覺得一陣比一陣強烈的劇痛從右腳傳來，她疼得渾身都被汗水浸透了，恨不得昏死過去，可是那天殺的番邦婆子卻一直掐她人中，讓她不能昏睡，還有那該死的婆婆，還在她耳邊輕飄飄地說：「婉雲啊，逍遙膏可在這兒呢，妳要是受不住可別硬撐，咱們姜家有的是銀子，別捨不得那點藥錢，委屈了自己。畫兒那丫頭若是知道逍遙膏給妳用了，想必也不會計較的。」

侯婉雲只恨自己手無縛雞之力，否則一定會撲過去，將那惡婆婆生吞活剝了。右腳的骨頭被折斷，又窩成一團，而後被裹腳布緊緊纏著，侯婉雲感覺自己彷彿死過一般，從地獄裡走了一遭。

接著那番邦婆子道：「稟王妃，右腳已經纏好了。」

顧晚晴冷笑地看著侯婉雲，都痛成這樣了，居然還不肯碰那逍遙膏，看來那藥膏真真是一點也不能碰的。幸虧自己多了個心眼，否則畫兒和孩子就保不住了。

顧晚晴滿意地點點頭。「還有左腳呢，繼續纏吧。」

「是。」

侯婉雲頓時恨不得自己當時跟長姊一道死了算了，也好過在這兒活受罪。

幾個婆子將侯婉雲用力壓在床上，捉住她的左腳，侯婉雲哭得聲嘶力竭。「母親，不要啊！好疼！」

顧晚晴充耳不聞，揮揮手道：「纏吧。」

幾個婆子剛要下手，就聽見門口一人厲聲喝道：「妳們在做什麼?!快住手！」

顧晚晴眉頭皺了起來，轉頭起身，看向門口。就見錦煙面色蒼白，衝了過來，將幾個婆子扯開，像母雞護小雞般擋在侯婉雲身前，盯著顧晚晴，臉色凝重。

侯婉雲一見到有人為自己出頭，也不管三七二十一，直往錦煙身後一藏，哭了起來。

「錦煙姑娘，妳這是做什麼？」顧晚晴盯著錦煙，又瞧了瞧縮在她身後的侯婉雲，神色複雜——這兩個人是什麼時候搭上的？

錦煙揚起下巴，毫不示弱地與顧晚晴對視。「我斗膽問問王妃，您又是在做什麼？」

顧晚晴嘴角輕輕上揚，抿著嘴唇看錦煙，她們素日裡井水不犯河水，如今自己教訓媳婦，這是家事，輪不到她錦煙來管。

「這是我的家事，錦煙姑娘無須過問。」顧晚晴不管錦煙是什麼身分，也不管錦煙在姜恒心中是何分量，她顧晚晴才是姜家主母。今日之事，錦煙插手，就是逾越了本分。

侯婉雲咬著唇，瞧著屋裡的氣氛變得詭異起來。

她能感覺到錦煙是站在自己一邊的，雖然她與錦煙並無交情，甚至連面都沒見過幾回，不過在這種時候，既然有人願意替自己出頭，自然是抓緊這根救命稻草。

「嗚嗚……錦煙姑娘……」侯婉雲哭得一雙眼睛腫似核桃。

錦煙回頭，瞧著她被裹著的小腳，眉頭擰了起來。

錦煙並非毫無見識的女子，她知道三寸金蓮是怎麼回事，也知道像侯婉雲這個年紀的女子，再纏足，簡直就是受刑。瞧著眼前這楚楚可憐的女子，錦煙憐惜地握住侯婉雲的手。

「莫怕。」

侯婉雲哽咽著點點頭，身子縮成一團。錦煙瞧她那副無助的模樣，更加同情她。錦煙與顧晚晴同在姜家幾年，這幾年顧晚晴一直待人和善，除了管家奪權之事手段狠了點，其餘時候也不見她用狠手段，可是如今，這新媳婦進門，顧晚晴對她的態度，錦煙卻看不透了。

錦煙轉頭，對上顧晚晴的眼，顧晚晴眼裡透著決絕，甚至含著凜冽的殺意，讓她心裡動搖了一瞬。可是錦煙低下頭，一隻手攥住腰間的玉珮，腦海裡浮現出那魂牽夢縈的眉眼，於是又重新抬頭，堅定了心志——無論如何，她都要護著侯婉雲，畢竟，她是他的妹妹。

屋裡兩個女人僵持著，翠蓮瞧著，大氣都不敢出一聲，一轉頭瞧見門外巧杏同姜恒來了，翠蓮心跳得都快蹦出嗓子眼了，忙進去在顧晚晴耳邊悄悄道：「王爺來了。」

顧晚晴和錦煙同時轉頭，看見姜恒從門外進來，臉上的神色任她們兩個是這般熟悉他的人，也看不出一點喜怒。巧杏也悄悄隨著姜恒進了門，立在不起眼的拐角，垂頭站著。

侯婉雲見救星來了，嗚咽著要從床上下來給姜恒行禮。姜恒站在顧晚晴身旁，眼神淡淡的，錦煙卻看不下去了，一把將侯婉雲按在床上。「妳都這樣了，還行什麼禮，好好躺著。」

「晚晴，妳給媳婦纏了足？」姜恒瞧著身旁的小妻子，她側身對著自己，脊梁挺得筆直，明明是柔和溫柔的容貌，卻帶著不知哪來的倔強和堅毅。姜恒瞧著，話到嘴邊不知不覺地軟了。

「是。」顧晚晴抬頭看著他，坦坦蕩蕩。

「是妳叫她纏的，還是她自己願意纏的？」

滿屋子的人目光都集中在顧晚晴身上，就連錦煙也死死盯著她，若是她承認是自己強迫兒媳婦纏足，那麼刻薄媳婦的名頭鐵定跑不掉了。

翠蓮絞著帕子，心裡著急得要死。

顧晚晴卻輕輕笑了笑，轉頭指著侯婉雲。「我說了不作數，你問她便知她是否自願。雲兒，妳來告訴妳父親，是娘強迫妳纏足，還是妳自個兒願意的？」

翠蓮聽了，不可置信地瞪大眼睛，王妃怎麼不為自己辯解？若是讓侯婉雲先告狀，還不知道她會說成什麼樣呢！

錦煙也一臉不可思議地看著顧晚晴，可門口的巧杏卻低著頭，撇了撇嘴——旁人不瞭解侯婉雲的性子，她巧杏能不瞭解嗎？論委曲求全、偽裝作戲，若是侯婉雲認了第二，那天下間可就無人敢當第一。

侯婉雲咬著嘴唇，心裡恨不得將顧晚晴活埋了。本來公公來了，質問那惡婆婆，本等著看她怎麼跟公公交代呢，沒想到她居然把這燙手山芋丟給自己。

若告她一狀，可公公是出了名的護短，上次就為了護住妻子的名聲，連朝都不去上了，這次會不會站在自己這邊還不一定呢。退一步講，就算公公替自己出頭，又有什麼用？人家夫妻如膠似漆，床頭吵、床尾和，說不定過幾天就和好如初了，而自己的腳卻已經變成這樣，說什麼也變不回來了。

若是不告她，自己又吞不下這口惡氣……可是吞不下有什麼用？婆婆不但是平親王妃，還封了誥命夫人，自己勢單力薄，在夫家沒有任何根基，只有一個身分不明的錦煙替自己出頭，也不知道那錦煙存的什麼心思，自己拿什麼跟婆婆鬥？

為今之計，只有忍耐忍耐再忍耐。「父親，是雲兒自願的，雲兒聽說夫君喜歡三寸金蓮，才求了母親去尋了人為雲兒纏足……」

侯婉雲將那副委委屈屈的受氣小媳婦神態演繹得淋漓盡致，她相信只要姜恒不是傻子，定能看出她是迫不得已替婆婆圓謊。

顧晚晴瞧著侯婉雲那惺惺作態的架勢，好一個被惡婆婆虐待卻識大體的孝順媳婦。不過她最喜歡侯婉雲的「孝順」，瞧著侯婉雲被她自己編織的那張名叫「孝順」的網，勒得越來越緊，越「孝順」顧晚晴就越開心。

錦煙一聽，吃驚得皺起眉頭。不過隨後她就想明白了，定是侯婉雲不想因為自己而令公婆不和，所以才替婆婆遮掩。錦煙瞧著侯婉雲的神色，就又帶了幾分憐惜。

顧晚晴將錦煙的神色盡收眼底，心裡帶了分嘲諷的笑。錦煙啊錦煙，就如同當年的自己一般，被她這純良無害的表演騙了。

可是姜恒的神色，倒讓顧晚晴摸不透了。他既沒有表示出對自己強迫媳婦的不滿，也沒有護著媳婦的意思，甚至有些置身事外，頗像個看客。

顧晚晴嘆了口氣，這當朝第一權臣的心思，有誰能摸得透呢？與其費心猜測，不如省省力氣好了。

姜恒頓了半晌，點點頭。「難為妳有這份心了。」而後轉身拿起桌子上的逍遙膏，問顧晚晴：「這是什麼？」

顧晚晴道：「這是千金難求的『逍遙膏』，是婉雲特地買來治畫兒的頭疼的。我怕婉雲纏足疼痛，就取來打算讓她用著，可是這孩子硬是不肯用，還差點將逍遙膏踢到了地上。方才纏足，就生生忍著，真是難為她了。」

「哦？是嗎？」姜恒捏著逍遙膏，若有所思地看著侯婉雲。「我瞧妳只纏了一隻足，若是疼，就用些逍遙膏，莫要強忍。」

侯婉雲咬著牙。「雲兒能忍得住，這些還是留著給畫兒妹妹用吧。畫兒妹妹懷著身子，身體要緊。」

姜恒道：「這逍遙膏雖然珍貴，但對於姜家也不是什麼難弄的東西，不必為畫兒留著。」

侯婉雲淚眼盈盈。「這是雲兒對畫兒妹妹的一片心意，望父親成全。」

姜恒面上終於浮上了淡淡笑意，他放下逍遙膏的盒子。「既然妳堅持如此，那就由妳吧。晚晴，妳們繼續將另一隻腳纏好吧，錦煙，同我回書房去。」

什麼?!這就要走了？侯婉雲望著姜恒的背影傻了眼，他就這麼、這麼走了？他難不成看不出來纏足並非自己本意嗎？

顧晚晴瞧著丈夫的背影，笑意浮上眼底。

他確實就這麼走了，這算是默許了嗎？

錦煙咬著嘴唇，看著姜恒離去的背影，又轉頭看了看無助的侯婉雲。她雖然想護著侯婉雲，可是在姜家，最後拍板說話的，永遠只有姜恒一人。素日裡姜恒雖然對她諸多縱容，可是今日之事態度鮮明，以錦煙對姜恒的瞭解，她知道他心意已定，根本沒有轉圜的餘地，況且侯婉雲已經纏了一隻足，木已成舟。

於是錦煙轉身，憐惜地拍了拍侯婉雲的手，一言不發地跟著姜恒離開了。

侯婉雲看著那兩根救命稻草消失在視線中，再回頭看了看那惡婆婆，見她似笑非笑地盯著自己，腦海裡浮現出小黑屋裡的容嬤嬤拿著針「伺候」夏紫薇的場景，身子不可抑制地顫抖起來。

巧杏眼瞅著這情況，也腳底抹油地開溜了。

於是屋裡就只餘下顧晚晴、侯婉雲、翠蓮，還有那幾個番邦婆子。

顧晚晴拿帕子擦了擦眼角，坐在侯婉雲面前的椅子上，撇了撇嘴角。「婉雲啊，為娘可是為了妳好，妳不領情就罷了，還去請妳父親來，妳這是存心教我沒臉面嗎？」

侯婉雲瞧著婆婆的臉色，吞了吞口水，這下可是實實在在將她得罪了，也不知道她會怎麼折磨自己，不過橫豎也就是再忍忍，將另一隻足也纏了。只要不服食那逍遙膏，她一咬牙忍了過去，若是真的能靠三寸金蓮博得丈夫寵愛，也不算太虧。

顧晚晴瞧她那畏畏縮縮的樣子，撫了撫衣角，嘆了口氣。「唉，可惜妳娘我是個性子軟的，最見不得人求情。瞧妳都將妳父親請來了，看樣子是真的不想纏足，那麼為娘也就不好再強迫妳，省得妳將我記恨上了，弄得婆媳不和、家宅不寧的，教旁人看了笑話。」

說罷，擺了擺手，對翠蓮道：「翠蓮，將幾位嬤嬤送回左相府裡，替我跟左相夫人說一聲，多謝她借我這幾個婆子，過幾日我去府上親自登門道謝。」

翠蓮瞥了一眼侯婉雲那一大一小的兩隻腳，心想主子真是別出心裁，哪有纏足只纏一隻的？差點噗哧一聲笑出來，忙福身道：「是，奴婢這就去辦。」而後領著幾個番邦婆子出去了。

這下侯婉雲又傻了眼，這怎麼就……不纏了？

「母親……」侯婉雲吞了吞口水，這纏一隻足像什麼話啊！右腳已經纏了的足，是絕對不可能恢復原狀了，以後教她怎麼出去見人？

「哦，又怎麼了？」顧晚晴有些不耐煩地看著侯婉雲。

侯婉雲帶著哭腔道：「母親，這足只纏了一隻，可怎生是好？」

「哎呦我的小祖宗！」顧晚晴皺著眉頭瞅著侯婉雲。

「為了幫妳爭寵，我這做娘的可是拉下臉面，去左相夫人那請了最好的纏足婆子給妳纏足，妳不但不領情，還告了我一狀；如今妳說不纏了，那好，咱就不纏了，妳還是不滿意！妳到底要怎麼樣才滿意？瞧著我伺候妳，就跟伺候祖宗似的。妳說妳當媳婦的，不孝順公婆、伺候丈夫，整日裡無事生非，挑撥離間，妳到底安的什麼心？」

侯婉雲被她說得欲哭無淚，真想搧她一巴掌！

可惜侯婉雲畢竟是侯婉雲，骨子裡的性子是改不掉的。她吸了吸鼻子，澀然道：「母親教訓得是，都是雲兒的錯。只是雲兒從未想過挑撥母親與父親的關係，想必是那丫鬟自作主張請了父親來，雲兒絕無那個心思。」

「丫鬟自作主張？都是丫鬟的錯？妳怎麼不說都是時辰的錯呢？」顧晚晴呸了一聲，厭惡道：「無理還要狡辯三分，哪天讓妳得了理，還不翻天了？還不快滾出去，杵在這裡礙眼！是想氣死我嗎？真是養不熟的白眼狼！」

顧晚晴連罰帶罵，氣順了三分。侯婉雲嚶嚶哭著從床上下來，這會兒她的丫鬟都被趕走了，也無人扶著她，她就跛著腳一瘸一拐地往門口走。那隻剛纏好的足，由於骨頭都被擠碎變形了，一挨著地，疼得她臉都扭曲變形了，顧晚晴只當沒看見。

侯婉雲剛走了幾步，就聽見門口哎呦一聲，一個穿著寶藍色裙子的婦人走了進來，正是二房錢氏。

錢氏進了屋子，先是笑呵呵對大嫂行禮，然後驚奇地瞅著侯婉雲，目光落在她的腳上。

「哎呀，侄媳婦，妳這腳……是怎麼回事啊？」

侯婉雲臉上又青又紫，這不是哪壺不開提哪壺嘛！但只能低著頭道：「侄媳給二嬸請安。」

錢氏捂著嘴笑道：「咱們家雲兒為了取悅夫君，還真是有心了。」

「哎呀，大嫂，這是怎麼了?!」姜惠茹匆匆從院門口走進來。她是隨錢氏一道來的。前陣子顧晚晴許諾的波斯貓送到了，姜惠茹得了貓兒非常高興，拉著她娘來跟顧晚晴道謝，此時一隻漂亮的純白波斯貓正躺在姜惠茹懷裡。

姜惠茹溫厚善良，她也聽說侯婉雲纏足的事了。此時見她跛著腳往外頭走，身旁也沒個伺候的人，就趕忙上前要扶著侯婉雲。

侯婉雲一見姜惠茹來扶自己，本想讓她幫扶著出了婆婆院子，好讓自己的丫鬟來接手，可是姜惠茹一走近，侯婉雲才看見，她懷裡竟然有一隻貓！

「大嫂，我來扶著妳。」姜惠茹攙扶著侯婉雲的胳膊，可侯婉雲的身子竟然瞬間僵硬起來。

「大嫂，妳沒事吧？」姜惠茹怕侯婉雲摔倒，身體貼近了她，想要給她做個支撐。

侯婉雲站直了身子，好離姜惠茹懷裡的貓兒遠一點，半閉著眼，掩飾著眼裡的厭惡。

侯婉雲討厭貓，準確地說，是憎恨。

姜惠茹一手扶著侯婉雲，一手抱著貓，她懷裡的貓兒喵喵叫了一聲。姜惠茹笑著看了看懷中的貓。「大嫂，這是大伯母送我的貓兒，妳瞧牠多可愛。」

侯婉雲強壓著厭惡，看了看那貓兒，言不由衷道：「瞧著是很可愛。惠茹，我這腳疼得厲害，還是快些回去吧。」

姜惠茹點了點頭，對屋裡兩個長輩道：「母親、大伯母，惠茹先送大嫂回去，一會兒來說話。」

而後攙著侯婉雲往外走，讓院門口的小丫鬟去請了軟轎來，抬著侯婉雲。姜惠茹一來是不放心大嫂，二來是思念歸還了的元寶，她很想元寶，就一併跟著去了。

第十五章

回了侯婉雲屋子，幾個丫鬟趕忙伺候她躺上床。

姜惠茹抱著貓兒，坐在床邊，關切道：「大嫂，惠茹聽說纏足很疼的，不過纏好了就很好看，妳若是疼得厲害，乾脆請大夫來瞧瞧？」

侯婉雲搖搖頭，她自己就是學醫的，這腳的損傷程度，就算是放在現代也無法恢復，更別說古代這麼落後的醫療條件了，叫大夫來無非是開些湯藥而已。

趁著兩人說話的工夫，姜惠茹懷裡的波斯貓爬到了床上。小貓不過三個月大，對什麼都新鮮好奇，到處爬來爬去。

姜惠茹樂呵呵地瞧著小貓。「大嫂莫擔心，這貓兒乾淨得很，不會弄髒被褥的。我聽牠整日喵喵叫，就給牠取了名字叫『喵兒』。」

侯婉雲瞧著那小貓，渾身的雞皮疙瘩都起來了。侯婉雲對貓的厭惡，要追溯到她在現代的時候。

在現代時，侯婉雲可謂身世坎坷。她的生父人長得英俊瀟灑，又是全國最頂尖醫學院的高材生，畢業後到高級私人醫院工作，勾搭上院長的女兒，可惜她父親不是個安分的，他仗著岳父家的勢力當上了主任，卻趁著妻子懷孕，和一個小護士勾搭上了，還搞大了小護士的肚子。

這個小護士，就是侯婉雲現代的生母。侯婉雲的生父一直許諾，等小護士生了孩子，就離婚娶她，小護士信以為真，就替他生下一個女兒，取名曲小婷，也就是侯婉雲的前世。

曲小婷出生後，小護士吵著要上位，生父卻為了前途，不敢公開小三和私生女的事，一直瞞著妻子一家。

曲小婷以私生女的身分長大，一直替母親謀劃著上位，甚至盤算著將來自己可以繼承生父岳父家的醫院，所以雖然不喜歡醫科，卻還是學了醫。

可惜人算不如天算，小三委屈了十幾年，始終上位失敗，一氣之下，氣得腦中風，半身不遂地躺在床上，只能歪著腦袋流口水，生活完全不能自理。而小三之事敗露，曲小婷生父一看情況不對，在妻子和岳父面前跪地痛哭，保證不會跟小三和私生女有任何來往。

曲小婷不但母親病重，父親也對她不聞不問，連經濟來源也斷了。恰逢此時，曲小婷在網上找了個見不得光的工作，就是拍攝一些獵奇的影片，放在網上，她本人就可以拿到豐厚的報酬。

曲小婷接下的工作內容就是——虐貓。她必須以殘忍的手段將貓弄死，並且拍下整個過程。

於是網上開始流傳出一段蒙面女子，穿著高跟鞋將小貓踩死的影片。此影片一經放出，就被轉載上萬次，人們紛紛譴責女子的殘忍。視頻轉載越多，廣告點擊越多，曲小婷得到的報酬就越豐厚，所以在金錢的驅使下，曲小婷拍攝了更多虐貓影片，其手法不斷翻新，五花八門，極盡殘忍。

接著許多動保人士開始人肉搜索，曲小婷被找了出來，那天她剛弄來兩隻小貓，正打算在家裡拍影片，就被憤怒的網友們找上門，堵在屋裡。

曲小婷情急之下，抱著小貓從二樓跳下逃跑。那些網友也跟著追了過去，曲小婷跑著跑著，橫越一條馬路，就在她快要跑到對街時，懷裡那兩隻小貓突然發出淒厲的尖叫，然後狠狠在曲小婷手上咬了一口。

曲小婷吃痛，一個停頓，被迎面駛來的砂石車撞倒在地，當場死亡。

曲小婷就這麼被貓咬了口，被撞死了，而後她穿越到了古代，成了侯府的庶女侯婉雲。

由於前世的經歷，她對貓兒異常痛恨，認為是貓害死了自己，再加上前世虐貓虐得太多了，這一世又活得如此憋屈，滿胸的惡氣發洩不出，如今瞧見那隻四處爬著的小貓，侯婉雲便覺得一定要踩死牠才舒坦。

姜惠茹滿心歡喜地逗弄著喵兒，絲毫沒有察覺大嫂看著喵兒的眼神充滿了血腥。

姑嫂關係，是婆媳關係之外的另一大難題。

侯婉雲很不走運地有一個處處針對她的婆婆，所以她知道不能再多一個和自己對著幹的大姑。

所以侯婉雲收起眼中嗜血的慾望，溫溫柔柔地摸了摸喵兒的腦袋，笑著對姜惠茹道：

「這貓兒長得真教人喜歡。」

姜惠茹一見大嫂也喜歡喵兒，高興得捧著喵兒湊過去，輕輕捏了捏喵兒的耳朵，喵兒舒服地叫了一聲，伸出粉紅色小舌頭在姜惠茹手指上舔了舔。姜惠茹格格笑著，抱起喵兒放在侯婉雲手中，四處張望。「元寶呢？怎麼不見元寶？」

侯婉雲手指一碰到喵兒，就渾身抑制不住的哆嗦，她努力壓抑住想捏死喵兒的衝動，隨即又聽見姜惠茹要找元寶，她眉頭皺了起來，姜惠茹不是有喵兒了，怎麼還惦記著元寶？

元寶的小窩被安置在侯婉雲屋裡一角，是個用竹籃子編織成的小窩，裡頭鋪著軟綿綿的墊子。此時元寶正躺在小窩裡睡懶覺，聽見姜惠茹呼喚，豎起耳朵，兩隻前爪支撐著身體立起來。

元寶從窩裡探出頭來瞧見了姜惠茹，蹭地一下跳了出去，躥進了姜惠茹的懷裡，兩隻爪子在姜惠茹胸前直撲騰，肉乎乎的小身子拱來拱去，只留下小屁股翹得老高，尾巴一甩一甩。

「嘿，乖元寶！」姜惠茹好幾日沒見元寶，雖然有喵兒作伴，可還是惦記著這小傢伙。她抱著元寶，一手從侯婉雲手中小心地捧起喵兒，對元寶道：「瞧，我給你添了個玩伴。喵兒還小，元寶你莫要欺負牠。」

姜惠茹將兩個小傢伙一起抱在懷裡，喵兒活潑好動，顯然對元寶很感興趣，小屁股一挪一挪地靠近元寶。元寶斜著眼睛瞧著那小雪團，身子往後縮了縮。喵兒朝元寶喵喵叫了一聲，又挪了過去，直到將元寶擠到再沒有後退的地方。喵兒好奇地伸出爪子，在元寶脖子上撥弄了幾下，元寶很無奈地瞧著那隻小貓用爪子抓亂了自己好不容易梳理好的皮毛。

「喵！」喵兒顯然對元寶無視自己感到很不滿，叫了一聲表示抗議。元寶拍掉喵兒亂摸的爪子，一把將喵兒攬進懷裡，伸出爪子梳理著喵兒肚子上的毛——這是在侯家的時候，侯婉心經常幫元寶做的事。

喵兒顯然很受用，翻了個身，躺在元寶懷裡，舒服地瞇著眼，享受元寶的伺候。元寶瞧著喵兒那懶洋洋的樣子，無奈到了頂點。

好歹牠元寶也是堂堂青丘國國君的兒子，雖然是個神妖混血，法力不似父親那般高強，不過元寶可是堂堂的青丘國小王子，如今竟然紆尊降貴給一隻笨貓抓癢癢。元寶翻了個白眼，若不是看在姜惠茹的面子上，牠才懶得理那笨貓呢。

喵兒是個自來熟，絲毫不被元寶的白眼所影響，一個勁兒往牠懷裡鑽。姜惠茹看著懷裡的元寶和喵兒，笑得眉眼都舒展開了。

侯婉雲在旁邊瞧著元寶和姜惠茹的親熱勁兒，心裡別提有多酸了。

自從侯婉雲嫁到姜家之後，她就發現自己的隨身空間慢慢產生了變化。原先的空間只是個額外的儲物室，並沒有多餘功能，可是現在她居然發現空間變得開闊了起來，除了原先的儲物室之外，又多了一層額外的空間，只是那第二層空間如今還是霧濛濛的一片，所以這層空間有什麼作用，侯婉雲也不清楚。

隨身空間的進化自然是由於元寶的修為增進，侯婉雲本來想問問元寶這層新空間的作用，可是元寶根本懶得理她，侯婉雲只能作罷，想著靜觀其變。

得知元寶可以讓空間進化，侯婉雲自然欣喜異常，對元寶也更加寶貝起來。前陣子姜惠茹將元寶送還給她，好不容易放下心來，如今瞧著姜惠茹又來親近元寶，她的心裡怎麼都不是滋味——這前有侯婉心擋路，除掉了侯婉心，竟又冒出了姜惠茹，她可得把元寶看緊了，別讓煮熟的鴨子飛了。

於是侯婉雲藉口身子不適要休息，打發了姜惠茹回去，姜惠茹抱著喵兒告別，出了院子就往顧晚晴的院子走去。

好容易打發了人走，侯婉雲躺在床上終於鬆了口氣。姜惠茹走了，元寶也變得神情懨懨，跑回窩裡打瞌睡。

立在門口的惜冬趕忙進來伺候，一瞧侯婉雲的腳，就哭了起來。「我苦命的小姐啊！」

侯婉雲這會兒疼得沒力氣，也懶得跟惜冬多說，撐起身子道：「巧杏那死妮子呢？快把她叫進來！」

惜冬道：「回主子的話，奴婢方才瞧見巧杏慌慌張張地回了院子，這會兒在她屋裡呢，奴婢這就去叫她來。」

稍後，惜冬進屋時，巧杏正坐在自己床上，不知在想些什麼，惜冬知道這次侯婉雲惱了巧杏，對這位得寵的貼身大丫鬟不禁尖酸刻薄起來。「哎呀巧杏姊，咱們主子回來了，妳不去伺候著，在這兒躲懶，可苦了妹妹我喲！」

巧杏抬起頭，瞧了一眼惜冬，懶得搭理她。

惜冬討了個沒趣，訕訕道：「瞧妳這架子端的，不知道的還以為是小姐呢。別坐著了，咱們主子叫妳過去，趕緊的。」

一聽侯婉雲叫自己過去，巧杏就知道肯定沒好事，硬著頭皮跟惜冬進了屋子。

侯婉雲一看見巧杏，黑著臉對巧杏道：「妳過來。」

巧杏磨磨蹭蹭地走過去，挨著床邊站著。

侯婉雲一把抓起床邊針線笸裡的繡花針，往巧杏胸口狠狠扎過去。

「妳這吃裡扒外的畜生，我叫妳搬救兵，妳是怎麼辦事的？等到妳來了，我命都快沒了！妳這是存心害我不成？」

那一把針扎得結結實實，巧杏哇地哭出聲來，趕忙跪下，忍痛哭道：「奴婢冤枉啊！奴婢趕著去請王爺來，可是還是遲了，奴婢是一心向著世子妃的！」

侯婉雲呸了一聲，她心想巧杏跟自己那麼多年，又有個妹妹當把柄，諒她也不敢背叛自己，八成是那公公不想救自己，才拖延著來晚了，但侯婉雲這一口氣憋著難受，又拿針在巧杏身上戳了幾下。

「大嫂……」

姜惠茹不知什麼時候出現在門口，極為吃驚地看著屋裡的一切。巧杏正抽抽咽咽地跪在床前，胸前七零八落地插著幾根繡花針。

姜惠茹懷裡抱著喵兒，目瞪口呆。方才她走出去一半，發現帕子落在大嫂屋裡，就折回來取，可剛進屋就瞧見侯婉雲邊罵邊拿針扎自己的丫鬟，那可怖的神情，教姜惠茹瞧著心裡打了個寒顫。

姜惠茹原本還因為大伯母對大嫂挑毛病頗為不滿，看了方才那幕，突然明白為何大伯母要對這位新媳婦橫眉豎眼了。

「惠茹啊，怎麼回來了？」侯婉雲瞧著姜惠茹，有一瞬間的尷尬，而後又溫柔笑著道：「怎麼又折回來了？是不是落了東西？」

姜惠茹急忙擺手。「沒、沒什麼……我走了……」而後抱著喵兒，慌慌張張地跑了出去。

姜惠茹慌不擇路地往前跑，第一反應就是去告訴大伯。而後她一路小跑到書房，剛要進去，就聽見裡頭傳來姜恒的聲音。

平日裡姜恒總是溫文爾雅、彬彬有禮，很少見他大聲吼過誰，可是如今這聲調高得連門口的姜惠茹都聽見了。

大伯發怒了？姜惠茹壓不住心頭的好奇，躲在門口聽起壁腳。

「……婉雲一個弱女子，嫁過來無依無靠，你就任由別人欺負她？」錦煙的聲音，憤怒而壓抑。

「後宅的事我交給晚晴，自然是信她的，她這麼做必定有她的道理。」姜恒的聲音，清冽得讓姜惠茹心裡打了個顫。

「你信她？她做的那些事，你會不知道？」錦煙哼了一聲。「你就是護短！為了她，你連朝都不上了，多少年你都從未缺席過，就為了她一人破了例！」

「那也是我的事。」姜恒聲音含著不快。「我就這麼一個妻子，我護著她是我的本分。況且那件事，本就是侯氏有錯在先，在家裡受了委屈，居然告到公主和太后那兒，新婚第一天就鬧得如此沸沸揚揚，難不成是想讓全天下都知道我姜恒的妻子刻薄了她？我若不管，教我姜家顏面何存？」

「好啊，姜家的顏面大過天！」錦煙哐嚐一聲，將手裡的茶杯摔在地上，瓷片碎了一地，她眉宇間盡是悲愴之色。「為了姜家的顏面，我有親不能認！」

姜恒看著錦煙眉宇間的痛苦，心揪了一下，神色緩和了幾分，口氣也軟了三分。「錦煙，我知道這些年委屈妳了……」

錦煙嗚咽著，強忍著眼中淚水，脊梁挺得筆直。

「我不怪你，父親臨終前交代過，這都是為了姜家的聲譽。錦煙自知身分低微，又是不潔之身，此生斷無可能認祖歸宗，要怪就怪錦煙命不好……只是恐怕錦煙有生之年，都無可能光明正大喊你一聲『哥哥』，更不可能以女兒的身分拜祭父親，每每想起，心如刀割。」

「妹妹……」姜恒胸中的一腔怒火，全部化為憐惜。

「錦煙不求別的，只求一件事。」錦煙擦了擦淚水，抬頭看著姜恒，眼神堅毅。「錦煙此生欠那人一條命，無以為報，只求哥哥能替錦煙庇護他的妹妹，就當是哥哥替錦煙還他救命之恩，好嗎？」

姜恒凝視錦煙良久，嘆了口氣，點點頭道：「好，我答應妳。」

秋風蕭瑟，樹上枯黃的葉子散了一地，雖是初秋，卻已經寒意逼人。

姜府的小丫鬟們紛紛換了秋冬的衣裳，看上去一片淡淡的鵝黃色，倒也為蕭瑟中添了幾分勃勃生機。

姜家大小姐的房裡，雖未到燒地暖的時節，可是取暖的炭盆已經架上了，因為一向體弱的姜惠茹又臥病在床了。

這次姜惠茹病得不輕，已經在床上躺了半個多月了。

喵兒長大了些，吃得圓滾滾的，躺在姜惠茹懷裡呼呼大睡。她輕輕摸著喵兒，神色凝重。

「大小姐，王妃來瞧妳了。」

門口的小丫頭才來報，一個穿著淡紫色袍子的麗人就掀了簾子進來，朝床上躺著的人道：「惠茹，今兒個身子好些了嗎？」

說著，顧晚晴就進了屋子，坐在姜惠茹床邊。

自從半個月前侯婉雲纏足那日起，姜惠茹就突然病了，這病來得凶猛，急得姜家上下團團轉，姜恒更是親自請了霍家的公子霍曦辰為姜惠茹診治。

霍家亦是百年望族，雖不及姜家這般龐大，可也是數一數二的大家。霍曦辰是霍家最年幼的嫡子，自幼聰穎過人，霍老爺子本以為這個小兒子能走上仕途，出將入相，可是這霍曦辰偏偏喜歡醫術，師從當朝前太醫院首輔，青出於藍而勝於藍，成了天朝有名的神醫，也虧平親王的面子夠分量，才請得動霍神醫的大駕。

對於霍曦辰的到來，顧晚晴也是十二分的樂意。她怕就怕侯婉雲又使了什麼不為人知的手段，害了姜惠茹，若是有神醫在，定能查出姜惠茹的真正病因。

霍曦辰半月前來瞧了瞧姜惠茹，說一來她先天不足，自娘胎裡帶的病根難除；二來後天體弱多病，身子虛弱。至於這次病得突然，是心疾所致。霍曦辰開了方子，更囑咐姜惠茹少思少想，身子方可好起來。

顧晚晴一聽不是侯婉雲從中作梗，也就放心許多。霍曦辰本來診了病開了方子，就要回去，可是姜恒實在不放心他這寶貝姪女，便親自去給霍老爺子打了招呼，硬是留了霍曦辰在姜府住了下來。

姜惠茹笑著坐起來，顧晚晴忙上前去，親自拿了兩個枕頭給她墊在背後，扶她坐好。姜惠茹瞧著顧晚晴，神情親暱。「多謝大伯母關心，惠茹好多了。」

顧晚晴笑著摸了摸姜惠茹的臉龐，替她攏了攏頭髮。「今兒個的藥吃了嗎？」

姜惠茹皺了皺眉，鼻子也跟著皺了起來，癟著嘴，頗為不滿。「那藥一日賽過一日的苦，喝得惠茹快將五臟六腑都吐了出來。」

「哼，妳還好意思說。」門口一聲清脆嗓音響起，一個白衣少年掀了簾子進來，那少年面容清秀俊朗，雖是一身簡單的袍子，卻掩不住渾身的貴氣。

少年進了屋子，一臉不高興地瞅著姜惠茹。「我開的方子，那可是千金難求。尋常人就是求我，我也不瞧。妳倒好，不但讓妳伯父從我父親那兒要了人，將我扣在姜府每日為妳診脈，還將我開的藥偷偷倒掉！」

姜惠茹哼了一聲，白了他一眼。「誰教你開的藥那般的苦。你不是神醫嗎？怎麼不把藥開得好喝些，我聽說前陣子大嫂房裡的巧杏姑娘病了，府裡的大夫給巧杏開的方子，放了好些甘草，喝著就沒那麼苦。你倒好，開的方子竟是我喝過最苦的藥，定是你不滿我大伯將你留下，存心整我來著！」

霍曦辰俊朗的臉龐繃得緊緊的，冷冷道：「隨妳怎麼說，開方子是我的事，至於喝與不喝，那是妳的事，與我何干？」

顧晚晴瞧著這兩個鬥嘴的少年，頭疼地揉了揉眉心。這一個姜家的嫡長女，一個霍家的嫡幼子，都長在豪門中的豪門，是貴人中的貴人，從小受眾星捧月長大，脾氣是一個比一個執拗。素日裡姜惠茹是個脾氣溫和的，可是偏就和這霍曦辰瞧不對眼，兩人針尖對麥芒，一見面就得吵起來。

「哼！」

「哼哼！」

顧晚晴又是一陣頭疼，這兩個晚輩吵架，她這個做長輩的不得不當和事老。她先是責備了自家姪女。「惠茹，霍公子是妳大伯特地請來的神醫，是姜府的貴客，怎可這般說話？」又笑著對霍曦辰道：「我家惠茹就是這小姐脾氣，得罪之處，還請霍公子多包涵。」

霍曦辰轉身，對顧晚晴恭恭敬敬行禮。「王妃客氣了，姜大小姐是我的病人，我自然不會同病人一般見識的。」

好容易勸了兩人，霍曦辰坐下為姜惠茹診脈。霍曦辰身分貴重，自然不同於一般大夫，素日裡他來診病，只要姜惠茹身邊跟著姜家的人即可。

顧晚晴在旁邊瞧著，眼裡透著關心。姜惠茹將顧晚晴的神情收在眼裡，心裡一陣溫暖——她知道大伯母是真心愛護自己。

霍曦辰診了脈，仔細想了想，提筆寫下藥方，吹乾了交給門口候著的丫鬟。「還是同昨兒一樣的煎藥方子，記得要在入夜之前服用。」

丫鬟拿著方子出去了，霍曦辰低頭從藥箱裡掏出一個精緻的鹿皮包來。姜惠茹一見那包，臉色立馬變了。「你要做什麼，又要拿針扎我？」

霍曦辰捻起一根針，頗為無奈地看著姜惠茹。「我拿針自然是為妳針灸，難不成要縫衣服？」

姜惠茹打了個哆嗦，霍曦辰的針灸她是嘗試過的。以前她也針灸過，可是都不怎麼疼痛，但霍曦辰的針灸之術太過與眾不同，他第一次來姜家給自己瞧病，就用了針灸，當時就疼得她齜牙咧嘴，哭爹喊娘。自從那次，姜惠茹和霍曦辰的梁子就結下了。

「我不要針灸！」姜惠茹搖了搖頭，可憐兮兮地瞧著顧晚晴，哀求道：「大伯母，惠茹不要針灸！」

顧晚晴帕子捂著嘴，噗哧一聲笑出來，慈愛地拍了拍姜惠茹的背。「妳這孩子，說什麼傻話？這針灸雖痛，但對身子有益處。妳若是不答應，那大伯母可得叫幾個丫鬟壓著妳手腳了啊。到時候妳亂動，霍公子下針扎錯地方，還得多扎幾針！」

姜惠茹癟了癟嘴，她知道若是其他事情，自己撒嬌求情，大伯母準會答應她，可唯獨看病這一件事，大伯母是不會順著她的。

於是姜惠茹在霍曦辰的「摧殘」之下，哭得一把鼻涕、一把淚，毫無形象可言，終於針灸完了，姜惠茹似一灘軟泥般縮在被窩裡睡著了。顧晚晴心疼地摸了摸她的頭，替她擦了汗，掖好被子，而後對霍曦辰使了個眼色。

霍曦辰點點頭，輕手輕腳地收起藥箱，出了門在門口等著。沒一會兒顧晚晴也出來了，往院子外頭走，霍曦辰也跟著她，直到出了院子，確定姜惠茹聽不見兩人的對話，顧晚晴才問他：「霍公子，惠茹那孩子的身子，到底如何了？」

霍曦辰的眉頭微微皺起來。「針灸藥石只能醫身體的疾病，而姜小姐的病，乃是心病。我只能治好她的身子，至於她的心結，恕我無能為力。」

顧晚晴嘆了口氣，姜惠茹自小性子就執拗，什麼事都憋在心裡。前陣子還堅持著不嫁人，問也問不出原因，只是咬著嘴唇哭，後來她大伯去問，姜惠茹只是哭得更凶了，卻什麼都不肯說，半個月前也不知是怎麼了，回了院子就發了高燒，一病不起，霍曦辰來了也說是心病，可是任誰去問，姜惠茹都不肯開口說。

顧晚晴對霍曦辰道了謝，兩人分別。顧晚晴心事重重，惦念著姜惠茹的病，不知不覺就走到侯婉雲的院子門口。

這半個月，侯婉雲纏了一隻足，下不了床。顧晚晴就讓她在床上休養，幾個陪嫁丫鬟服侍她，自己又藉口人手不足，調派了好幾個二等丫鬟和粗使丫鬟去侯婉雲房裡，將她密密實實監視起來。

姜惠茹身子病著，顧晚晴光顧著操心這位姪女的病，這半個月也就沒怎麼顧得上折騰侯婉雲，再加之琴兒、畫兒臨盆將近，顧晚晴可是一點岔子都不想出。

顧晚晴抬頭瞧著院子，邁了進去。這會兒剛用過午膳，院子裡靜悄悄的，伺候的丫鬟們都回屋子午睡去了，只餘下屋裡伺候的丫鬟，坐在桌邊打瞌睡。

惜春坐在自己房間裡，透過窗，瞧見王妃帶著翠蓮進了院子，便轉頭，看了看巧杏。

自從巧杏搬救兵來遲後，就在侯婉雲面前失了寵愛，不似原先那麼信任了。地位也從頭等大丫鬟降了下來，被惜冬取而代之。惜冬原本和惜春住一屋子，如今得了寵，就將巧杏獨住的屋子霸占了，將巧杏趕來和惜春一道住。

此時巧杏瞧著惜春的眼色，咬了咬牙，拿起放在床腳的包裹，低著頭匆匆往外頭走，裝作慌不擇路，和剛進院子的顧晚晴撞了正著。巧杏懷裡抱著的包裹掉在地上，裡頭的東西散落一地。巧杏則做出驚恐貌，嚇得大氣不敢出，忙跪在地上瑟瑟發抖。

翠蓮剛想出聲教訓這個不長眼的丫頭，就被顧晚晴揮揮手制止了。

巧杏是什麼樣的人，顧晚晴很清楚。這丫頭能跟在侯婉雲身旁那麼多年，還能得她信任，就知道巧杏是個機靈的。她性子沈穩，聰明有眼色，怎麼可能冒冒失失地撞在當家主母身上？

顧晚晴瞇了瞇眼，瞧著那抖出包裹外的東西。

那是一件丫鬟穿的衣裳，還是夏裝樣式。其中那衣裳胸前的白色內襯，有著斑斑點點的血跡，若是不仔細看，還真看不出來。內宅的那些齷齪事，顧晚晴還是很清楚的。

巧杏看見顧晚晴眼睛從血跡上掃過，就曉得王妃一定注意到了想給她看的東西，於是趕緊將衣服撿起來塞進包裹裡。

「妳這是去哪兒呢？」顧晚晴看著巧杏，隨口一問。

巧杏一邊將包裹抱在懷裡，一邊唯唯諾諾道：「回王妃的話，奴婢是要將自個兒的衣服送去漿洗。這是半個月前弄髒的衣裳，奴婢堆在房裡給忘了，直到方才才想起來。」

顧晚晴眼睛瞇起來，半個月前的衣裳忘了洗，怎麼偏偏就趁著自己來的時候想起來？儘管如此，顧晚晴面上還是淡淡的，瞧不出什麼，對巧杏道：「行了，妳去吧。」

巧杏應聲後，抱著包裹出了院子。

顧晚晴向前走了兩步，忽然想起一件事來，便問翠蓮：「我記著前陣子巧杏也病了，是什麼時候病的？」

翠蓮想了想，道：「回王妃的話，奴婢記得，似乎跟大小姐同一個時候，也是世子妃纏足的那天病了。」又低頭想了想，末了補充一句：「奴婢還記得，那天大小姐來過世子妃屋裡坐了一會兒，可真是巧呢，都是從世子妃屋裡出去，就病了。」

顧晚晴的眼神瞬間冷了下來，她雖然不知道姜惠茹的心結是什麼，可是她一直隱隱猜測和侯婉雲有關。

「翠蓮，走，今兒個我要好好『探望探望』咱們那位世子妃！」

第十六章

顧晚晴慢慢朝侯婉雲的屋子走去，屋子的門是半掩的，靜悄悄的毫無聲息。顧晚晴推門走了進去，瞧見惜冬坐在桌邊，一手撐著下巴打瞌睡。

侯婉雲躺在窗邊的貴妃榻上，暖暖的陽光照在她身上，讓她整個人顯得聖潔而美好。顧晚晴靜靜立著，瞧著侯婉雲，忽然恍惚了一下，彷彿回到了當年在安國侯府的時光。

回憶有多美好，心就有多恨。顧晚晴的心猛地抽了一下，目光似瞬間結了冰。

啪的一聲，顧晚晴一巴掌拍在桌子上，驚醒了侯婉雲主僕二人。

「我來了，妳就這麼躺著迎接我？」顧晚晴眉宇間含著怒氣。「還有沒有規矩了？」

侯婉雲本還睡眼惺忪，顧晚晴這一喝，讓她清醒過來，待看清來人，背脊寒毛都豎了起來。

「母親，媳婦睡著了，未能及時相迎，請母親恕罪。」侯婉雲撐著身子從榻上下來，跪在地上，楚楚可憐。

顧晚晴不忙著叫她起來，低頭瞧著跪著的人，只見她一隻腳纏著厚厚的裹腳布。那日纏足之後，侯婉雲並未將足放開，就這麼一直纏著，此時過了半個月，腳也不那麼疼了。

顧晚晴從容坐下，翠蓮倒了杯茶給她，顧晚晴端起茶杯細細品了一會兒，並不急著和侯婉雲說話。

侯婉雲本身腳就有傷，此時連鞋子都沒有穿，跪在冰冷的地上，心中又將顧晚晴十八代祖宗問候了一遍。待到過了一盞茶的工夫，顧晚晴這才慢悠悠地放下茶杯，對侯婉雲笑了笑。「我方才想事情想出了神，竟然將妳給忘了。妳腳還沒好，跪著做什麼，多傷身，還不快起來？翠蓮，妳怎麼也不提醒我，害世子妃跪了那麼久。」

翠蓮趕忙上前扶侯婉雲起來，陪笑道：「都是奴婢疏忽了，是奴婢的錯，請世子妃恕罪。」

侯婉雲哪裡敢問婆婆身邊第一貼身大丫鬟的罪，她對著翠蓮也得客客氣氣。「翠蓮姑娘說笑了。」

侯婉雲站起來，婆婆不讓她坐，她不敢坐，只能忍著疼立在一旁。翠蓮瞧著侯婉雲這恭敬規矩的樣子，心裡想著，自家小姐立規矩果然立得極好，將這兒媳婦拿捏得死死的。

顧晚晴與侯婉雲不鹹不淡地寒暄了幾句，而後瞧著侯婉雲的肚子問道：「肚子有動靜了嗎？我還等著抱嫡孫子呢。」

一提這事，簡直就是侯婉雲的心病。本來姜炎洲就不待見她，這回聽說她纏了小腳，回家後倒是破天荒來瞧她，可是一進屋子就不屑道：「妳以為妳這麼做就能留住我的心？」而後當姜炎洲瞧見侯婉雲只纏了一隻腳時，更嗤笑道：「吃不了那個苦，就別學人纏足，如今弄得大小腳，傳出去只教人笑話！」

然後姜炎洲甩門走了，只留下滿心諷刺，自此後，就再未踏入侯婉雲的屋子。

姜炎洲只是隨口一說，誰知卻是一語成讖，侯婉雲為了討丈夫歡心去纏足，可受不了疼纏了一半的事，立刻傳得滿城皆知，成了人們茶餘飯後的談資。樹大招風，侯婉雲的名聲太盛，此時出了這等笑話，名媛貴婦們都在暗地裡取笑。

原本侯婉雲嫁進姜家，此時又臥床不起，那些流言蜚語是傳不到她的耳裡的。可是顧晚晴安排進去的丫鬟婆子，每日竊竊私語，用恰好讓侯婉雲聽見的聲音低聲交談。侯婉雲知道後氣得不輕，差點一口老血噴了出來。

如今顧晚晴又來打聽她的肚子，那不是給她傷口上撒鹽嗎？

侯婉雲低著頭，委屈道：「回母親的話，夫君他憐惜雲兒腳上有傷，這些日子一直宿在別處。」

顧晚晴放下茶杯，苦口婆心道：「雲兒，嫁進來這麼久了，不是娘說妳，妳得爭氣點啊，炎洲娶了妳，房裡連個妾室都沒有，可妳卻伺候得這麼不周到。」

侯婉雲聽見妾室一詞，心裡有種不祥的預感。

果然，顧晚晴放下茶杯，道：「雲兒，娘知道妳是個通情達理的，所以咱們有話就直說了。炎洲房裡那五個丫頭，伺候炎洲這麼多年，沒有功勞也有苦勞。其中薔薇生了女兒，琴兒和畫兒也都懷了身子，娘瞧著，是不是該給那幾個丫頭抬了房？」

而後又補充道：「當然，這都是妳房裡的事，還是得妳作主。只是為了子嗣著想，也不能太委屈那幾個有孩子的丫頭。雲兒，妳若是反對，心裡不舒服，我回頭去跟炎洲說。」

顧晚晴說的是面子話，她侯婉雲哪裡敢反對。只是如今她剛嫁進門，不得丈夫寵愛，又被婆婆排擠，娘家無人依靠，而那幾個丫頭又都是老人了，有的生了孩子，有的懷了身孕，這要是都抬了房，保不準她一個正妻，還得受小妾排擠。雖然姜家規矩森嚴，斷不會出寵妾滅妻的事，可是面子上雖是過得去，但是裡子過得好不好，那就是兩說了。

侯婉雲笑得比哭還難看，垂著頭道：「母親說笑了，雲兒瞧著那幾個丫頭也都該抬房了，這幾日還尋思著去跟母親商量呢，沒承想竟是母親先提出來呢。」

顧晚晴哈哈一笑，拉著侯婉雲的手道：「真是個懂事的，不愧是大家閨秀，比那些小家子出來的女兒就是不一樣。那這事就這麼定了，既然是妳房裡的事，就由妳來操辦好了。我瞧著事情辦得越快越好，趕在那兩個丫頭生產前將名分訂下來。」

如今五個丫鬟都是通房，與侯婉雲同住在一個院子裡，顧晚晴實在不放心。等抬了房，成了姨娘，就能名正言順地分院子住，離侯婉雲遠遠的，將來生了孩子，也省得孩子遭了毒手。

侯婉雲唯唯諾諾應了下來，顧晚晴瞧著她憋屈得要死，卻不得不裝大度的樣子，心中甚是舒暢。

兩人閒話了一番，顧晚晴瞅著侯婉雲那雙大小腳。這麼個樣子，她連門都出不去，所以侯婉雲定然要將另一隻腳也纏了。

果不其然，侯婉雲低著頭，提起纏足之事。

顧晚晴皺著眉道：「唉，妳要纏足當時怎麼不纏全了？我早就將那幾個番邦婆子送了回去，如今左相夫人那我還得再跑一趟，也得看看那幾個婆子得空了沒。京城裡多少名媛小姐排隊等著纏足呢，若非我與左相夫人關係親，怎能那麼輕易借了婆子來？唉，為娘再去跟左相夫人說說，看看能不能借了那幾個婆子來。」

而後又發愁道：「雲兒，妳也曉得這應酬總要花銀子的，上次為了給妳請那幾個婆子，我還專門挑了南海最好的珊瑚做成首飾，光那一套，就夠三戶人家吃一輩子了。唉，娘不似妳，有織造坊那般豐厚的嫁妝，那套首飾可是娘從自己私房裡出的，變賣了不少金銀玉器，才買了一套……如今又要有求於人……」

侯婉雲一聽，這言外之意不就是讓自己出錢嗎？她侯婉雲有得是！本以為這婆婆軟硬不吃、油鹽不進，如今瞧著她竟然是個貪財的主。

人一旦有了慾望，就有弱點，可以乘隙而入，於是她趕忙點點頭。「銀子的事不是問題，既然這事是為雲兒做的，那麼雲兒自然該分擔。」

顧晚晴高興地說：「雲兒真是個懂事的，我還在發愁呢，這下妳開了口，那就行了。對了，我才看上了套首飾，據說是左相夫人想要的，不如就趁著這個機會送給她，娘好跟她開口要纏足婆子。」

「一切都聽母親的安排。」

於是顧晚晴從懷裡掏出一張票據，笑道：「雲兒，這是那首飾的單子，娘就交給妳了，回頭妳將銀票準備好了，娘叫人來取。」

侯婉雲接過票據一看，只覺得一陣血氣上湧。

這足足五萬兩的票子，都能抵上兩間織造坊的鋪子了，什麼首飾需要這麼多銀子？這惡婆婆獅子大開口，是要乘機吸她的血嗎?!

可若是不出這錢……侯婉雲咬著牙，瞧著自己的大小腳，那幾個番邦婆子纏足的手藝可是天下一絕，若是換了其他人，只怕纏不出同個樣子……

「好！」侯婉雲牙一咬，不就是兩間織造坊的錢嗎？豁出去了！

「對了，這是上次那珊瑚首飾的單子，我恰好也帶著。雲兒妳不如也一起出了吧，總歸是替妳辦事的錢。」顧晚晴又掏出一張票據，塞在侯婉雲手裡。

侯婉雲接過來一看，又是張兩萬兩的票子，眼前一黑，差點暈了過去。

顧晚晴瞧著侯婉雲的臉色，關切問道：「雲兒，我瞧妳臉色不太好，是否哪裡不舒服？」而後轉頭對翠蓮道：「許是世子妃腳疼了，翠蓮，妳去取逍遙膏來。」

翠蓮應了一聲往門外走，侯婉雲忙起身追了兩步，拉住翠蓮的手笑道：「母親，不必了，雲兒並不疼。許是昨晚睡得不好，有些頭暈罷了。」

顧晚晴哦了一聲，笑咪咪地起身。「雲兒說不必了，那就不必了。唉，只是我擔心一件事。」

侯婉雲一聽又有事，心涼了半截，只見顧晚晴扯了扯衣角。「咱們姜家是大家，最看重臉面，若是今日之事讓別有用心的人知道了，還以為咱們欺負新媳婦，說我這個當婆婆的覬覦媳婦的嫁妝。雲兒，娘可都是為妳做事，若是這等風言風語傳了出去，娘可受不起這誣衊的。」

侯婉雲額角抽搐，陪笑道：「母親說得是，這銀子都是給雲兒花的，雲兒出也是應當，哪能讓母親破費呢？」

顧晚晴嘆道：「雲兒妳是個識大體的，但不是每個人都同妳一般啊。要知道人言可畏，這捕風捉影的事，傳來傳去，最後就變了味，也不知傳成什麼樣。所以娘的意思是，這事就咱們娘倆知道就行了。妳瞧，娘今兒只帶了翠蓮過來，翠蓮那妮子嘴緊得很，娘房裡的人，娘信得過。而妳這邊呢，也只有妳和惜冬知道，娘是信雲兒的人不會亂說話，是不是？這可事關姜家的名譽，若是任何人膽敢讓姜家名譽受損，那我可是饒不了她的。」

旁邊的惜冬一聽，嚇得臉都白了，撲通一下跪下，邊磕頭邊道：「回王妃的話，奴婢知道王妃都是為了世子妃好，奴婢就是長了一百個膽子，也不敢出去亂說話。」

顧晚晴伸出手，親自扶惜冬起來，慈眉善目道：「瞧把這孩子嚇的，我不過就是這麼一說，哪真信不過雲兒和雲兒房裡的人呢？我信惜冬是個可靠的，不是亂嚼舌根的人，咱們姜家亂嚼舌根的婆子、丫頭，早就讓我拔了舌頭趕出去了。」

顧晚晴一席話，聽得惜冬冷汗涔涔，她心中懊悔，自己怎麼這麼倒楣呢？偏巧教自己聽見了，往後若是有什麼風言風語傳了出去，王妃肯定不會認為是翠蓮說漏嘴的，也不能說是世子妃說出去了，那麼唯有她惜冬來揹這個黑鍋！

侯婉雲也在一旁幫著說：「母親，惜冬是個懂事的，不會亂說話，母親莫要擔心。」

顧晚晴點點頭，撫了撫胸口。「如此便好，雲兒，那我就走了。記得銀子三天內湊齊，還有抬房的事，務必要趕緊辦了。」

侯婉雲應了一聲，送了顧晚晴出去。顧晚晴的影子剛消失在門口，侯婉雲的臉色就由晴轉陰，嚇得惜冬大氣都不敢出。

惜冬扶著侯婉雲進了屋子，忙把門關上。侯婉雲坐在椅子上，手裡捏著票據，眼睛紅得能滴出血來。

這狡猾的惡婆婆，刮了她好大一筆銀子，還美其名是為了她纏足去請人送禮的花費！她侯婉雲腦子壞掉了嗎？白白砸了七萬兩銀子纏一雙畸形的小腳！

花錢找罪受，還憋了一肚子火。本想藉著銀子說事，抹黑顧晚晴，可被顧晚晴幾句話堵住了嘴，只能啞巴吃黃連，有苦沒處說！

侯婉雲瞪著惜冬，若非為了保住為數不多的陪嫁丫鬟，她這次是無論如何都要放出風聲去的！

可是，看了看畏畏縮縮的惜冬一眼，侯婉雲真是恨得牙癢癢。她帶來的幾個陪嫁丫鬟裡，巧杏開罪了她，惜春是個愣木頭，惜夏和惜秋都是機靈不足、老實有餘，唯有惜冬可以依靠，所以她不能失去這個臂膀。

七萬兩換惜冬一條命！這賤命還真夠值錢的！侯婉雲看著惜冬的眼神，彷彿恨不得從她身上挖出個血窟窿來。

惜冬被看得渾身直抖，惴惴不安地伺候侯婉雲躺下，而後叫了惜夏來換班，自己腳底抹油趕緊開溜，回房間緩神去了。

院子裡又恢復了靜悄悄，唯有一雙眼睛，一直從窗戶後頭往外看，細細地觀察著院子裡的一切……

惜春已經坐在窗前好幾個時辰了。

自巧杏出去送衣裳，故意叫顧晚晴見了之後，巧杏就不見了。過了許久，巧杏才回來，一雙眼睛有些紅腫，似是哭過。

惜春瞧著，沒多說什麼，只是拿著個繡花框坐在窗前繡花。巧杏回房間，情緒低落，沒和惜春說幾句話。過了會兒就出去了，惜春透過窗子瞧見巧杏進了小廚房，出來的時候懷裡揣得鼓鼓的。

巧杏出了廚房，左右張望了一番，見沒人注意自己，就沿著房簷，悄悄往院子外頭走。惜春看了看漸漸暗下來的天色，皺了皺眉頭，放下繡花框，不遠不近地跟在巧杏身後。

惜春步子極為輕巧，在朦朧的夜色裡聽不見絲毫聲響。巧杏完全沒有發現自己身後還跟著人。巧杏一路抹著眼淚，獨自往前走。惜春跟著她，見她拐進姜家庫房後的一間小屋子裡，於是連忙跟了上去，躲在屋簷下。

巧杏剛進屋子，從懷中掏出包裹，放在桌子上，而後就撲到床上，抱著床上之人嗚嗚哭了起來。「巧梅！」

「姊，妳別哭，沒事，我沒事。」床上之人翻了個身，拍著巧杏的背。

惜春透過昏暗的煤油燈光，看見床上躺著的就是周帳房的小妾，目前在庫房當差的柳月。

柳月什麼時候改名叫巧梅了？

惜春一臉疑惑，而後看見柳月的臉。柳月瞧著極為消瘦，面色發黃，惜春瞧著柳月的臉出神，忽然心裡一驚，這柳月長得竟和巧杏有五分相似！

難不成她們……又聽見柳月喊巧杏為「姊」，惜春心裡計較了一番，眉頭皺了起來。這些日子同巧杏同屋居住，她瞧著巧杏似有心事，故而對巧杏多留了心眼，沒想到巧杏的妹妹，竟然是姜家周帳房的小妾。

「巧梅，妳還說妳沒事！」巧杏抱著柳月，哭得快喘不過氣。「妳剛懷孕一個月，卻被周家大房一腳踹在肚子上，沒了孩子，姓周的非但不替妳出頭，反而護著那大房，賴妳偷了大房的玉鐲子，將妳趕了出來。妳剛小產，連伺候的人都沒有，熱飯也沒一口。妳教我這個當姊姊的如何不心痛！」

巧梅神色黯然，一隻手放在肚子上。「姊，這都是命。只可惜了這未出生的孩子……」

而後又嘆了口氣道：「出了周家也是好的，那狼窩一般的地方，我是不想再回去的。可是……我始終是周家的人，他若要讓我回去，我也只能順著，如何反抗得了？」

巧杏哭著將桌上的包裹打開，取出一疊滷肉，拿了個白饅頭出來，放在床邊。「妳先吃點東西。都一天沒吃東西了，那天殺的王八蛋連口飯都不給妳吃！都怪姊姊沒用，護不了妳……」

巧梅乖巧地點點頭，拿著饅頭啃了一口。「姊，這也怪不得妳。本以為侯家三小姐嫁進來了，我的日子能好過些，誰知道那三小姐連自身都難保，也抽不出手來管我。」

巧杏呸了一口，眼裡都是恨意。「若非姓侯的當年安排妳嫁進姜家，監視菱角下藥，妳根本不會落得今天的處境！說到底，都是她將妳我害得那麼慘！」

惜春聽著，疑問更多，眉頭皺得更緊了。看來這對姊妹一定知道侯婉雲不少秘密。屋裡頭兩姊妹還在絮絮叨叨，巧梅餓了一天，只顧著吃東西，巧杏在一旁咬牙切齒。

「巧梅，妳沒瞧見王妃將世子妃折騰得有多慘。我瞧著心裡可舒坦了，真是惡人自有惡人磨，哪天將她折磨死才好呢！」

巧梅嘆了口氣，拉著巧杏的手道：「姊，人家是婆媳，世子妃不能拿她怎樣。可是咱們不同，人家是主子，咱們是奴婢，要死要活，還不是人家一句話。妳往後可要多加小心，別再惹了世子妃。」

巧杏拉著妹妹的手安慰道：「我知道了，以後會多加小心的。如今姓侯的身邊的丫鬟就那麼幾個，我瞧著她不會對我怎樣的，畢竟我是她身邊的老人了。」

巧梅點點頭，嚥下一塊滷肉，放下筷子道：「姊，我口渴了，想喝水。」

巧杏一聽，急忙去拿桌子上的茶壺，卻見裡頭只有涼水。巧梅瞧見了，道：「涼水也行，方才吃得太急了，有些噎。」

小產本不能碰涼水，可是妹妹如今連口熱水都喝不上。巧杏來瞧她，還得偷偷摸摸，怕被人發現了拆穿巧梅的身分，連口熱水都不能弄來給妹妹喝。巧杏看著巧梅一小口一小口抿著涼水，眼淚又湧了上來，哭了一陣。

巧梅吃飽了，又覺得困頓，巧杏扶著她躺下，替她蓋好被子，猶豫了一會兒，終究沒將今日故意將血衣給王妃瞧見的事告訴巧梅。巧梅身子太弱，需要調養，她不想妹妹再為這些事煩心。

「巧梅，姊走了，明天再來看妳。包袱裡還有些沒吃完的饅頭和滷肉，明兒妳若是沒飯吃了，可以拿來熱熱吃了，明天天黑後我再給妳送些吃的來。」巧杏摸著妹妹的額頭，巧梅點頭道：「姊，妳放心，我會照顧好自己的。」

「行，那我走了。」巧杏抹了把眼淚，起身往外走，巧梅像想起什麼似的，對巧杏低低說了一句：「姊，咱們家廚房磚頭下頭藏著的東西，妳可收好了？」

巧杏壓低聲音，神情嚴肅道：「藏好了呢，妳放心。」

趕在巧杏出門之前，一個風一般的影子，迅速掠過院子，隱沒入黑暗之中。巧杏出了門，抬頭瞧著天空掛著的半輪明月，悄悄走了。

等巧杏回了屋子，瞧見惜春已經睡下，桌上還留著碗殘留熱氣的粥。巧杏看著粥笑了笑，又瞧著睡著的惜春，臉上終於泛起暖意。

惜春這丫頭，平日裡不愛說話，可是心卻是好的，總是對自己諸多照顧。以往巧杏得寵的時候，惜春不來巴結討好，如今自己落難失寵了，惜春對她態度卻依舊。巧杏端起粥喝了一口，心裡剛剛泛起的暖意又冷了下去。

巧梅還躺在冰冷的屋裡，連口熱粥都喝不上……而這一切的罪魁禍首……巧杏走向門口，定定望著侯婉雲緊閉的房門。

接下來三日，顧晚晴過得滋潤如常，而侯婉雲那邊卻是焦頭爛額。

七萬兩不是個小數目，就算手握紅秀織造坊，可是一下子要在三天內湊出七萬兩，著實讓侯婉雲為難不已。

而顧晚晴那邊，每日來坐上一會兒，閒談幾句，又讓侯婉雲倍感壓力。若是湊不齊這銀子，保不準這惡婆婆又要想什麼法子折騰自己，若是她一怒之下不去借番邦纏足婆子，那自己豈不是要大小腳一輩子？

所以侯婉雲只能好聲好氣伺候著，而後絞盡腦汁想辦法湊銀子。

正在此時，織造坊裡一個資歷極深的老人，名叫雅娘，把一個江南富商引薦給了侯婉雲，那富商願意出七萬兩銀子買下織造坊的十分之一分子，就相當於參股百分之十。

侯婉雲本不想別人插手織造坊，可是奈何自己終究財力有限，雅娘又是織造坊的老人，非常可靠，她引薦的人絕對靠得住。侯婉雲沒有辦法，病急亂投醫，就將百分之十的分子賣給了那江南富商，這才在三天內將銀票送到顧晚晴手上。

顧晚晴拿著銀票，滿意地對侯婉雲道：「雲兒真是盡心呢，這麼快銀子就湊到了。那娘今兒就親自跑一趟左相府，可是……雲兒，纏了足恐怕妳有好幾日都不能下地，不如在纏足之前將抬房的事辦了吧？」

不抬房就不給纏足！侯婉雲咬牙點頭。「好，明天就辦。」

顧晚晴笑著將銀票揣進懷裡。「好，那等抬房之後，娘就去請人給妳纏足。」

於是抬房之事，在侯婉雲的操辦下，熱熱鬧鬧地辦了，姜家世子姜炎洲的房裡，一下子多出了五房姨娘，樂得顧晚晴合不攏嘴。

抬了房，每個姨娘都分了自己的院子。顧晚晴又親自按照姨娘的規格，從姜家調派了可靠的丫鬟、婆子分派到各院。侯婉雲本想在其中安插自己的人，奈何顧晚晴在人事調派上親力親為，她竟然一個空子都鑽不進，只能作罷。

瞧著抬房也辦妥了，顧晚晴這才動身，去了一趟左相府，借了那幾個番邦婆子來，一回府就親自帶著去了侯婉雲的屋子。

「雲兒，娘將人給妳請回來了。妳不知道，有多少人排著隊等著請這幾個婆子去給自家女兒纏足呢，娘可是插了隊，求左相夫人賣了好大的人情給我。」顧晚晴一進屋就親親熱熱拉著侯婉雲的手，瞧著她又要受刑纏足了，心裡可高興了。

侯婉雲吞了口唾沫，纏足之痛，她可是受過一次，如今又要再嘗試一遍，不禁心裡發虛。

「行了，妳們去給世子妃纏足吧，要好好地纏，知道了沒？」顧晚晴揮了揮手，一屁股坐下，等著看好戲。

幾個番邦婆子齊齊應道：「是，王妃。」

而後兩個婆子上去攙著侯婉雲，將她架到床上坐著，另一個婆子開始脫她的鞋襪，剛脫了一半，門口就急急火火地闖進來一個人，衝到床前，厲聲喝道：「妳們要做什麼?!」

顧晚晴瞧著床前立著的人，正像母雞護小雞一樣擋在侯婉雲身前，怒視著自己，氣得渾身顫抖。「顧晚晴！妳這般虐待兒媳，傳出去教人怎麼說咱們姜家！」

顧晚晴抖了抖手裡的帕子。這個錦煙，她以為自己是誰？

上次她插手自己調教媳婦的事，還沒跟她算帳，沒想到這次又來攪局。

她顧晚晴慢悠悠抬頭，盯著錦煙的眸子，一字一字道：「什麼時候姜家成了『咱們』姜家了？」

——未完，待續，請看文創風214《重生婆婆鬥穿越兒媳》下

文創風 208-212

全套五冊

娘子不給愛

情感刻劃細膩，催淚指數破表／溫柔刀

他寵著她、護著她，會為她醋勁大發，甚至與皇帝對峙，
這男人愛上她了，她知道，但她並不愛他，他也知道。
呵，相較於他的冷酷，狠心絕情的她，
其實也不是個好人啊……

汪永昭，一個令歷任皇帝都忌憚不已、欲殺不能的大臣。
他不僅聰明絕頂，而且心腸比誰都狠，不喜的便是不喜，
即便那人是她這正妻所出的嫡子，或是美妾所生的庶子，
兒子自小便恨極了他，因為他的存在對他們母子倆只有磨難，
然而張小碗卻清楚明白一點──違抗他是沒有好果子吃的！
兒子的前程他可以不施援手，卻絕不能痛下殺手，
因此在他跟前，再低的腰她都彎得下去，他的話也必定服從，
對她而言，他從不是什麼良人，只是一個可怕而強大的對手，
所以他要她笑，她便笑；要她再幫他生幾個孩子，她就生，
她敬他、顧他，盡心為他持家育子，不多惹他煩心，
所有他想要的一切，她都可以給也願意給，除了愛。
情愛害人，只有無情無愛，她才能完美扮好溫婉妻子的角色……

文創風 213

重生婆婆鬥穿越兒媳 上

國家圖書館出版品預行編目資料

重生婆婆鬥穿越兒媳 / 蕭九離著. --
初版. -- 臺北市 : 狗屋, 民103.08
冊 ; 公分. --(文創風)
ISBN 978-986-328-340-9(上冊 : 平裝). --

857.7　　103013224

著作者	蕭九離
編輯	余一霞
校對	林琍君　李文宜
發行所	狗屋出版社有限公司
地址	台北市104中山區龍江路71巷15號1樓
電話	02-2776-5889～0
發行字號	局版台業字845號
法律顧問	蕭雄淋律師
總經銷	知遠文化事業有限公司
電話	02-2664-8800
初版	103年8月
國際書碼	ISBN-13　978-986-328-340-9
原著書名	《重生婆婆斗穿越儿媳》，由北京晉江原創網絡科技有限公司授權出版

定價240元

狗屋劃撥帳號：19001626

網址：love.doghouse.com.tw　E-mail：love@doghouse.com.tw